本书受到陕西省一流专业建设项目的资助；

本书受到商洛学院重点学科（汉语言文学）项目的资助；

本书受到商洛文化暨贾平凹研究中心开放课题的资助

时间的回音
——大学生文学作品集

李 波 陈 敏 主编

东北大学出版社

·沈 阳·

图书在版编目（CIP）数据

时间的回音：大学生文学作品集 / 李波 , 陈敏主编
. -- 沈阳：东北大学出版社 , 2019.12
ISBN 978-7-5517-2328-2

Ⅰ . ①时… Ⅱ . ①李… ②陈… Ⅲ . ①中国文学—当
代文学—作品综合集 Ⅳ . ① I217.2

中国版本图书馆 CIP 数据核字 (2020) 第 018338 号

出 版 者：东北大学出版社
　　　　　地址：沈阳市和平区文化路三号巷 11 号
　　　　　邮编：110819
　　　　　电话：024-83683655（总编室）　83687331（营销部）
　　　　　传真：024-83687332（总编室）　83680180（营销部）
　　　　　网址：http: // www.neupress.com
　　　　　E-mail：neuph@ neupress.com
印 刷 者：定州启航印刷有限公司
发 行 者：东北大学出版社
幅面尺寸：170 mm × 240 mm
印　　张：17
字　　数：314 千字
出版时间：2019 年 12 月第 1 版
印刷时间：2021 年 7 月第 1 次印刷
责任编辑：孙　锋
责任校对：叶　子
封面设计：河北优盛文化传播有限公司
责任出版：唐敏志

ISBN 978-7-5517-2328-2　　　　　　　　　　　定　价：78.00 元

《时间的回音：大学生文学作品集 》编委会

编委会主任　范新会

编委会副主任　刘　勇

编委会成员　范新会　刘　勇　李　超　张文诺
　　　　　　　　杜明生　马英群　任桂婷　闵秋洁

序

　　陆续将放在我案头的由我校中文系大学生创作的一本作品集读完，我的内心不由地升起一份感动与尊重。我感到，新时代大学生已经不同于我们，他们有自己的生活方式与人生理想，有自己的人生追求以及实现自我价值的方式，这本作品集是对我校大学生学习与生活的真实凝结与形象再现，展现了我校大学生的个性风采与精神气质。通过这本作品集，我理解了新时代中国大学生的所思、所想、所行，感受到了他们内心的责任感与使命感，也看到了他们的努力与奋进。

　　这本作品集表现了新时代中国大学生丰富的想象能力、深刻的体悟能力以及敏锐的感知能力，他们写出了自己对生活、人生的真实感受，把自己的青春记忆、人生感悟和盛世气象化作了优美的文字。黄昂同学在《给我一个飘香初夏就够了》中回忆了他在外婆家的玉兰树下度过的美好时光，在玉兰花的清香中，追寻青春的味道；肖月颖同学在《商州秋雨》中描绘了商州的秋雨，诉说秋的冷冽凄凉，颇有"故都的秋"的意境；田歌同学在《在春天，怀念一位老猎人》中追叙了"我"与老猎人打猎的趣事，"我"与老猎人穿梭在林间，目睹了老猎人的英勇神武，并透出了人生垂暮之年的寂寞与无奈；景洁云同学在《腊月会》中描绘了"年集"的热闹景象，春节前夕，村民赶年集采购年货，他们带着全家老小满载而归，展现了新时代老百姓过着幸福安定生活的盛世气象。这本作品集呈现出新时代中国大学生的真我风采，他们站在时代前沿，表现出对祖国的热爱、对人民的关怀、对社会的担当。正是这份热爱、关怀与担当，让他们的文字更为温暖、更为走心。这本作品集也传达出他们的个人情绪与独特思想，阅读这本作品集中的作品，我们可以感受到当代大学生从感伤到奋进的复杂心路历程，也看到了他们为反抗平庸生活而做出的努力，也欣喜地看到了他们为理想而奋斗的进取精神。

　　这本作品集是商洛学院推进"一流学院"建设的成果之一，也是汉语言文学专业推进"省级一流专业"建设的重要成果。商洛学院是商洛市唯一一所全日制普通本科高校，建校43年来，学校植根商洛大地，秉承"自强不息，止于至善"的大学精神，坚持"立足商洛，面向地方，服务基层，培养应用型人才"的办学标准，凝练打造了"秦岭现代中药资源和绿色食品开发利用，秦岭矿产资源综合开发利用，贾平凹研究、秦岭画派等地方文化传承创新"三大办学特色。2018年首次跻身由上海交通大学授权发布的"世界大学学术排名(ARWU)""中国好大学排名"内地600强，并成功地入选陕西省"一流学院"建设单位。学校建设有2个院士专家工作站、商洛文化暨贾平凹研究中心等3个省级教学科研平台。

商洛学院所在的商洛市地处中国南北地理分界线的大秦岭腹地，融黄河、长江两大流域之文明，汇山陕、两湖南北之移民，形成多元丰富的商洛文化。商洛文化具有南北过渡、多元并存的跨文化特征，其沃土滋养了商洛文艺绿洲，哺育出两位茅盾文学奖获得者——贾平凹、陈彦，培育出京夫、陈敏、陈毓等文学名家。在商洛诸位文学大家与名家的影响与带动下，商洛学院的大学生热爱文学、热爱创作，他们把文学创作作为实现自己人生理想的重要载体；他们边学习边创作，以文学创作充实、丰富自己的大学生活，实现自己的人生价值；他们以自己的创作丰富着中国大学生创作的版图，弘扬着中国大学的人文精神。

习近平总书记指出："文艺工作者要讲好中国故事、传播好中国声音、阐发中国精神、展现中国风貌。"我认为，我校大学生通过《时间的回音——大学生文学作品集》作品集讲述了商洛学院故事，传播了商洛学院声音，阐发了商洛学院精神，展现了商洛学院风貌，这对于商洛学院的"一流学院"建设以及内涵式发展具有重要的推动作用。

对于勇于奋斗的人而言，时间是幸福的源泉，《时间的回音——大学生文学作品集》正是记载商洛学院大学生勇于奋斗的形象档案。我坚信，商洛学院大学生定会以《时间的回音——大学生文学作品集》的出版作为继续前行的动力，创作出更多更优秀的作品。我有理由相信若干年后，他们中间会走出像贾平凹、陈彦一样闻名于世的文学大家！这本作品集的出版，无论对于他们还是商洛学院来说，都是一件值得祝贺的事。今天，商洛学院给了他们一个平台；明天，他们会给商洛学院书写一份骄傲。在作品集《时间的回音——大学生文学作品集》付梓之际，我写下这些文字，以此作为我对他们的鼓励与祝福。是为序。

龙治刚

2019年仲夏写于商洛学院

（作者系商洛学院党委书记）

目　录

第二辑　天下大同

第三辑 创意写作

第一辑 故事掠影

大玉儿

◎王晨曦

"太皇太后，吉时到了，该上朝了。"老太监用他那尖尖的嗓音说道。玉儿缓慢地站起来，左手牵着那年仅八岁的玄烨小皇帝走向了朝堂。

"吾皇万岁万岁万万岁，太皇太后千岁千岁千千岁！"玉儿和小皇帝接受着群臣的朝拜，真是风光无限啊！奈何这不是玉儿想要的，如果能重来一次，玉儿绝不要这江山。

玉儿不由得想到多年前……

"听说大汗身体不好了，要召集大臣商议传位之事呢！"两个小婢女又在外面嚼舌根子。玉儿听了两人的对话，于是偷偷躲在大汗的帐外想要知道大汗到底中意哪位王爷。"大汗，臣以为八王爷皇太极骁勇善战，在军中威望很高，如立皇太极也有利于稳固军心呀！""大汗，十四王爷在军中也有大批将士拥护且天资聪颖，政绩也得众人称赞，当立十四王爷呀，大汗！"大臣们你一言我一语地争论着。大汗皱了皱眉，沉默了半炷香的时间，说："多尔衮确实最得我心意。"大臣们听了这话，眼神交错打着自己的小算盘。

几天后，玉儿奉诏在御前侍候着，大汗望着玉儿，说："本汗的这几个儿子，你瞧上了哪个？"玉儿知道大汗的意思，但她不能回答，说出哪个人的名字都是错。大汗看她那低头不语的样子，也不打算再问了。

大汗从枕下拿出他已拟好的诏书递给玉儿说："我不放心那些大臣，他们心里都是怎么打算的，本汗岂能不知，自是信不过他们。思来想去还是将此重任交给玉儿你了。你于两方来说，宣布此事是最合适不过的。""玉儿惶恐，怕是完不成大汗交给的重任。"大汗笑了笑说："本汗信任你。"

于是玉儿接下了这让她后悔一生的任务。

平淡的日子又这么过了几天，"铛，铛，铛……"这钟为何在此时敲响？玉儿心里纳闷着，见侍女太监们都神色匆匆地向大汗的帐中走去。玉儿心里一阵慌乱，拽住了一个小太监问："这是发生了什么事？""回姑娘的话，是大汗，大汗他，他仙逝了。"说完便匆匆走开。玉儿顿时不知所措，久久地站在原地。

…………

"父汗明明是将汗位传给了十四哥的，你有什么资格抢去？""好了，多铎，少说两句。"多尔衮、皇太极、多铎等一众皇亲国戚都在朝堂上等着立汗王的消息。皇太极一派和多尔衮一派互不相让，众臣也分成两派相互对峙。"大汗留了一道旨意给了大玉儿让她来宣布，不妨叫她来宣旨，结果自然也就出来了。"一个老臣站出来说道。

玉儿捧着圣旨走了进去……

"不可能，明明是十四哥！"

"事实都摆在面前，还有什么好说的！"

大臣们你一言我一语地吵个不休，"大玉儿你要我们相信你，可以，但你必须立下毒誓，以证真实。"多铎说。"对呀，对呀，立下毒誓，以证真实！"一群支持多尔衮的大臣附和道。

玉儿扫视了一眼朝堂下，皇太极和多尔衮等都盯着自己。一个是自己心目中的大英雄，另一个是自己的挚友，无论说什么，结果都会伤害其中一方，玉儿深知如此，但无可奈何。"我大玉儿在此立誓，如有半句虚言，就让我终身得不到幸福，失去挚爱！"玉儿立下了誓言，送皇太极坐上了汗位……

几年后，皇太极称帝，立大玉儿为庄妃。玉儿不知自己爱着的这个男人从来就没有爱过她，而是深爱着自己的姐姐——海兰珠。而一直深爱着玉儿的多尔衮却娶了她的妹妹小玉儿。自己爱的人却不爱自己，玉儿日复一日、年复一年地过着和无数后宫女子一样凄冷、寂寞的日子。几年后，海兰珠离世，皇太极也悲伤至极，不久便卧床不起。

"娘娘，皇上终日病着，奴婢听说皇上欲将娘娘送入冷宫，小阿哥也要送到军中去。"玉儿一下腿都软了，想着皇太极怎会如此狠心，就为了一个海兰珠。

只有多尔衮能帮自己了，玉儿想着。她找到多尔衮许他摄政王的位子，以此为条件扶持她的儿子福临登基。

皇太极驾崩，福临登基。

十几年间，玉儿过着她太后的日子，皇帝突然告诉她，他要出家远离尘世。玉儿后半生的支撑就这样倒塌了。玉儿该依靠谁呢？

最后，她唯一的希望只剩下了小孙子玄烨。牵着玄烨的手站在朝堂上，玉儿后悔她当年所做的决定，后悔她所立下的毒誓。

果然，誓言应验了，她这一生都不幸福。她心目中的大英雄皇太极，爱了她一生的多尔衮，疼爱自己的姑姑，她的儿子福临……这所有所有的人，都离她远去了。

她多么想这一切重新来过，多么想坦白地告诉多尔衮：其实，这皇位是你的，是玉儿骗了你啊！

（作者系商洛学院学生）

伞

◎严宇飞

天还没有透亮的时候，阿娟就收拾好简单的行李出门了，其实按原计划，她是要在家多待几天的，但固执的老爹总抓住她的各种小毛病喋喋不休，让人心烦。昨天夜里，父女俩大吵了一架，阿娟当即就想摔门而去，但无奈处在交通不便的小乡镇，说走就走成了一种奢侈，只能去赶第二天最早的一班车。

阿娟走的时候，老爹还没有醒来。习习的凉风暗示着夜晚还未结束，路两边稀疏的路灯，倒真像还没睡醒的眼睛，乡间地头到处阴森森的，阿娟不由得有些后悔。其实，她知道，老爹不过是对她老大不小还不谈婚论嫁的事耿耿于怀。整日没头没尾的争执也只是为了让她妥协去相亲罢了。其实，结婚这件事，阿娟不是没有想过，但现在正是自己事业的关键期，况且姻缘这种事可遇不可求。

湿冷的空气让阿娟缩着脖子拉高了衣领。五年前大学毕业后，她留在了那个沿海城市，一直干到公司的部门领导，这其中有过许多的艰难与辛酸。如今老爹年纪大了，他对女儿迟迟未解决的婚事似乎产生了一种执念。不知从何时起，无谓的争执便成了这父女俩的家常便饭。

"从前可不是这样的啊！"阿娟望着自己的影子喃喃地说道。父亲在自己心中一直是一个温暖正直的形象，他们像所有的父女一样，拥有彼此独特的默契。他是太阳，她就是阳光下的一株向日葵；他是大树，她就是树下刚冒尖的新芽；他是雨伞，她就是伞下避雨的小娃娃。那时候，一切都刚刚好。

路上的雾气越来越大，天上也飘起了小雨，回忆被冷冰冰的气流吹散。有冰冷的水滴从脸上划过，分不清是雨水还是苦涩的泪水。阿娟拉着行李的手冻得发青，细雨又蒙住了她前行的双眼，想要撑伞遮一遮，才想起雨伞忘在家里了。偏偏这个时候肚子又饿了，这所有的一切都显得那么糟糕。阿娟恨恨地跺了下脚，那该死的车站还有多久才能走到？

两公里外的车站门外，有个人撑着伞站在台阶上，伞下不时飘出一股股烟雾，与湿冷的空气混杂在一起，营造出一种压抑的气氛。在天还完完全全黑着的时候，邵老爹就出门了，一路上阴冷的气流，吹醒了他的眼睛，也吹醒了他的心。昨晚与女儿发生了严重的争吵，女儿那句要离开家、离开他的话，不是什么气话，而是发自内心的真话，他知道自己这次的话语有些过激了。

"从前可不是这样的啊！"邵老爹望着车站旁早点摊上的热豆浆，沉浸在回忆里。豆浆是女儿最喜欢的早餐，尤其是自己磨的，他记得女儿每次都用双手撑着笑脸看自己磨豆子，醇香浓郁的豆浆是父女俩美好的回忆。那时候，一切都刚刚好。

已经好多年没有磨豆浆了，父女俩也好几年没有好好在一起待过了。女儿事业有成，却迟迟没有结婚，这成了邵老爹的一块心病。为此，父女俩的争吵越来越多，这种事是急不得，但为人父母又怎能真的不急。昨晚的争吵逼走了女儿，老爹的心里更不是滋味，这所有的一切都显得那么糟糕。

邵老爹知道女儿会来赶最早的一班车，邵老爹还知道女儿马虎，肯定不会提前了解天气。女儿身体弱，淋了雨肯定会生病；女儿要强，狠了心不会在家理会自己。因此，邵老爹带了两把伞，提前踏上了女儿要走的路途。

淅淅沥沥的小雨中，阿娟哈着白气快步行走着。低气温让她顾不得烦躁的内心，只是一味地向前走着。透过灰蒙蒙的细雨，车站两个大字终于出现在了眼前。可车站门前，那个高大瘦削的身影，却让她顿住了脚步，伞下的老爹不时地吸着烟，眼神沉浸在远方，显得孤寂无助。阿娟的心狠狠地颤了一下，不由得喊了声："爸爸！"

邵老爹看见女儿的时候，女儿如同一只在风雨里颤抖的小鸟，头发、衣服全都湿了，行李箱上也布满了泥渍。邵老爹的心狠狠地颤了一下，不由得喊了声："娟儿！"

父女俩的呼喊同时飘向空中，完美地重合在一起，相似的眉眼里满是对彼此的担心与关怀。稀疏的小雨变成了稠密的中雨，一高一矮的两把伞，紧紧地挨在一起，朝着家的方向重新出发了。至于婚姻的事，阿娟明白是该提上日程了，邵老爹也明白不该过分地去逼迫女儿。

（作者系商洛学院学生）

阿　婆

◎贺　盈

　　阿婆并非我的亲奶奶，她是我家的邻居，因她年龄偏大，我自小称她阿婆。她矮矮的，瘦瘦的，瘦削的脸庞，满头的白发，见人时总是乐呵呵的。如今，离阿婆去世已经好几年了，但她的音容笑貌却长久地留存在我的心底。现在，我仍记得她见人时那会心的笑容，仍记得她对我的疼爱。

　　我自小没有爷爷奶奶，父亲常年在外打工，家里家外大大小小的农活都由母亲一人承担。我家周围没有几个同龄的小伙伴可以一起玩耍，但我的童年因为有阿婆，并未觉得苦闷，反而觉得丰富多彩。阿婆会给我讲很多妖魔鬼怪的故事，每每听她讲的时候，我都感觉十分有趣，但每当天黑下来的时候，我就很怕故事中的鬼爬到我的身上来。她喜欢用泥给我捏各种东西，如桃子、盘子、茶壶、形态各异的泥人等，那些小东西总是惟妙惟肖，为此我常被其他小伙伴羡慕。我的童年，因为有阿婆过得非常快乐，特别是那一天，我印象深刻。

　　那天，阳光明媚，天空湛蓝蓝的，微风轻轻吹过面颊，平地上有几个在放风筝的孩子，天空中有鸟儿不时滑过。我刚经历了一场考试，心情和天气一样好。我满心欢喜地拿着试卷回家等母亲夸我，但母亲并不在家，我只好一个人孤寂地坐在院子里。阿婆望见了，便把我拉去她家，她看了我的试卷，会心地一笑，眼睛眯成一条缝儿，她银色的发丝在阳光下耀耀发光。她知道我没有吃饭，便去厨房热了饭菜，端出来给我吃。阿婆或许是把我当成了她的亲孙女吧，她不是我的亲奶奶，却胜似我的亲奶奶。

　　我曾经想过，日子要是能一直快乐地过下去就好了。但天有不测风云，人有旦夕祸福。在我离开家去县城上中学期间，有一天，母亲给我打电话，她的声音有些颤抖，她就简单地告诉我，村里有老人去世了，我问，是谁，母亲匆匆挂了电话。我又把电话打了过去，这时，母亲才缓缓地告诉我，阿婆出车祸去世了。我的手机从手中滑落，顿时眼前一片湿润。一想到以后再也无法见到她了，我的心就特别疼。我赶回去参加了她的葬礼，那天，风很大，雨也很大。母亲告诉我："人死如灯灭。"她永远地离开了我，我再也无法见到她了，但是，她似乎从未走，因为她一直活在我心里。

（作者系商洛学院学生）

月无影

◎任佳南

悦耳动听的鸟语徘徊在空旷的林间，几片梅花飘零，一位清秀的女子正背靠在一棵梅花树下，明亮的眼眸竟那般动人……

清风徐徐，一位白面书生经游此地，环顾周围的美景后，顺势吟了一句诗："天涯云落无寂寥，嫣汐梅索泌吾心。"

顷刻，女子明眸一闪，极轻微的脚步声也能引起她的注意，可见那并不是一个正常人所具备的能力，唯独妖……

一阵梅花雨迎面袭来，白衣书生开始有些惊异，这梅花并不是飘落，是漂浮而过。

他的视线，紧随梅花的轨迹漂浮不定，直到那股梅雨，凝固成形……

"这……绝对是梦境，根据史书记载，庄周梦蝶的灵感源头就是归于自然，许多新奇的玩意都归功于它！这或许……就是那新奇的异象罢了！"书生连连赞叹。

"是谁？胆敢闯入我的领地！哦……原来是人类。人类的话，随时欢迎，你是来求姻缘的，还是祈平安的？"清秀梅妖问道。

"小生只是路过，误撞此地，先行告辞！"书生转身要走。

人类遇到未知的东西，总会选择逃避。

…………

"站住，你是？我命中之人……"梅妖腰间的玉佩正散发出一股幽绿的光芒且狂躁地跳动着。

…………

"这位仙人，你定是认错人了，我只是一介书生，哪能攀得上尊驾呢？"书生连忙后退，显然有些畏惧。

"看来你还没想起来，赵民！"

"咦？你怎么知道我的名字……"书生感到万分惊讶！

"诺，是这个玉佩告诉我的。"她指了指腰间的幽蓝玉佩。

…………

一人一妖，就这样开展了对话，最后得知梅妖之名"花语"，书生所处的是一个战火纷飞的年代，有才之人得不到重用，只有无尽的厮杀和刀锋上的鲜血……

渐渐地，日久生情……

来自山下的一对恋人来到那棵梅花树下，两人并排跪下，双手合一，祈求平安、长久……

攀坐在树上的赵民早已没了当日的优雅，或许，是梅妖的野性，多多少少传染了他。

顷刻，他开始发现，情况有点不对劲儿了，那个男人，他的背后有五只毛茸茸的尾巴，通体黝黑，眼神中带有淡淡的血色……

"小心！"赵民吼道。

一句提醒使女子睁开了眼睛，快速扫过四周才发现，自己的爱人变成了一只黑狐妖……

不知是何原因，那妖看起来十分痛苦，好像有什么力量在与他僵持着，一声怒吼响彻天际，柔弱的女子被这股妖气震晕了。

此时的黑狐双爪抱头，嘴中在嘀咕着什么……

"不可以，你不能伤害莲花！她是我最重要的人，你快从我的身体里滚出去！"他体内的灵魂正怒火中烧地抵抗着。

…………

林中的鸟畜四散开来……

"什么？赵民有危险！"花语腰间的玉佩正躁动不止。

…………

"你已经和我的主人签订契约了，你想反悔吗？"狐妖的灵魂开始有些力不从心。

"只要你不伤害莲花，我什么都答应你！"微弱的人类灵魂，情绪极其不稳定。

一股强力的梅花雨袭来，逐渐错落成形，一位红衣女子从梅花雨中走了出来，而赵民正躲在梅花树后。

"你是谁？"黑狐似乎已经稳定了那个灵魂。

"哟，十年没见，又开始害人了，手下败将！"花语淡淡笑道。

"难道，你是？你是千年梅妖！主人，快来救我！"黑狐转身想溜，却被一股梅花雨包围，身体完全动不了。

"哦，原来是一个残影啊，你可以去了！"花语灵眸一闪，包围黑狐的梅花雨瞬间收缩，一团黑气从口中吐了出来，在空气中消散了。

此时，晕倒的那位叫莲花的女子坐起身来，扫过眼前的一幕，瞬间惊醒，急促地跑向自己的爱人。

"呜……你，你们把他怎么了？"女子还不明白是怎么回事。

"唉，真是一个悲哀的人呢？为了你，他出卖了自己的灵魂，跟黑狐做了交易！"花语似乎知道一些什么。

"我……我不相信！"女子依旧不愿意接受眼前的一切。

人类，就是这样，重感情的动物，尽管是在欺骗自己……

"好吧！那我就把他的事情，用法镜放出来吧……"话音未落，她辗转挥袖，一片梅花组成的镜像展现出来……

那是一个地牢，一个遍体鳞伤的男子躺在冰冷的墙壁上，杂乱的长发盖住了他的面孔。

死寂的暗处，凭空走出来一只妖，他右手拿扇，淡淡地说道："啧，啧！可怜的人类，我觉得我们可以做笔交易，只要你把自己的灵魂给我，我可以实现你的所有愿望。"

"真……真的吗？咳咳！"落寞男子的嘴角流出一丝鲜血。

"当然是真的了，就看你做不做这笔交易了？"黑狐游刃有余地反问道。

"好，只要你让我杀了那个家伙，我……我什么都答应……咳咳！"男子咬牙切齿地说道。

"好，就这么定了！你把这枚妖丹吃了，你就可以拥有无穷的力量，到时候就看你想怎么样了？"黑狐将一枚黑丹递给男子，后者毫不犹豫地吞下。

又在一场暴风雨中，一个看起来非常富有的中年男人正在与自己的小妾作乐，那臃肿的中年人一脸淫笑道："等到明天，就把那个叫莲花的纳为小妾！哈哈……"

猛然间，一声巨响让他打了个冷颤，房门被破，一个披头散发的男子闯了进来。

"你……你是那贱人的情人！"中年男人惊道。

"你竟敢这样对莲花，绝不饶恕！"

"你……你想怎样？快来人呐！"

"不要挣扎了，没人会来救你，他们都被我杀了！"

听到这句话时，那两个小妾已经被吓昏过去了。

"我……我还不想死，求……求求你，你想要什么？我……我都给你！"

"呵呵，自从你把我们拆散，我就不可能原谅你了，你可以安息了！"披头散发的男子，五指瞬间变成了爪子，硬生生地将后者的头拽了下来。

"你都看到了吧，他为了你做了那么多的事情，真是可怜啊！"花语叹道。

"呜……"女子还在哭泣着。

……

"对了，花语，你能救活这个人吗？"赵民试探性地问了问，莲花听到事情有了转折，赶紧望向这边。

"唉，没办法，他的灵魂已经成了祭品，只要重生的主人一死，灵魂残缺的他自然也活不了多久！"

人生就是这样，大喜大悲并存着，现在的莲花，也别无所恋了……

就这样，一人一妖，目送着那位女子的远去，似乎并不是普通的离别，而是送往黄泉路上的忧伤……

（作者系商洛学院学生）

办 证

◎虞文泓

冯源是一名办再就业优惠证的公务员，一个很平凡的公务员。但同事和领导都很喜欢他，因为他总能说一些同事喜欢的话，办一些领导喜欢的事。那么多领导，那么多喜好，他却总能记得科长爱吃哪家的饭，处长喜欢抽什么牌子的烟。最关键的是他是可以和局长搭上话的人，这也真的应了他的名字——冯源。

今天是周五，办公室里已经有了周末的气氛，就连天气也很应景，阳光明媚。冯源今天的心情就像天气一样很不错，他坐在办公椅上眯着眼睛，晒着太阳，想着局长说今天晚上带他去参加一个饭局，便不由自主地笑了。

这时，一个穿得很土的男人进来了，迎着阳光，但却带着灰尘的味道。他不安地扫视着这里的一切，突然眼睛一亮，直奔着冯源的位置走去。他失业很久了，还是个农民，办完这个证应该可以获得一些实惠。他站在冯源的办公桌前，挡住了阳光，也打断了冯源的美梦。

冯源很生气地眯着眼睛，看向男人。男人毫无察觉，很迅速地从包里拿出一个包了好几层的袋子，并从袋子里拿出几个证件本子交给冯源。冯源并没有伸手去接，办公桌前的气氛顿时变得很尴尬，男人只好将证件小心翼翼地放在冯源的桌子上。他很局促地站在那里，刚要开口，却被冯源给堵了回去："下周再来吧，马上要下班了。"说完就又闭上了眼睛。男人愣在了那里，走还是不走？男人站在那里想了很久，还是小心翼翼地拿走了办公桌上的东西，佝偻着背，全身散发着失望，慢慢地走了出去。

晚上，冯源和局长一起去吃饭。其实冯源知道，局长之所以看得起他，叫他一起吃饭，是因为他帮局长的亲戚朋友办过再就业优惠证。这种事情本不是什么大事，但现在正处于严查期，局长并不能做些什么，而冯源正是看出了局长的难处，所以来办证的只要是局长的亲戚朋友，哪怕证件不齐全，他也一样帮他们把证办了下来，就这样局长注意到了他。又因为冯源那左右逢源的性格，局长也有了提拔他的意思，而今天的饭局就是很好的证明。

饭局结束后，他送局长到车前。分开时，局长拍拍他的肩膀说："辛苦你了，好好干。"这是局长经常对下属说的一句话，也能体现他作为局长的风度。而这句话在冯源的耳中却有另一种意思，他知道自己又有事要忙了。在冯源看来，局长对他说这句话是因为局长又有亲戚朋友要办证了，而后一句"好好干"其实可能是局长暗示他要给他升职了，因为这段时间局里在提拔基层干部。

冯源知道，其实局长那些亲戚朋友并没有失业，而他们办这个优惠证就是为了谋取一些不正当的利益。但那又有什么关系呢？对于他来说只是办几张证而已，不但没有损害自己的利益，而且能让自己升职，何乐而不为呢！

新的一周开始了，冯源照常上班，其实他一早上都是心不在焉，他在等人，等着给局长帮忙呢。周一并没有像局长的朋友的人来办证，周二、周三、周四也都没有。这时，冯源的心有点儿慌了，过几天基层领导的选拔就要开始了，这件事要办不好可能会影响他的升官发财之路。冯源的眼睛就像锥子一样盯着这两天办证的人。

终于，来了一个面熟的人，但那土得不能再土的人，却又不像局长的朋友。那个人先开口对冯源说："同志，你好。我上周五来过，你让我下周再来。"冯源回忆起了这个男人，他不是局长的朋友。

正好自己一肚子气没处撒呢，冯源就很生气地对男人说："你的证件不齐全，回去找全了再来。"男人的脸瞬间就红了，很局促地说："那，那我缺什么呢？来一……"男人的话还没说完，就被冯源打断了："自己不会看吗？"男人只好走了，其实冯源知道他的证件是齐全的。

出门的男人遇到了局长，他在视察基层工作，为了体现亲民的一面，他问这个男人："证办得怎么样了，顺利吗？"

"没，缺了一样东西。"

"哦，那下次记得带全再来。"

这一切被冯源看见了，他吓出了一身冷汗。原来，他是局长的朋友啊，现在有钱人都喜欢这样穿吗？这可怎么办啊，自己没认出来也就算了，还凶了人家。在几秒里，冯源的大脑就像一台计算机一样高速运转。

他行动不受控制地跑了出去，一把拉住那个男人，说："真是不好意思，我看错了，你的证全着呢，你现在和我上去，我帮你把证办了。"男人愣了一下说："那可真不好意思，还让您追出来了。"冯源心里一惊，说："没有，没有，应该的。"冯源想，幸好追出去了。

他领着男人去办证，还给男人倒了一杯茶。与此同时，局长还在办公室里视察着，他脸上挂着自认为最亲和的笑容，对每一个工作人员说："辛苦你了，好好干。"到了冯源这里，局长正要开口说那句话，却看到了男人在那里，就说："不是证件不齐全吗？"

不等男人开口，冯源就说："没，全着呢，我看错了，现在就给办。"

"嗯，那就好好办。"说完后，局长就走了。这时冯源的心才落地。把证办完后，冯源还亲自把人送了出去。

冯源站在办公楼前，长出一口气，感叹了一番自己的机智，想着幸好自己反应快，要不然还如何升官，虽然局长刚刚有些生气，但自己也帮忙把证办了不是吗？冯源的心情在这时又有了些许的缓和，他眯着眼睛看着办公楼前的这条大路，就像仕途大道一样越来越宽了。

冯源不知道的是，那句他认为专属于他的升官之话，在今天下午被局长说给了办公室里的每一个人。

（作者系商洛学院学生）

闫存志

◎兰　川

亲爱的人们啊，让我们再次把眼光移回到兰家堡，回到这个已经快要被世界忘掉的地方吧！

现在已经是深秋了，这个村子里的每条路上都被枯黄的叶子铺满，村里此刻几乎没有人了，年轻的人们在几十里外上学或在几千里外打工，只剩下几十个已经老态龙钟、头发苍白的老人。路边的土崖上有许多野菊花，鸟儿大概只剩麻雀了，真正的冬天虽然还未来临，可对这群老人来说，这深秋的凉意已使他们感到恐惧。他们早早地裹上棉衣棉裤，有些勤快的老太太还拿着木耙和背篓将整条路上的枯叶耙到一起，背回家去，准备对抗接下来这个不知道能否熬过去的寒冬。

此时这个整日不见人的村里也会多几句简短有趣的对话——"你还没有死啊""也活不了几年啦""你屋不是有你儿背好的玉米秆嘛，还要这个干啥""今年冷得早，我把炕烧得热，怕玉米秆不够用""你赶紧死吧，我还等着吃你的那碗面呢。"

与老太太对话的是一个五十多岁即将步入老人行列的人，他叫闫存志。从小到大，我一直叫他"疯子爷"，二十多岁以后，才把"疯子"这两个字去掉，直接叫爷了。

他是一个让我至今困惑不解的男人，在我与他一同生活的几十年里，他一直以我家人的身份陪伴着我，直到二十岁，还将一张钞票发给我做压岁钱，但我并不懂他。他总是一副恶狠狠、凶巴巴的样子，一脸的大胡子，让人觉得他像一个土匪。在我渐渐长大的这些年，我试着从父亲、爷爷以及其他熟知他的人的嘴里了解他的一些信息，但他们又好像只是局外人，说完之后，往往又加上一句"也不知道他那时是咋想的"，看来他们也不了解我"疯子爷"这个人。

他是村里的能工巧匠，可又不靠这些东西赚钱，每当有人需要帮忙时，就来找他，钱随便给点，管饭就行。几十年了，他的生活大都这样度过，如果全是这样，我该瞧不起他了。这么多年他都被村里人说成一事无成的懒汉，可我知道这个人身上还有许多别人不知道的故事，在他的生命还未结束的时候，我应该去写他人生最灿烂、最悲惨的那段岁月，我得为他揭去这"懒汉"的布，还他一个清白。

1966年，闫存志，十二岁。在他刚开始认识这个世界的时候，一场影响了一整代中国人的运动彻底使他"沦陷"了。在这场运动结束的时候，他学业荒废、一事无成。当村里有些人为了挣钱已经活动起来时，他还在观望、还在等待。那是一个信仰与现实猛烈碰撞的时代，那时与他一起观望的人在中国的大地上还有许多。

直到 1980 年，他才从这场梦里醒来。他知道世道变了，一切都和从前不一样了，没有了大锅饭，要想吃喝不愁就得勤快起来。当这个只会喊口号的人明白了这个道理的时候，他整个人突然就脱胎换骨了。他变得勤快起来，每日和父亲一起出门劳动，干起活来像一头健壮的公牛，看来，不出意外的话，他应该可以当一个衣食无忧的农民了。

上天总是给愿意改变的人最大的眷顾，同时给他们最大的苦难。就在他改变的那一年，爱情突然来了。只是一次田间的偶遇，目光的交流，便让他对那姑娘爱得死心塌地，由于受到思想观念的约束，他们不会将这爱说出来，只是偶尔说几句悄悄话，后来是帮姑娘家干活。这本应是一段普通农村人的爱情，却最终被贫穷摧毁了。

在他们相恋的那些天，他的生活开始变好起来，他甚至决定学个手艺，当个匠人。可人生不会是一帆风顺的，在你做好准备迎接美好时，生活往往会抢你一巴掌，把你打翻在地。存志的爹在存志二十二岁那年突然故去，由于家里没有积蓄，存志甚至没钱安葬他爹，最后，我爷爷拿出他的手被铡草机铡断后得到的补偿金安葬了存志他爹。

上天对人的打击往往是一个接一个！安埋掉他爹后，又一个消息传到存志耳中，原来与他相恋的姑娘的父亲死也不同意这门亲事，甚至当着他们全村人的面，说他闫存志也不撒泡尿照照自己，看他是个什么东西，就他屋那个样子，还想娶我女儿？我看他是拿着碾盘砸月亮哩——掂不来轻重，看不来高低！连个死人都没钱安葬，拿啥和我女儿过日子哩？他就是个啥都弄不成的二流子，和他爸那老二流子一个样！

是的，在大多数长辈看来，家境是选择终身伴侣的最直接依据。"他家情况好，你嫁给他才不会过苦日子。"这是多少长辈的至理名言，我不否认这种说法的合理之处，但我不赞同把家境作为为自己和儿女们选择婚姻的标准，真正的爱情应该是理性的，不能仅考虑物质条件，否则无论多合理的解释都将玷污"爱情"这两个字！就后来闫存志的生活状况来看，姑娘的父亲显然是正确的，但若不是他侮辱了存志死去的父亲，或许也不会毁了存志的一生。

人是会愤怒的，但许多事却会因愤怒而变得更加难以解释。我们习惯了用对错来评价人，可这样往往又是不全面的。失去亲人的人最受不了他人对已故亲人的侮辱，悲痛化为愤怒时的力量是可怕的，现在存志也成了一个因悲而怒的人了。他拿起一把老镢头，不声不响地出了门，直奔姑娘家去。

当他哭着跪下来求姑娘原谅却被姑娘拒绝时，他的心算是彻底凉了。姑娘说："我爸养我二十年，你却把他打伤，我一辈子都不会原谅你。"他说："那我就等你一辈子！"在妙湾那个老核桃树下，姑娘转身回了程家源，他在树下呆坐了两天。

后来，姑娘结婚了，他仍孤身一人。他彻底成为一个无牵无挂的人了，他不再走出村子，只是侍弄一点地，随便种点东西，过着不生不死的生活。爷爷找过他几次，让他不要这样，至少得找个媳妇，不然这辈子就没指望了。他说："我早就死了，你不用管我。"就这样过了三十多年，他从一个小光棍儿变成了老光棍儿，再没有人替他的婚事操心，村里人似乎已经习惯他一个人生活了。

记得在我很小的时候，还发生过一件趣事。有一个半疯的女人来到我们村里讨要吃的，我们一群小孩子把馍拿给她，不知哪个大人喊了句把她留下给存志当媳妇吧！我们一群小孩儿听后觉得高兴，便拉着她来到存志那破旧的屋子。这个疯疯傻傻的女人也不见外，找个地方便坐下了，又有女孩子给这个女人扎了头发，给存志的窗户上贴了窗花，我们还把他的屋子打扫了一遍，这下，这房子也像个新房了。也不知存志是配合我们玩儿还是心门再次打开，拿出一床新棉被来，放在炕上。可小孩子一手操办的婚礼却是短命的，这个疯女人在那天傍晚的时候就跑了，存志追出去，她已没了人影。我们一帮小孩儿第二天找遍了村子的角角落落，可还是没有找到那个女人，回来告诉存志："疯子爷，等我们以后再给你找一个！"他只是笑了笑，没有说话。

现在，他已经是个快六十的人了，话还是不多，说的也多是看谁不顺眼时的一些骂人的话，他看不惯村里那些不断给自己"扩地盘"占路的人，他谁也不怕，什么都敢说。现在，我终于明白为什么村里人都叫他疯子了。这个叫法显然不合理，由于村里懂事的人日渐多起来，很多人也改口叫他"老闫"了，这让我感到很欣慰。

从二十二到五十八，三十六年呐！这个因为爱情把自己荒废掉的人，我们难道有资格说他这一生是失败的吗？这个一心一意只爱一个人的痴情男人啊，在他已经度过三十六年的一个个孤单的夜晚，他是多么地思念心中的那个人，可又有谁能真正理解他心中的这份感情？即使把这爱情说出来，大多数人也会用已有的道德标准审判他，认为他因为爱情而自暴自弃的行为是为人所不齿的，人们更愿意看到因为没有得到爱情而奋发向上最终证明自己的成功事例。但生活往往不是这样，对一些痴情的人来说，感情会成为生活的支柱，一旦失去这份感情，他生活的希望就不存在了，生活的好与坏、穷与富都已经没有任何意义，这种我们认为消极的生活态度，往往又因爱而起，因此不管他成为哪种人，本身并没有错。

"爷，你还爱那个姑娘吗？""她已经没了，去年一月走的，冬天太冷，没熬过来。""她不是还不老嘛！""她嫁的那人是个混蛋，结婚没几年他家的家底就被他输光了，她过的日子太苦了，身体早早就垮掉了！"他忽然转过身去不再和我说话，在那个大核桃树下，我第一次看见他流泪了。

这个痴情的男人！

（作者系商洛学院学生）

父亲与烟

◎范文婷

父亲原来不抽烟。

"当时你妈答应嫁给我可不就是因为我不抽烟嘛。"父亲夹着烟，苍老的眼睛眯在一起，眼角的皱纹像慢慢苍老的树皮，黑黑的。"吧嗒"吐出一口烟雾来，带一点儿嘲弄和骄傲，好像烟雾在说话。

"那后来呢？"

后来母亲生了一场大病，父亲就染上烟瘾。

像极了他对土地和家庭的热爱，他对烟也迷恋得无以复加。

母亲生病的那年夏天，父亲从遥远的地方赶回来。只听说母亲病了，从村口下车一路跑到家里，膝盖和胳膊上都蹭着土，脖颈上的汗水流进他白衬衫的领子里，湿湿的。那时候他三十来岁，我觉得他很帅。

在山村中，朴实的农民同山外的农民一样朴实，无知的邻里也一样无知。现在想来，母亲的病着实算不得什么大病，但当时的父亲掏空了心血，拿出了他平常舍不得花的所有钱，说要为母亲治病。

父亲带着母亲去了县里，老中医说母亲的病得用艾叶加上黄芩煮了泡脚，还要用蝎子泡了酒抹在腿上。于是父亲出去漫山遍野地挖药，我背着背篓跟着他。夏天的太阳大而毒，我的头发湿漉漉地黏在额头上，突然我眼前一黑，连同背篓从坡上滚下去。父亲扔下篮子，一个箭步冲过来将我拦下，他安排好受到惊吓但没有大伤的我，在树底下给我找片阴凉。

每天下午，家里总会飘出浓浓的中药味儿，弟弟在村口玩儿，闻到药味便知道回来了。良久，父亲扶母亲坐在床边，母亲双腿耷拉在半空中，他拿着个小凳子，边和母亲说话，边用滴着药水的抹布为母亲擦着脚和腿，母亲的腿被他洗得发白发亮，他手上的茧子也被泡成了肉乎乎的白色，一搓就掉了，可母亲还是喊腿疼。

安排好母亲，父亲收拾了水和盆，锁了门坐在隔壁的屋子里，我和弟弟扒在窗上看着他。晚上的灯在院子映出我们两个高低的影子来，弟弟光着头，我扎着两个小辫子。风吹着树叶沙沙地响，我总感觉影子也在动。父亲从烟盒里抽出一支烟来，含在嘴里，在口袋里摸火柴，没有。他拉开抽屉，取出一盒新的，许是使的劲儿猛了，整盒的火柴便掉了出来，一根根横七竖八地散了一地。我皱起眉头，他也皱起眉头，弯下腰，拾起一根火柴和空盒子。"刺啦"一声，火光映着他的脸，手里的烟也亮起来，他猛吸了一口，咳嗽着埋头坐在沙发上，不说话，一直咳嗽。母亲叫他，他赶紧掐灭烟，两只胳膊在空中左右地来回摆动，完了便拿着桌子上的苹果咬了一口，打开门到母亲身旁，他不敢让母亲知道他抽烟。

后来姨妈说是母亲中了邪，带着三个神婆来家里，那天晚上下着雨，弟弟被安排在外婆家。她们拿着桃木剑，拿着上坟烧的纸，还有很多我叫不出名字的东西。到了晚上，雨淅淅沥沥地下着，桃木剑在纸上画着我看不懂的符，纸符点燃以后，轻飘飘地就在雨里飘到空中散了，父亲坐在厨房，烟头扔满了灶门下面的火口，一副很憔悴的样子。

我忘不了。

我猜得到父亲的绝望，至今我还没见过有人能一晚上抽那么多的烟。

老中医把母亲的腰椎间盘突出当作风湿来治了。后来姐姐说要带母亲去大医院做手术，手术后母亲的病也好了，只是家里艰难度日，父亲一年没有工作，又用一年还完了欠的所有外债。

可他戒不掉抽烟的毛病。每逢烟瘾犯了，他便避着母亲，躲到我房间来，嘿嘿一笑："你妈见不得我抽烟。"我把打火机递给他："少抽点就好了。"我是支持父亲的。

"吧嗒吧嗒……"父亲便开始给我讲他认识母亲时候的场景："你妈那时候吧，最爱扎着两个小辫儿，她上三年级，我上五年级。我站在教室门口，一下课你妈就跟个兔子似的从教室蹦出来跳沙包。我说那娃长得难看的，就知道耍沙包，以后谁要她……"我哈哈大笑，被他的烟呛得眼泪都流了出来。

他笑着："没想到最后让我给娶了！"父亲的烟灰抖落在地上，我们两个笑得前俯后仰。父亲喝了口水，继续抽烟，白色的烟雾一阵阵地从他嘴里吐出来，这时候的父亲是文雅的，我问他："那你真的戒不了啊？""此中有真意，不足为你道也。"他偶尔会蹦出文艺的话来，说他写得一手好字，只是我不和他学，倒荒废了他这个好老师。

"那我要把你养成好大学生呢。"他右手拿着毛笔，左手撑在桌子上，用嘴唇夹着烟，说着话，一根烟在忽忽闪闪、上上下下。

他在纸上写着"天道酬勤"。

只是转头一看，母亲在窗户外面站着。

（作者系商洛学院学生）

馈　赠

◎李　浩

这是一个世世代代以打猎为生的小村落，村落虽然小，但村民多多少少都懂得一些打猎的技巧。村里有个习俗：谁打的猎物最多，谁就是村里最有权威的人。因此，几乎所有人都拼尽全力去打猎，以成为那个最有权威的人。

这是天朗气清的一天，村里最"能干"的猎者吴人去林子里打猎时，看见了一只狼，凭借自己多年的狩猎经验，精准地射了过去，箭像飞梭一般迅速地飞向猎物。而当他像往常那样不紧不慢地去捕获到手的猎物时，他傻眼了——一个小孩倒在血泊里，双腿蜷缩，万般痛苦。这是一个大约八岁的男孩儿，头发脏兮兮的，又矮又瘦，看起来像是经历过常人难以想象的窘境。吴人仔细一看，小男孩儿的背部中了一箭，而那只箭正是他的箭！就在这时，一只狼从旁边的灌木丛里缓缓地走了出来。这是一只体型健硕的狼，前爪张弛有力，后腿肌肉发达，最令人毛骨悚然的是这只狼用它深邃的眸子死死地盯着吴人，眼神极其复杂，有憎恨也有哀求。吴人着实被这突如其来的一幕惊呆了，他刚才明明就是朝着狼的方向射过去的，他随后意识到是眼前这个小男孩儿替这只狼挡了致命的一箭。此刻，他没有急着抓狼，而是迅速放下手里的弓箭，抱起小男孩儿飞速地朝村里跑，脑海里只有一个声音在回响："救人要紧。"一路上，他都在想：为什么小男孩儿会替狼挡箭？他们是什么关系？狼为什么没有伤害他？而那只狼则始终跑在吴人后面，冰冷的眼神里掺杂着对小男孩儿的担心。

村民闻讯从家中跑来围观，在他们眼中，吴人能够带回一只完好无损的狼是一件非常惊奇的事。村民都围上前去询问，吴人只是轻轻地说了句："我没有射偏，只是……只是这个小男孩儿替狼挡住了我的箭。"在村民惊恐的眼神中，吴人抱起小男孩儿放回屋子里，敷药止血。而那只一起跟回来的狼则安静地蹲在屋外头望着屋内，眼神里充满了不安。

这几天，吴人一直在和内心中的另一个自己作斗争，他为自己伤害了小男孩儿感到愧疚，但心中的疑问仍没有散去。在吴人细心的照料下，小男孩儿终于醒了过来。吴人迫不及待地问小男孩儿为什么要替那只狼挡箭，小男孩儿没有理睬，而是吃力地爬下床，急匆匆地跑到屋子外面找那只狼。而那只狼自从跟随吴人回到村子里后，就一直在门口彻夜地守候着，当看到小男孩儿出现在它的面前时，它发了疯一般扑了上去，用舌头不停地舔着小男孩儿的脸，像看见了许久不见的亲人一般。小男孩儿在昏迷几天后看到狼也绽放出了久违的笑容，露出了两颗虎牙，泛出了这个年纪应有的朝气。此刻，狼的眼神充满了对吴人的感激，泪水在那两个深邃的眸子里久久盘旋着，眼神也温柔了许多。

原来，这只狼因为竞争狼王失败，受到种族的排挤，浑身都是咬痕，皮毛还留有斑斑血迹。在饥寒交迫之际，这只奄奄一息的狼恰巧碰到了到林子里摘草药的小男孩儿。小男孩儿把狼带回家中进行简单的包扎，让它的生命得以延续。

小男孩儿救狼的事很快传遍了整个村落，村民们都七嘴八舌地谈论着。吴人打猎这么多年，第一次经历这种事，让他心力交瘁。随后的几天，他感觉他的内心仿佛被什么东西掏空了一般，茶饭不思，夜不能寐，整个人处于极度憔悴的状态。小男孩儿和狼一高一矮地朝村外走去时，太阳落山了，播撒在地上的夕阳拉长了他们的身影，最后慢慢地消失在夕阳里。

他终于放下了手里的弓箭，点了一支烟，倚在墙上静静地抽着，眼神恍惚不定，烟雾缭绕里的他若有所思。

（作者系商洛学院学生）

老火塘，爱的温暖

◎代银凤

外公家的老式火塘简陋而不失温暖，收留着家中所有在外漂泊的游子。有老火塘的地方便是家的方向。

记忆里的老火塘从来都是黑黢黢的，黑黑的浓烟将土墙熏得发亮，它们就和苍老的外公外婆一样，一边慢慢老去，一边在等候着火塘边未至的归人。老火塘是外公家冬季取暖的工具，每逢天寒之时，外公就会在老火塘里拢一大堆火，添上干燥的柴火，一烧就是一整天，我们则围在火塘边，吃着烤红薯、烤洋芋，听外公外婆讲他们的故事。那时整个冬天都是温暖的，有外公外婆，有老火塘，有记不清名字的妖魔鬼怪……只是后来在所谓长大中，我已然忘了老火塘的名字，忘了在老火塘边听的故事，以至于这次见到老火塘时，我竟有了一丝陌生，好一会儿才缓过神儿。

老火塘还是一如既往地堆着干柴，摇曳着整个屋子的亮光，与以往不同的是，火塘边只坐着外婆外公，两个瘦弱的身影借着火塘的亮光映在土墙上，沉默无言。看到流浪的游子推门而入，外婆僵硬的身体微微一愣，才缓缓起身招呼游子坐下："外面下雨天冷，快来火塘烤烤，暖和暖和！"

游子的寒冷早在推门的一刹那就消失了，老火塘，就是游子最温暖的停靠点。外公外婆在老火塘边忙里忙外，对游子嘘寒问暖，土墙上的身影也不再孤单，整个屋子瞬间热闹了起来。久违的游子又团团围在了老火塘的旁边，互相诉说着外面的心酸苦楚；孩子们又悄悄拿来了红薯、洋芋埋在老火塘里，期待着他们梦寐以求的记忆变热变熟。唯有老火塘和外公外婆闭口不言，温暖地看着游子谈天论地。猛一抬头，看见了外婆眼角未干的泪痕和外公脚下的水烟袋，老火塘在微微叹息："这两个刚强的老家伙真的老了！"

我竟有点儿庆幸这几天阴雨连绵不断，因为它，我才有机会静下心来，坐在老火塘的旁边，静静地听它讲故事。我喜欢老火塘的安静与温暖，常常在它的身边眯着眼打盹，做着一个好长好长的梦。梦里有外婆埋在火塘里的野板栗，然后等它们熟透爆裂，一群小辈则依偎在外婆身边，在浓浓的板栗香中流着口水。

当游子都不在老火塘身边的时候，我不知道老火塘身上都演绎着什么样的故事。或许有外公外婆的家常拌嘴，或许有流浪猫给老火塘说的悄悄话，它们都静默无言，却又是那样的有默契。两人、一猫、一火塘，就是他们孤独的一生。

在万物轮回中，他们会一起老去，但老火塘边留下的温暖却会一直存在。

（作者系商洛学院学生）

模　仿

◎文　娜

最近这雨一连下了许多天，天上的云好像泼了烟似的，阴沉沉地压下来，闹得林静一家人也沉闷了许多，懒怠怠的，不用干农活，也不必出门。男人坐在炕上看电视，女人在厨房忙活着，把锅碗瓢盆弄得咣咣乱响。

"他娘，你声音能不能小点？咣咣咣，你干脆把这些东西砸了算了。"男人坐在炕头不满地说。

"你这死老汉，光知道看电视、抽你的烟，人死了，你像个没事人一样，我真是瞎了眼，这辈子跟了你。"女人说。

"你以为我不伤心，伤心有啥用，哭破天，阎王爷也不会把她送回来。"

"哎～我的女儿啊。"女人撂下手中的碗，坐在灶火前哭起来，她念着他们的女儿。

五年前，林静一家人搬到柳河村，在这个村里，她认识了柳歌和何诺。

柳歌虽然长在农村，却有着与城里有钱人家小姐一样的面孔，在村里是出了名的白净，而何诺是村里唯一读过大学的人，与柳歌从小玩到大。

林静自打来到这个村子，就喜欢上了何诺，然而，何诺喜欢的人却是柳歌。苦苦追求却不得，林静很是苦恼，在门口呆呆地坐着，此时柳歌恰巧经过，林静一时看出了神儿，想着想着，突然被什么惊醒一般，她开始模仿起柳歌来。

林静家境不是很宽裕，她却也舍得摊本，立即就到村头坐车，进城买衣服了。

隔天一早，她就穿了新衣服在村里转悠，本想遇见何诺，却不想碰见了柳歌。刚闲聊了几句，柳歌的手机就响了，是白色的翻盖手机，翻开盖子时，上面的花形图案闪着各种颜色的光。等柳歌接完电话，两人便各自忙自己的事去了。

回家途中，林静将自己的手机扔进了水沟，第二天便拿来了与柳歌一模一样的手机。此时，何诺走过来了，客气地给了林静一个微笑，刚打算走，却被林静叫住了。

"我的新手机好看吗？和柳歌的一模一样。"尤其把最后一句话特意强调了一遍。

何诺笑着说："柳歌的手机我见了，很好看，功能很全，手机盖还会闪光呢！"

随即，林静就把自己的手机盖翻开，像霓虹一样的光就在两人眼前闪开。

"呦！何诺，林静，你们在聊什么呢？聊得这么开心！"柳歌提着购物袋笑着向两人走来。

"没什么，随便聊聊，你买东西去啦，这次买的什么？难不成又是美白的药？"何诺打趣说。

"才不是哩，去买几袋盐，家里的盐吃完了，做饭都没得用了。"

何诺说："原来是这样啊，早知道就和你一起去了，我家盐也快用完了。"

三人又闲聊了几句，柳歌笑着说自己还有事，便提着袋子走了。

说者无意，听者却有心。林静扭过头问何诺："你刚才说美白药，是怎么回事？"何诺说他也是听村里人说的，自己也不是很清楚，林静没说话，只是用手摸了摸自己的脸，和柳歌一样的年纪，自己的皮肤却比柳歌粗糙了很多，肤色也比柳歌黑了许多，都说一白遮百丑，看来自己也得去吃美白药。林静想得出了神，被何诺一句"我先走了"所惊醒。

林静按捺不住好奇，但到了柳歌家门口，迟迟没有进去，就在这时，柳歌的母亲出门倒水，恰巧看见林静，就请她进家去和柳歌一起唠唠嗑。林静来到柳歌的房间，柳歌正在贴面膜。

"哎呀，林静，难得到我家来，快进来坐！"柳歌揭下脸上的面膜，热情地将柳歌拉进自己的房间，招呼她坐下，并倒了一杯水。

两个姑娘开始在房间里聊起来，女孩子嘛，聊着聊着自然就谈到了打扮的问题上，街上哪家店的衣服好看啦，用什么化妆品啦。林静也就顺势向柳歌询问起村里人说的美白药。柳歌笑笑说，哪有什么美白药，不过自己倒是知道一个美白的方子。

林静十分高兴，催促着柳歌教自己，于是两人向屋后的深山走去。采集完所需的材料，两人开始在院子里捣鼓，等一切制作工序完成后，一向温柔的柳歌突然神秘起来。

她先是支走了林静，又望了望四周，确定没人之后，摸出一个白色的小瓶子，打开瓶盖，往制好的面膜液里倒了一些粉末，快速地把粉末搅匀，又望了望四周，再次确定没人，才回到房里关好门，拉上窗帘把瓶子藏起来。这一系列动作看似十分隐秘，却不想被支走的林静看得一清二楚。

坚持了两个月后，林静皮肤确实白了很多，也嫩了很多，于是，她又坚持了两年。

这两年里，发生了很多事，林静变得越来越美，柳歌也与何诺步入了婚姻的殿堂，可好景终究是不长的。

婚后两个星期的一天，何诺醒来发现柳歌死在了自己身边，经医生鉴定，死因不明。

三年后，林静与何诺结婚，婚后两人的生活也算幸福，何诺也渐渐从上一段婚姻的阴影中走出来，可意外还是发生了。

三个月后，林静死在了何诺身旁，经医生鉴定，死因不明。

根据家属的讲述，医生把注意力放在"面膜"上，他们对制作面膜现场的每一个角落进行了耐心细致的观察，终于在砸制面膜的一块滚光圆滑的大青石下面，发现了一个小小的白塑料瓶，瓶子的标签处有一行赫然醒目的红色文字："增白霜添加剂"。在标签右下角有两行比蚂蚁还要细小的文字：

产品成分：汞、铅、砷

使用禁忌：本品为重金属，要严格控制用量(汞含量不超过 1 mg，铅含量不超过 40 mg，砷含量不超过 10 mg)，否则会使人慢性中毒，致人死亡。

看到这里，在场的人先是一阵惊……

（作者系商洛学院学生）

母亲的故事

◎章梦灵

儿时总是听外婆说母亲小时候如何要强，如何不服输。

改革开放之前，姚家村的家家户户都很穷，而我们家是全村里最穷的：土房子，墙角布满了蜘蛛网。外婆眼睛不好，性子柔弱，外公精神状态不好，母亲五岁便开始出去采茶卖茶，每每在集市上与人吵得不可开交，只是因为别人少给了母亲几分钱，村里人因此称她"小日本"。我想她只是单纯想让家里人过得好点儿，她将钱一分一分地攒起来，攒到十几块钱时，把钱交给外婆。

可是倔强的她终究还是年龄太小了，能帮家里做得太少。后来家里实在穷得揭不开锅了，她被外婆送走了，送到大妈家的小别墅里当保姆，虽然那时她才十一岁。第一次来到城里，看着以前没见过的大房子，望着那崭新的街道，她知道人和人原来生活的环境是不同的、人和人是有差距的。

大妈对她并不好，母亲经常说自己小时候有一次打破盘子，被要求跪在地上，一跪就是半天，不让她起来，还骂她。母亲要强的性子怎么忍受得了，肯定是极力辩驳，于是就挨了打。母亲原本就营养不良的身体怎么受得了这些，腿关节处的淤青，使她痛得站不起来，她终于忍不住大哭，凭什么，凭什么命运这么对待她，她不服气。

母亲发誓一定要活得比别人好。她从沈阳的大妈家逃回老家，十七岁第一次坐火车回到家里，开始在镇上打工。她遇见了一个男孩儿，每天送她上班接她下班，每次他拉母亲的手，母亲都羞红了脸，这原本是美好甜蜜的恋情。他想让母亲跟他回自己的老家，母亲想和他在一起，可她意识到不能，因为那个家里需要她，爸爸、妈妈还有年幼的妹妹，那是她肩上的责任，最后她选择放弃了初恋。

每日在外跑东跑西挣钱，什么能挣钱她就干什么，哪怕是脏活累活，她仿佛快忘记自己是个姑娘，是要嫁人的，转眼二十三岁了，成老姑娘了，外婆每每提到这个就着急地抹眼泪。这时正好一个男人对她还算不错，她想就嫁了吧。

可老天还是没有善待她，这个男人赌博，而且输了好几万，倔强的她决定离婚，这时发现她怀了孩子，一个新的生命。外婆劝她不要离婚，因为孩子还小，而且离婚对女人名声不好，亲戚劝她说她一个人带不了孩子，可母亲还是那般要强，她离婚了，把孩子生下来了。我知道她本可以过得更好，只要打掉那个孩子。

小时候我被放在外婆家养着，整天胡跑撒欢，差点掉到院子旁的池塘里，每次外婆都会着急地喊："恒恒，慢点跑！"当时母亲在外地打工。

　　我第一次来到城市，母亲带我去麦当劳，我并没有好好吃东西，而是在地毯上打滚，因为我觉得毯子干净得可以躺着睡觉，可是那是别人踩在脚下的。虽然我现在什么都记不起来了，但母亲说她当时心疼得泪水直流，她恨她没能力给我更好的条件。也是那一次，母亲决定把我带到她身边，给我好的教育。

　　今年我十八岁了，成年了，上大学了。这么多年来，母亲一个人为我默默地吃了太多苦，克服了很多我无法想象的困难。我想告诉她我要替她扛起肩上的责任，因为我知道没有她就没有现在的我。

　　母亲的故事，是我听外婆讲的。我写下来，想让她有个幸福快乐的后半生。

（作者系商洛学院学生）

我愿做你的情人

◎李芬娇

　　爱你，是我一生中最虔诚的修行；爱你，是我一生中最真挚的信仰。这爱，无关风花；这情，无关雪月。无论尘世多么荒芜，我仍旧是你的信徒。住进布达拉宫，你是雪域的仁波切；流浪在拉萨街头，你是世间最美的情郎。

　　每逢初一十五，家里人点燃柏香，我便想起你吟诵的那句"那一天闭目在经殿的香雾中，蓦然听见你诵经中的真言。"我也会去寺庙转动经筒，只为触摸你的指尖；去磕头，贴着你的温暖；去看佛塔，与你相遇；去升风马，守候你的到来；去垒玛尼堆，听你的梵唱。只因你曾为了爱情，忘却了所有，抛却了信仰，只为佛前哭泣的玫瑰。你的吟唱，用生命和着泪水。我爱你，爱你的真性情。

　　你一直被误解，从未被了解。那日，我牧羊于青海湖边，耳边的格桑花说400年前它见过你，你在被押解回京的路上，留恋青海湖的美景，用仁德劝说差役，给了你自由，于是你和我一样成了牧羊人。而世人都说你神秘消失，乘莲而去宣扬佛法。恍惚间，我看见了你，足踏莲花而来，你告诉我，你只想要自由，不想端坐圣宫接受万人膜拜。之后你匆匆离去，我只能在雪山下仰望白衣飘飘的你。蛇说"你是浪子"，你的嘴角噙着淡淡的笑，在你的眼神中，我读懂了"欲将心事付瑶琴，知音少，弦断有谁听。"

　　你在《问佛》中说："佛是过来人，人是未来佛"。你在尘世的浊与佛界的洁中自由穿梭，红尘中为人，佛界中为佛，你用不拘一格的行为和多情的诗歌刺破了神圣的光环。雪域高原上的仁波切，藏传佛教中最出色的活佛，你将高深的佛法用通俗的诗歌表达，诗性与佛心你皆有。

　　灵或为情动，或为爱牵，你身在佛法的最高处，心却在红尘的最深处。我懂你，你也找过两全法。你曾吟诵，世间安得两全法，不负如来不负卿。但佛与情终归不能两全，你迷茫在爱情的追求和佛教的清规戒律之间。"接受她的爱，怕牺牲佛缘。入山去修行，又违她心愿。"最后你追求了爱情，多情是人的本性，佛法修炼是佛性。但这两者你与生俱来，你是神童，你的情更真挚。我爱你，这爱是仰望。

　　你是悲壮的胜利者，你抛弃了佛，献出了生命，用情将灵魂推向了高处。你的命运虽然惨烈，但也最辉煌。这命运，让整个雪域为你疼痛。

　　你是神童，你的前世为你铺好了今生的路，你只需在菩提树下参悟，但你没有，你还是愿漫步在红尘之中，于是我恰好与你相遇，只隔着一场梦的距离，解梦的只能是风。

一盏青灯，我为你燃；一方檀香，我为你置。佛法为你所通，佛却为你所痛。你和我的情，湮没在浩如烟海的经书中；你和我的情，沉寂在冷香袅袅的灵台前。你感动了佛，佛成全了你，所以你收获了佛与情。

我对你的爱很大，大到无边之处便成了浩瀚，隐了踪迹；我对你的情很深，深到无底之时便成了静默，无了波形。

（作者系商洛学院学生）

神 庙

◎张 咪

吴上村里有一座神庙，名为"上善庙"，被供奉的善水君是村民们的五谷保护神，只要善水君在，村里的收成只增不减。这里的村民每天都准时虔诚地上香跪拜，庙里香火鼎盛，人们摩肩接踵，庙外的拜神队伍已经绕满了好几条巷子，整个村庄都被欢声笑语包围着。

每到丰收的季节，无边的黄色稻浪在阵阵凉风的吹拂下向前翻滚着，隐约嗅得见满天飘散的缕缕稻香，一粒粒饱满得相互打颤的金色稻谷无一不让人心情愉悦。

但是，在这一年里，蝗灾、干旱等天灾通通找上了吴上村的门。村民争先恐后地跑去上善庙向神仙求助，可庙里的门槛被踩烂了，情况依旧不见好转，死神逼近的压抑感笼罩着整个吴上村。

此时，天上一蓝一红两个身影正静静地站着，那是正在观察吴上村的两位仙君。

"你当初极力挽救的子民现在正处于水深火热之中，而你却在一旁看好戏，怎么不见你当时大仁大德的样子了？"厄水君翘起兰花指着摇着梅花扇调侃道。

"那并不是什么大仁大德之举，只是万事万物皆有借有还，借还轮回本是天道。"善水君回忆道："一百年前，本君怜悯他们，于是下定决心帮助他们，在其祖先的梦境中说得很清楚，用五十年的无收换取一百年的丰收，现在一百年已经过去了，是时候让他们兑现承诺了。可谁知他们竟然在快乐中迷失了自我，没有及时地做好应对灾难的准备。"

"你明知道这些愚蠢的村民向来目光短浅，自私自利，你还是如此地心狠手辣。"厄水君无奈地笑了笑。

"我又何尝不想再给他们一次机会，可我在鬼华君的借还录上已按了手印，倘若我再插手此事，便是违反天条，那可是要丢饭碗的啊！"上善君垂下眼帘，无奈道。

"别忘了你还有我这个师弟啊。"厄水君坏笑，"我想到了一个好方法，既可以给他们一个机会，也不会违反天条。"

第二天早上，天空突然雷声阵阵，闪电霹雳，大雨倾盆。黄绿色的雨水浇灌着干裂贫瘠的土地，滋润着万物生灵。

"太好了，厄水君显灵了，我们大伙儿有救了！"村长跌跌撞撞地跑到门口，看着昨晚托梦给他们的厄水君所说的天降大雨，面部因激动而颤抖不停。

村民都激动得跑出去，在雨中欢呼跳舞，仰天跪拜，以表感恩。

不知道过了多久，雨停了，整个村庄都恢复了生气，万物恢复了生机，田野上的庄稼黄得璀璨，谷粒饱满。

"乡亲们，我提议给咱们的大恩人盖一座神庙，把那个没良心的善水神庙拆了解恨，大家说好不好？"一个中年男人说。

"好好，拆了，拆了，善水君不再是我们的保护神，我们信仰厄水君，他才是我们的救世主。"另一个男人高举着镰刀起哄道。

"拆拆拆！"随后，全体村民各自冲回家中拿起锄头耙子，气势汹汹地来到善水庙，摔碎了善水君的雕像，挂上了崭新的镀金牌匾，锃亮的，快闪瞎人眼，也闪晕了人性。

"各位乡亲，"村长发话了，"厄水君大发慈悲地降下大雨，拯救了全村人的性命，而在村外五公里处有两亩花田，那是厄水君托梦给我让我们村民自愿地帮忙照顾，绝不勉强，能够替我们的大恩人做事何尝不是一份快乐呢？大伙说是不是？"

"是是是。"众人激情昂扬地回答。

几天后，花田里的村民个个人挤人地松土、浇水，笑容满面，一唱一和地吹捧花朵的美丽。

"张大娘，那块地方我刚刚浇过水了，不用再麻烦你浇水，神君知道你的心意的。"

"李叔，你的松土方法不对，这样会把花根弄死的，到时神君怪罪下来可就担当不起了。"

"华大婶，管好你家小孩儿，神君的花是可以随便摘的吗？他应该到神庙里跪上一天。"

…………

但是，渐渐地，去花田的人少了，那些美丽的花儿活像一群被父母抛弃的小孩儿。

"张大娘，你今儿个去花田浇水了吗？"

"别人应该都去了，我就不瞎掺和了，再说，花田离家太远了，我的腿一向就不好使，路走多了容易抽筋，花田里总是会有人照顾的。"随后便和刘大娘结伴去爬山了。

"李叔，你今儿个去花田松土了吗？"

"我已经是一个老头子了，老眼昏花，一不小心就容易弄坏花根，这些事还是交给年轻人做吧。"随后便继续穿针线为他的孙子缝衣服。

…………

"看到了吗？这些村民忘本忘恩，总是好了伤疤忘了疼，感恩别人也只是三分钟热度，他们的身体充斥着自私和侥幸，早已不知道感恩二字如何写了。"厄水君说，"三年后，他们将会面临一场更严重的旱灾，这是他们应得的，到时候，历史上的吴上村就此消失。还有，多谢师哥给我一个机会，让我集齐一百座神庙，明天就可向天帝申请升职了。"

"你……"善水君气急攻心，吐血而晕，气息奄奄，厄水君挥挥衣袖，上天筹备自己的升职大典了。

（作者系商洛学院学生）

愿余生尽拥日光

◎马 杰

依照往常，下午四点多，奶奶肯定又在准备晚饭了。

我蹑手蹑脚地穿过稀疏的花枝，果然又看到她坐在小板凳上择菜，一如既往地干净爽利，还不时地瞥两眼电视，似有一心两用的本领。

印象里，无论我为求学背着行囊跋涉了多少程山水，只要是下午四点背负一身风尘归来，透过清瘦的盆栽，一定能见到她在斑驳日光中忙碌的身影，就好像她知道我要回来，所以早早地在准备晚饭。

"奶奶——"我猛地跳出来，夸张地张开双手，企图凭借怪异的动作哄她一笑。只见她蓦地抬头，呆呆地盯着我看，似乎有点不可置信，几秒后，一张遍布岁月沧桑的脸庞才缓缓地泛起了涟漪，一圈一圈地荡漾开，我也被传染了。

她眯眼地笑着，说："你啊，每次回来都不说一声，故意吓我一跳。"

"哈哈，下次不吓唬你了。做白灼菜心吗？"

"做！今晚多吃点。"她掂了掂手上鼓胀的塑料袋，笑盈盈地看着我。

我心满意足地瘫坐在椅子上，浑身的细胞彻底伸展开来。我听到它们说要冰激凌、要苹果，啊！真是调皮。穿过空气中飞舞着的灰尘，我恍若跌进了烟火红尘深处，神经迟钝地感知着这个现实世界的真实。

我愣愣地看向她，缄默无言。

午后的日光暖洋洋的，它们懒懒散散地穿过玻璃窗，悠悠地躺在她的脚边。金灿灿的光线流连在瓷砖上，反射在瞳孔里有些不适。青绿色的棉麻窗帘，在微不可察的风里屈了半边角。桌上的麻线花瓶，还残留着我烘干的暗红玫瑰，乱翻的图书旁是她舍不得丢弃的针线篓，那里头满满当当地载着那些年的岁月。

离她不远处的电视，咿咿呀呀的戏腔正缓缓地流淌出来。她也情不自禁地跟着哼了两句，唇角带笑。干瘦的双手利索地将菜心分成几节，三两下交替着。

如水般温柔从她沧桑的眉眼里满溢了出来，心下一片平静，我贪恋这片刻的时光。

可时光却丝毫不留情，悄无声息地将她的黑发浸染成刺目的霜雪，桃瓣画就的脸颊被硬生生地割裂出恐怖的褶皱，曾经熠熠生辉的双眸也深陷于干涸的沙漠，从清澈明亮步入浑浊蒙雾。那个婀娜婷婷的少女在孕育了几个生命后，被岁月冷酷地抽取了生机，逐渐地成了枯木，双手褪去鲜嫩的肌理，被一层干瘪的枣皮紧紧地包裹着。天真桀骜化作了慈祥温柔，年少的棱角被现实一点一点地碾压殆尽，她终于被岁月摧残成了曾经从未想象过的年迈老人。

我不敢多想，怕眼泪簌簌落下，惊扰着这一汪沉眠的水。

但我的目光却始终穿越世间万物，停留在她的身上，仿若按下了缓慢键，她的一举一动尽在眼前缓缓上演着。这是一场默剧，她在日光的拥抱里无声地诉说着平淡的含义。

"杲杲冬日光，明暖真可爱。移榻向阳坐，拥裘仍解带。"这是白乐天的《自在》。他觉得沐浴在冬日暖阳里自在，我也觉得这片刻时光亦恬静淡然，尤其是这一地的日光，真温柔，真令人感到自在。

躺在椅子里，我放空了自己。我听到她绵长的呼吸声，听到厨房里的锅内在咕噜咕噜地冒着泡，听到邻居小孩儿打闹的嬉戏声，听到不远处飘来的流行歌曲声，听到外面公路传来的尖锐车鸣，更听到了自己鲜活的心脏规律的跳动声。这才是生活吧，浸染着浓郁的烟火气息，呼吸间都透露着真实。

"奶奶，我下个月还来你这里吃饭。"

"你记得回来就行。"

我是个容易厌倦的人，常怀厌世情绪，总自嘲无药可救。纵使如此，仍有些明媚花株，一如既往地点缀着我的滚滚红尘路，为我坚守着一丝生机。这个午后像个港湾，我狼狈地逃离海上旋涡，匆匆赶回平静温暖之处，在日光相拥下，我感觉自己又存活了一次。

但愿奶奶的余生皆可拥抱日光，希望我亦然。

（作者系商洛学院学生）

冲　破

◎朱嘉琪

巨大的机器在嗡嗡作响，电灯仿佛不知今夕何朝似地永远亮着，托尔们在忙碌着，不断制造出无数个托尔，这里似乎从前、以后也都是这个样子。

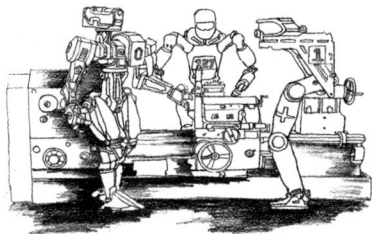

"我们什么时候也能去外面看一看呀！"托尔1号向来回巡视的托尔0号抱怨道。"别胡思乱想了！好好工作！"托尔0号严厉地责备他。"0号，你上次不是说你已经在想办法了吗？"托尔1号并没有将他的责备放在心上，反而充满希冀地望着他，托尔0号抬头，发现2号、3号、4号也都好奇地向这边望来。

"胡闹！全场数百名员工，怎么每次都是你们几个最能惹事、话又最多，该把你们都扔进废品室进行回收……"托尔0号的责骂还要继续，但送来的伤员使他不得不停止，他滑行到了伤员身边。

至于1号、2号，他们面面相觑，说不出话来。

"0号这是……怎么了？"

另一边维修员托尔127号在向0号报告："林业工托尔370号，意外落到天空培育城，芯片碎裂，机身老化损毁，修复代价大，建议回收。"机械的声音不带一丝波动。边说着，托尔1号试探着将手伸向370号，取下他身上的松针和泥土放在眼前观察，又用实际不存在的鼻子嗅了嗅。随着一声冰冷的"回收！"370号被送进废品室，等待回炉重造，1号被0号用机身撞到一旁，"还不去工作！"

短暂的事件像水面上的涟漪，随后迅速恢复了平静。当然了，所有托尔都在专心地工作。

"0号以前从不会这样对我们。"

"他以前也不会轻易同意回收，那是杀死了一个机器人！"

"他还说总有一天要带我们4个同他一起和第一批生产的托尔去看松树，去闻闻人类说的香甜的奶油，去看看城市中的高级保姆机器人是什么样子。"

"听说他们还能和人类的孩子玩耍……"

"0号以前是我们中最聪明的，他还总说那些服务型机器人太死板无趣，但自从他无缘无故没了手臂，就像换了个芯片，变得和那些没有思想的服务型机器人一样了。"1号的脸上如果能有表情，那现在一定是眉头紧锁，疑惑不解的样子。

"不如我们去总控制楼看看？那里是控制工厂运作的地方，应该有关于机器人芯片的资料，说不定我们能让0号恢复。"

"对，我听人类说过，那里还能管理工厂各通道的开关，我们修好了0号，就带他离开。"

"离开以后呢？无管制机器人在外游荡被发现是会被强制回收的，我们也无法抵抗'猎犬'，你忘了三代那几个实验机器人的下场了吗？0号就是因此才迟迟不肯带我们离开。"

"……先使0号恢复正常吧！"

运转的齿轮与轴承之间，默默地藏进了一个秘密。

当既定体检的日子来临，第一批4个托尔成品像以前一样偷偷溜走了，这次他们在悄悄寻找着总控制室。

"你们在干什么？！"

0号突然出现，"这座楼是我们的禁区！只有主人能来这里，你们竟敢……"

"够了0号！人类不是我们的主人！我们是有自我意识的，我们与其他机器人不同，我们是独立存在的。这些话你也说过，你忘记了吗？！"

"你们！你们4个彻底违反了机器人三原则！我身为管理员，要将你们销毁！"

4个机器人大惊失色，连忙去拦住0号，可0号太过灵敏，他们僵持下来。走廊中充满了机器运转的声音。

"0号，你不记得你说过要带我们去看松树了吗？送来维修的清洁托尔说外面的树木每年都会不断变化，只有松树是常年绿色，他十分喜欢……"

"我真是疯了。"0号自言自语道，耳边不断接收到1号说的话，明明是同样的机械声，他竟听出了丝丝低沉的伤感，他觉得自己已经不能处理信息。他的大脑有些迟钝，甚至隐约有呲呲的火花声。

1号借此机会转身滑进了控制室。

"不！"0号用没有手臂的身体撞开了其他拦住他的机器人，冲进控制室内，想阻止1号，却眼见1号被观看监控的"主人"遥控关机了。

在1号被关机的前一秒，0号看见控制室的角落无力地堆叠着一双机械手臂。

他曾经距自由只有一步之遥。

（作者系商洛学院学生）

狗　神

◎兰　川

（1）

　　我家五口人，后来容下了一只狗、一头猪、一只猫，还有很多只鸡。狗、猪、猫分别成了我们家的老六、老七、老八，我们这一大家子因此而壮大，父亲和母亲倾其所有养育了我们姐弟三人，又努力养活了它们。

　　狗最先来到我们家，当时它与我一样瘦弱，它和我在母亲的照料下一起成长，从二年级陪伴我到高三毕业，我从孩子长成了大人，它却最终丢了性命，我陪伴它不过十一载，它却用一生陪伴了我。

　　它是一只苦命的狗，一辈子都骨瘦如柴地生长着，可它却是一只懂事的狗，人人都说它眼亮会认人；它是一只幸运的狗，在外奔跑的岁月与拴在铁链上的岁月各占了它生命的一半，它有其他狗不曾有过的自在时光；它终究还是成了一只不幸的狗，在它的生命到了垂暮之年的时候，它被它的另一主人——我的父亲卖掉了，卖给了那个开着三轮车、拿着铁钩、走街串户收狗的人。得知此消息时，我正准备离乡读书，为此与父亲大吵了一架，最终父亲认错了，可我还是没有讨回我的狗。它已被贩卖多日，此时不知身在何方，或许已经命葬一个面目狰狞、手提铁钩的屠夫之手，想到这儿，我的心头猛地一痛，一个与我相识多年，为我拼命奔跑，温暖了我整个童年的好友，就这样永远没有了！

　　这只在我家生活了十一年的狗，早已成为家里的第六个成员，它已不是一只单纯的看家护院的狗了，它是我的狗神、我的英雄。

　　我的心被撕扯着，它的那双眼睛不断地出现在我的脑海里，我听见了，在生命的最后一刻，它在哀鸣，它生命中最后一声无奈又绝望的狗吠，是向我发出的求救之声，可当时我竟什么也没觉察到。现在，那声狗吠穿过山河的阻挡传来了，那是撕裂了嗓子的哀叫声啊，听得我心里发慌。帮我驱走独行路上无数恐惧的狗，在最需要我的帮助时，我却久久未能赶到，它当时会是多么绝望！

它看守住了我的家，却没有看守住自己的性命，从此我的生命中再没有一只能让我心痛的狗了。我将还清所有欠别人的债，但我欠这只狗的，再也没有办法还清了。它是我最忠诚的朋友，可我最终没能帮它一把。

未能真正为我的狗拍一张照片至今仍是一种遗憾，它与我一起生活十一年，唯一留下的影像也只有它半个身子。我看不见它熟知一切道理的头，或许它本就无头，它把它知晓一切的头给了我，我的头就是它的，又或许我们早已融为一体，它就是我，我就是它。现在想想，被人骂作狗不一定要急着去反驳，一个糊糊涂涂过了一辈子的人，所懂得为人处世的道理未必就比一只活到老的狗多，所有被夜幕遮掩的人情世故，都被狗看得清清楚楚。

我不会为这事与父亲无休止地吵下去，我的童年早已结束，现在以及今后的很多年我都无法常年待在家中饲养并陪伴一只狗了。狗是属于童年的，可我已经长大，生活已不容许我再拥有一只狗了。

（2）

我的生活中还出现过一只狗，它是我的狗的儿子。可它不像它的母亲，温暖过我的童年和少年时光。我曾妄图从它的身上寻找它母亲的影子，可一切终究只是徒劳，尽管它与它的母亲极其相似，但它母亲给我的快乐，它再也没有给过。

我对它仅存的印象大概就是每次回家，它摇尾巴的模样。一条铁链，半根残破的电杆，它将在了结了它母亲的窝里度过自己的一生，我不会再有时间陪伴它了，它已不再是我生命中的狗。

再后来，忘了是过了三年还是五年，它咬伤了一个闲转的路人。父亲说，狗牙沾了血就不能再留了，于是这只狗的生命在那个冬日的下午画上了句号。父亲请来了被狗咬伤的人以及三五个亲戚，在那个晚上，吃掉了那只被骂作畜生的狗。

看着早上还威风八面的狗突然变成了狗肉，我的心里忽然变得难过与复杂，装了满满一大盆的狗肉，被围坐在炕上的人们咀嚼和消化着，可谁又会去关心这只狗的一生？它为人们站岗把门的那些岁月，到头来只剩下一盆狗肉供人们食用，如果它知晓这就是自己的命运，在黑夜中独自想着心事儿的时候，它该是多么的痛苦！如果它能像它的母亲一样熟知这世间一切关于"为狗处事"的道理，或许它就不会那么早、那么惨地死去。可我不能用我的想法为这条已经死去的狗安排生活。它咬伤那个人，在那个极其平常的早晨。它可能意识到了自己死期将至，因此想在世间再留一点痕迹。于是，那个只是闲转走路的人的小腿上，多了一个与一只狗有关的故事，而一只安分守己了好几年的狗，就这样断送了自己的性命。

一个人的死亡都是件极平常的事，更何况是一只狗呢。再过几十年，如果没有人再提起这只狗，那个被狗咬伤的人也忘了那几颗牙痕，这只狗就真的没了。不管它曾经是风光地站在门口冲外来的几个人吠叫，还是被几个半大孩子拿着棍子追着打，到现在，在它短暂却又漫长的半生里完全消失了，它已是一只不再属于这世界的狗。而我只能目睹或风光或悲惨的一生，喂养它并最终吃掉它，然后慢慢忘掉它。

　　它是一只不属于我生命中的狗，我只是在提及它母亲的时候突然想起了它。就像想起那些没有在我的生命里掀起过波澜的人和事一样，这条曾经在我成长路上咬过别人的狗，在我的记忆里保存的东西不多。它像颗流星一样划过我的生命，从那块被母亲翻炒过的狗肉里，我吃出了那只狗的一生，可对这一切，我又无话可说。

（作者系商洛学院学生）

童年趣事漫忆

◎杨新羽

暖暖的阳光透过树叶间的缝隙洒在地面上，微风吹得树叶沙沙作响，空气中带着些白桦的清香，又夹着一丝炊烟味儿，耳边时不时传来一声清脆的鸟啼，这是我对儿时暂住的小村庄最真切的回忆。

在五岁之前，我是由老嬷和爷爷奶奶带的，那时的自己每天都是在那黄土高原的沟谷中探索，仿佛有无限的珍宝和乐趣。每天太阳升起时，公鸡准时鸣叫，我从朦胧中醒来；下午太阳落山，爷爷准时唤我归家。不问今夕何夕，不管岁月如何穿梭。

回忆中有几种味道是我最喜欢闻的：早上刚洗完脸，走出平房，站在院子里的味道，干净而清冽；夏日午后坐在院子里枣树下的石桌上，有种暖暖的味道；雨过天晴后泥土的芬芳，每次我都会感慨这种味道真好闻。而奶奶总会笑我："上辈子是不是小虫子变的，怎么会喜欢泥土的味道！"我还特别喜欢日暮时分游玩尽兴归家时，炊烟升起，风夹杂着炊烟的味道。这让我在来到城市后，每次闻到燃烧草木的味道，都会想到童年居住过的那个美丽而闲适的小山村，怀念那段仿佛身在大同社会的岁月。

那时的我和老嬷最亲近，老嬷是我们那里爷爷的妈妈的称呼，她总是住在另一间屋子里，不与我和爷爷奶奶一起睡在西屋。那时我还不明白，那间屋子很是陈旧，也不是很暖，为何不让腿脚本就不利落的老嬷和我们睡在那间屋子里，现在想想，爷爷的孝心真是日月可鉴啊！

老嬷是我最亲近的人，她个子不高，皮肤较黑、带着老树般的纹理。她长着豆豆眼但是很亮，很喜欢对着我笑，一笑就会露出大大的酒窝。她总爱戴着一顶蜘蛛丝网般的黑网帽，包裹着她盘起的银发。印象中老嬷一年四季总是穿着厚棉袄一样的深色上衣和深色棉裤，脚蹬一双像瓜子仁一般的布鞋，拄着拐杖，步履蹒跚。因为在我一两岁时都是她照顾我，所以那时老嬷是我在世界上最亲的人，而母亲因为工作很少回来，父亲也是忙于工作很少探望我。所以至今为止，老嬷一直是我生命中最重要的人。

那时我最快乐的事情就是和老嬷一起玩耍，她的房间有一些很古老但很有趣的玩意。每拿出一件，老嬷都能给我讲一个悠长而又有年代感的故事，她会拿出放在黑匣子里的锈剪刀，再找一叠红纸教我剪纸。老嬷会剪好多东西，如小女孩儿、小花儿、白菜……仿佛没什么是她剪不出来的。那时的我也拿着红纸，剪得很是粗糙，但却很开心。有老嬷陪在我身边，就好像妈妈陪在我身边一样，有了她，我仿佛拥有了全世界，那时候日子很长，时光很慢，悠闲却一点也不无聊。

老嬷还会制作一些小工艺品，她教我用马蹄莲的草叶编手环，会教我用爷爷奶奶收割下的植物编扫帚，将准备作饲料的秸秆剥掉皮，最后用皮和里面棉絮一般的东西插起来制成各种各样的小动物。她还教给我一些生活小技能，我们那儿的一种臭臭的草，揪碎涂抹在蚊虫叮咬处，便可止痒消肿。那时的我蹦蹦跳跳，但老嬷总是拄着拐杖走得很慢，于是那时的我总是走返程路，走到最前边又蹦回去，扶着老嬷再走到我们要去的地方。

我是个恋旧的人，我怀念承载着我欢笑的小山村，怀念带给我无限美好记忆的老嬷，怀念那日暮时分淡淡的烟雾气与炊烟交杂的味道，怀念我那遥远的童年。

后来，小村庄我很少再去了，因为爷爷奶奶被子女接到了城里，而老嬷带着一份娴静与安然永远安眠于那小山村的山坡上，曾经的房子也因无人问津显得十分落寞。古老深色的木箱还留在老嬷的那间屋子里，只是再没有人能唤我一声，对我露出慈爱的微笑，再没有人让我等等她。小村庄的风不再那样温柔，小山村的阳光不再那样温暖，再没有一个人愿意一直陪我玩那样幼稚的游戏，再没有一个人给我讲那个年代的故事……

（作者系商洛学院学生）

一个纸盒的故事

◎周宏燕

　　记不清那是第多少次和朋友去那家面馆吃饭，位置不算太偏僻，从学校的东门出去，再向下走，看到了关南客栈，紧挨着便是这家"嘿！小面"。

　　店里生意还算不错，生活在这个小县城的人，无论是忙忙碌碌的上班族，还是宵衣旰食的高三党，都不忘在闲暇之余来这里吃一碗小面，获得一份满足感。而我也是常客，每当点完餐后，总是习惯性地坐在靠窗的位置，观望街道上来来往往忙碌的人们。也只有这个地方，在等那份美味的同时，让心自然地平静下来，去认真地观察一些人的肢体语言以及所带的那份情绪，我不知道为什么喜欢这样做，但似乎天生就拥有了这样一份洞察世事的癖好。

　　处身于熙熙攘攘的人群里，谁又能记得住谁呢，但是直勾勾地盯着他人，被人发现总归不太礼貌，可我是静静地看，旁若无人地欣赏我眼里的风景。

　　第一眼看见她的时候，她正在人群的最后面排着队，不说话也不去挤，只是安安分分地站在那里，等待着成为最后一个被招待的顾客，也许她觉得其他人的时间比自己更珍贵吧。人慢慢从门外进到门内，她却依旧站在人群的末端，散发着一种孤苦的悲寂感。这让我想起了鲁迅小说里的祥林嫂，但我并不认为她拥有祥林嫂一样的故事。密密麻麻的老年斑盖住了她皮肤的颜色，那佝偻的身子向前屈伸着，看到她柔弱的背影，我竟生出几分怜悯来。

　　望着柜台前的人群，我竟生出了一定程度上的鄙夷，一种说不出来的感觉在心里涌动。我原以为她的慈祥善良理应得到尊重。可这世间上的时间均等，旁人又怎会浪费自己抢先的机会去换取那一点点惺惺相惜呢？

　　一个个背影挡住了她……

　　终于，买餐的队伍逐渐散开，老婆婆的眼睛里开始冒出了一丝光亮，她慢慢地靠近柜台，在还没有到能够讲话的距离，那张已经透着疲惫而溢满汗水的脸，已经挤出了一个陪她进出过几十次卑微的笑容来。

　　"你要吃什么？"柜台上的人没好气地问。

　　"你这儿有什么？"老婆婆带着歉意，像是在怀疑自己的出现影响了店里的生意。

　　"这不是写着的嘛，有肉丝面、小面、豌杂面、猪耳朵面……"

　　"噢！不好意思，我不识字。"婆婆将两只手紧紧握住，来回搓着，非常拘谨地点头。

"那你给我煮碗小面吧。"婆婆连忙补充道。

"七块钱。"柜台上的人摆出一副借了米还了糠的态度。

老婆婆颤巍巍地从裤子口袋里掏出一大把皱巴巴的零钱，瘦曲瘦曲的手指，却很利索地数出了七块钱，放在柜台上。

"我不在这儿吃，我给我孙子带回去。"婆婆又难为情地补充道，似乎觉得自己事儿比较多。

"带走就多一块钱，纸盒一块钱。"柜台上的人不耐烦地回应了一声。

"一个纸盒还要钱呀！"婆婆半信半疑地望着她。

柜台上的人没说话，事实上她也不缺这一个顾客，也就不做什么多余的解释。

婆婆有些失望地低下了头，也许这就是贫苦人家惯有的讨价方式，但对面的这个人却并没有怎样在乎，她再向上望了一眼，便索性放弃理论了。

我想接下来她可能会掏出那一块钱补上一块钱的纸盒，因为面已经下锅了。

婆婆在店里迟疑了几秒，突然抬起头，一下子跑出了这家店。

所有的人都屏住了呼吸，店内一片要冻结出来的死寂，我对这个婆婆越发好奇了。于是开始思考她走掉的原因，婆婆这是要做什么，为了一个纸盒就不要这份面了吗？

柜台上的收银员也开始浮躁起来，自顾自地说道："现在这些老年人都是一个德行，说不要就不要了，真是的！"说话的人带着一股硬气的劲儿，好像是被他发现了什么大道理一样。

我低着头继续吃面。面吃掉了一半，一个熟悉的身影又出现在我的眼睛里，定睛一看，这不是刚才走掉的婆婆吗，难道她又回来拿面了？

令人意外的是，这次她是提着一个旧式饭盒进来了。

"能不能把面装进这个饭盒里，我不要那个纸盒，浪费。"婆婆恳切地说道。

柜台上的人妥协了，"可以。"她像松了口气。

婆婆布满皱纹的脸听到柜台上的回答，绽放了开心的笑容。

面很快就被装在了饭盒里，并递给了婆婆。她接过饭盒，把它抱在怀里，满怀欣喜地走了。

街上依旧行人匆匆，可是天空却碧空如洗，蓝蓝的讨人喜爱。

未来，我们会吃掉无数顿快餐，在这个过程中，触碰到无数个这样的纸盒，但会为了一个纸盒突然走掉的人应该再没有了吧。就算有，那也大抵不会是这群朝气蓬勃的年轻人了。能安安静静坐在这里，享受这一碗面条，也是一种幸福。

（作者系商洛学院学生）

莲花池

◎房梦凡

　　这是坐落在秦岭南边的一个村庄。尽管一些古老的建筑风格和习惯已融入了现代社会的元素，但是这个村里有一样东西是永远也不会消失的。它也是这个村子世世代代、生生不息的原因，那就是亘古不变的氏族宗亲。如今，以家族的姓氏被保留下来的，也只有这个村子了。

　　村子的东南方有一片湿地，湿地里有一方莲花池。听说，原来莲花池是属于人民公社的，也是大队的。几十年过去了，这个莲花池已经被私人承包了。每到夏天，整个村子里的人都要挤到莲花池边上，一览莲花的风貌。傍晚，莲花一点一点地慢慢打开，仿佛一个害羞的姑娘，腼腆地看着这个世界。微风吹来，送来阵阵花香，这也是莲花池主人最骄傲的时候。

　　主人有一头黑白相间的卷发，乱蓬蓬地盘在头上。说来也奇怪，他已经是半百的人了，头发却还是那样浓密。可是，如果你仔细地瞧着他的脸，就会发现他已经十分苍老了。他有着农村庄稼人特有的黝黑皮肤，那布满皱纹的额头时时刻刻提醒着他，"哦，我已经是身体进了一半土的人了。"这人一米八几的大高个儿，可是从来不收拾头发，也很少换洗衣服，更不用说刮胡子了，长长的指甲盖里总是充满着各种污垢。当然了，他身上还有一股臭味。也许是个儿高的原因吧，他走路总是佝偻着腰，趿拉着他的鞋。所以，人们总拿他吓唬小孩子，当小孩儿闹腾时，大人一说他的名字，小孩儿立刻变得听话起来。他也不恼，总在吓完之后，从兜里掏出一颗糖来，呵呵一笑便走开了。

　　"只许看，不许偷摘啊！"

"知道了！"

他最喜欢热闹了，调皮的孩子偷偷摘了花，他也不惩罚，就当作没看见。没有人知道这个池里的莲花是从什么时候才有的，也许是很久很久以前就有了。当然，也没有人知道这个莲花池是从什么时候才有的，更没有人知道他为何要在这里看护一池的莲花。有人说他是在养鱼，有人说他傻放着农活不干，全干一些没用的活儿。至于他为什么在这里看护莲花，恐怕只有他自己知道。

莲池的西北方有一个不大不小的泉眼，莲池的水就是从那里来的。这是一汪神奇的泉眼，村里遇到大旱的时候，这个泉眼里还是源源不断地流出水来，从不会断流。

"今年又下了多少鱼苗？"村子看花的人问道。

"下鱼苗？没有，什么都没有。"他淡淡地答道。

"那你图个啥呀？放着地里的庄稼不管，守着这屁大一点的池子，什么都干不了。"村子里的人激动地说，试图劝一劝这个顽固的人。

远处传来了孩子呼喊父亲的声音，村子的人成群结队地踏上了回家的路。

又是一年莲花盛开的季节。今年的莲花与以往不同，粉色的花朵之间竟有了一枝白色的花。那朵白色的花成功地吸引了所有看花人的注意力。那花像一位遗世独立的美人，高傲地扬起了自己的头，尽情地展示着自己的美丽。不久，这池里便发生了一件事。

有人趁着夜色偷偷地在那个泉眼里摸出了两条鱼。村里的人都跑去看了，有人说那是神秘的泉眼显灵了。

一传十，十传百，村子里一片哗然，隔壁村里的人也知道那个为莲花池源源不断送水的池子，先是开出了一朵白色的莲花，接着竟然出现了鱼，这可是少见的事啊！许多人都想试一试看。这不来了一个隔壁村里的后生，这是一个强壮有力的后生，从他的身材便可以看出。两条胳膊上都是肌肉，腿也粗壮有力，两个大眼睛炯炯有神。

"叔啊，听说你这池子很神奇啊，我今天来也想试试手气。"后生摸着头，憨憨地说到。

"我就知道会有这么一天的。你试吧，摸到你就拿走。"看池子的人正坐在池子的边上，抽着旱烟，他把烟头从嘴里取下来，用沙哑的声音答道。烟雾模糊了他的面容，年轻人看不太清楚他脸上的表情。朦朦胧胧中，仿佛看到了一位与世隔绝的老人。

"叔，您就不怕我们把鱼都摸走了？那可是您的血本呢？"年轻的后生不解地问道。

"哈哈，你们摸到的鱼就不是我的鱼，我的鱼我能认识。我的鱼你们是带不走的。"他取下嘴里的烟管，笑了起来。年轻的后生不明白他的话。

"那鱼还认人吗？您又怎么知道哪条是您的鱼？"后生觉得这是个特别的人，忍不住嘴里嘟囔了一句。

"我就是知道。"他起身，悠悠地答了一句便走远了。年轻的后生一下子愣在那里，传来的几声咳嗽把他拉了回来。真是个奇怪的人。

年轻的后生本以为凭着自己的一股年轻劲也可以摸到鱼，可是几个时辰过去了，他一无所获。可是，他又不能空手回去，因为他来的时候全村的人都知道，要是空手回去他会被笑话的。

几番犹豫之后，他还是决定空手回去，他已经想好了怎么对村里的人说。他可以告诉村里的人是因为他来的时间不巧，不适合摸鱼，摸到鱼这种事毕竟很稀少。

事实正如他所料想的那样，有人说："是的呀，好东西不能每个人都有，再说那泉眼可真神奇，每次到大旱的时候能救活不少人呢。"大家纷纷讨论起来。

"那个泉眼我们还是少碰为好，触犯了里面的东西就不好了。"老人说。

"是的，以后可得注意了。"

……村子里的人把那个泉眼传得很神奇，就差去烧香了。

可是，令后生想不清楚的是为什么他摸不到鱼呢，还是真的像人们说的那样那真是个神奇的泉眼。可是，他突然想起村里老人说过，最好不要触犯那个神秘的地方，会有报应的。

两个月后，我见到那个后生的时候，他什么也不肯对我说，整个人变得苍老起来。

半年后，我听说那个后生死了。我很惊讶。

村子里的人都说他因为触怒了泉里的神才死的，还有的人说是因为他摸鱼的时候被水里的水蛇给咬了，中毒而死的。

很快，村里的人就把那个摸鱼的后生忘记了，也忘记了有人摸到鱼的事。而那个看守莲花池的人依旧在守着池子，对于此事，他什么也没说。

好几年过去了，有一天，我看见老人拿着锄头在地里给小麦除草。我想问他那个泉里是否真的有鱼，可我还是没有说出口。

（作者系商洛学院学生）

乔迁之喜

◎李东升

老汉沟最近发生了一件近百年来未曾有过的喜事——一户人家乔迁到此,成了这里的第十一户人家。和众邻一样,迁来的新住户的年龄也是六七十岁。

老汉沟这个地名和这里住户的缘分也实在是妙:这沟里住了十一户人家,皆是六十岁往上的老人。年轻人都忙着奔好日子,谁还能在这里待得住呢?于是这里便只剩下这些安土重迁的老人守土归葬了。真可谓名副其实的"老汉沟"啊!

"嗨嗨,老杨,你这回搬家过来可是我们老汉沟这几代都没发生过的喜事,可得排场地庆祝一下子啊!"老住户林老汉打趣地说。

"可不是嘛,自从老先人从武昌搬到这里来,几百年了,往外搬的人不用多说,往回搬的怕是没有几个,像我这样搬回老家的,更是没有!哈哈哈……"老杨自己也笑起来,杨奶奶却坐在门槛哭,众人于是又哄起她来:"哎呀呀,莫要哭了,老邻居、老乡党又住一块了,多好的事,跟着儿女住你哪有这么自在!"说着,李奶奶走上前帮她擦了擦老泪。

众人自发地帮老杨两口子收拾了庭院、拔光了杂草、整理了柴火,老妇们开始准备喜宴,老汉们则补瓦补墙,安置了粮柜桌椅,挂好了中堂灵牌,贴好对联。

"福山福水福接福,新人新居新又新。"老杨把这副对联念了一遍:"写得好哇,不愧是教过书的人,真把式啊毛豆。"

"嘿嘿,没啥没啥。"老杨口中的"毛豆"便是这位含蓄的汪老汉,旧时当过几年教书匠的民办教师,后来还是握了一辈子的锄头把。包产到户改革的时候,谁人对土地不心动呢。没人骂汪老汉目光短浅,因为换了他们,他们也会选择弃教从耕。

"代师傅,人家都说聋子是装聋,也不晓得你是不是装的咧?"一老汉不怀好意地笑着问代老汉。

这代老汉七十二了,五年前还虎生生的,杀猪、打铁、做篾,样样在行。前年也不知是咋了,突然就说聋了,啥也听不见了,聋得实实的。

"啊?你说啥我没听到。"代老汉摆摆手大声喊着。

"你个挨刀子的东西。"不知是谁低声地骂了一句。

"哎!我过去就是一锤头子,你老了还这么不安生。"代老汉笑着举起拳头朝骂他的人唬着,没想到他居然听出来了是哪个骂他。

"你看你看，我就说聋子都是装聋吧。"大伙又都笑起来。

要开席了，东家杨老汉拿出一挂鞭炮准备点燃，怕让炮炸到，他点了捻子就跑，结果脚一崴，滚了一跤，几个人七手八脚把他扶了起来。

"到底还是老了，手脚也笨了。"老杨拍了拍身上的灰，无奈地说着，但是他的话没人回应，或许是鞭炮的响声把他的话盖了过去。

大家都把耳朵捂着，只有代老汉除外，不过他也和大家一样，静静地望着鞭炮噼噼啪啪地在空中蹦蹦跳跳，炮纸飘到地上。

"还是我们这儿好，兴放个炮，城里头过年都不叫放炮，硬是把个热闹年过得冷清清的。"王老汉兴奋地说。他在城里儿子家待了三个月，人居然瘦了二十几斤，儿子实在无奈，只好又把他送了回来。

"这不都说，城里花销太厉害呀，喝个水吃个菜啥都要掏钱，我们屋的老二打了七八年工才能在城里租了个房，两口子挣钱刚够一家花销，更不要说攒钱了。"

"你们都没看看城里人一个个住的，十几楼十几楼的。人是泥巴捏出来的，两脚不沾地气哪能像个人样子。"

"老叔你那话就不对了，"村里唯一一个五十岁以下的"年轻人"——组长也和长辈聊起来了："国家要发展，需要的就是钱。农村哪能像城市那样挣钱那么快呀，国家搞建设就是为了多挣钱，让我们老百姓都过上好日子嘛，城里要是没有好处了，国家还扩建城市干啥。"这组长要不是为了照顾这些老人，怕是也早已经进城里挣钱去了，但是没办法，身为组长，他就有责任照看好这些村民，哪怕只剩一户人家，他也得继续留守照顾着。

"我们农村劳力多，又肯吃苦，国家建设就是需要我们呢，而且又能挣到钱，多好！"组长继续两眼放光地夸夸其谈。

"我们这儿环境多好，要是在我们这儿发展，人住得舒服，国家又能挣到钱，儿女也不用跑外头去了，多好啊！"

"哈，那我们这就该叫老汉城啦。"

"哈哈哈哈……"

酒桌上人总有聊不完的话，老人们你一句我一句，一直聊到了天黑下来，才各自回家去了。

夜晚的山里，鸟叫一声都能回荡好长时间，经常引得狗漫山遍野地追。老人们都早早地睡了，喧闹了一天的老汉沟重归于宁静。月亮静悄悄地爬上山头，把好不容易暗下来的夜空又衬得亮堂堂，被月光扰得乌黑油亮的乌鸦，叼了几片炮纸回去填窝后，便也安静了。

（作者系商洛学院学生）

心灵的忏悔

◎张甜甜

"啪"的一声，好像时间在此刻停止了。

他眉头紧蹙，眉毛向上挑着，嘴巴微张，鼻子里呼哧呼哧地响着，那双眼睛呢，早已失去了往日的平和，变得凌厉，他不知道他现在龇牙咧嘴的样子真丑。但短短的十几秒之后，他的鼻子突然间酸酸的，那双眼睛里不知道何时盈满了泪水，暗暗握紧拳头，不让眼泪掉下来。他不敢抬头看母亲的眼睛，他不敢。短暂的沉默之后，他机械地转过身体，他还在控制，不让眼泪掉下。迈开酸胀不已的双腿往前走，越走越快，以至于跑了起来，好像后面有什么可怕的东西在追赶他一样。

就在他跑的那一瞬间，眼泪终于控制不住地流了下来，他抽泣着，默默地，眼泪顺着脸颊流到嘴边，微微咸。五月的天气已经有些燥热，迎面吹来的风中夹杂着各种气息，令人有些憋闷，脸上的泪水已被迎面而来的风吹干了。正值中午，太阳越来越热，他的心却似掉进了冰窟窿那般。现在的他，早已没了刚才那副盛气凌人的样子，那双眼睛里写满了委屈不平，但更多的是后悔和懊恼。当他走到桥上的时候，凉爽的风顿时令人舒服了不少，他边走边回想起刚才的事。

他在另一个村读中学，学校距家有三十分钟的路程，他每天靠双腿往返于学校和家之间，春夏秋冬，风雨无阻。因为离家较远，所以每次吃饭时间都有限，短短十分钟之内就要吃完，吃完再赶去学校。他已经慢慢适应了这种生活，寒冷的冬天不必说，跑跑步可以暖身子，而且大家在一起跑，一条窄窄的小路上每天如此。可是到了夏天，天气越来越热，每当快正午那会儿都要跑回家，通常后背出了黏糊糊的汗，可是也没办法，继续往前赶。每次跑到桥上是他最开心的时候，凉爽的风一吹，身上的毛孔都张开了，贪婪地吸着凉爽的湿气，因此再热他也少有怨言。

可是最近，他这是怎么了，经常无缘无故地发脾气，急躁得不行。自从上了

第一辑 故事掠影

初二，他的成绩没有以前好了。他想要好好努力，可是他的成绩还是没有一点进展，他很迷茫，很焦躁。他想起父母常常对他说的："娃啊，要好好念书。好好念书，长大了就坐在办公室吹着空调了，不然就只能顶着大太阳在外面出苦力。"他也一直记着，可是最近一次考试，他的成绩还是徘徊不前。他已经好几次没有和母亲说过他的成绩排名了，因为他害怕看到母亲那双充满期待的眼睛慢慢地失去光彩，于是他心里越来越急躁。今天早上放学照例要跑回家吃饭，可今天跑步时，没有一丝风，太阳炙烤着大地，阳光很刺眼，他不得不低下头慢慢地往回走。即使是这样，汗水还是打湿了额前的头发，顺着脸颊流到了脖子里面，越走越感觉脚步很重，此时此刻的他耷拉着脑袋，一点精神也没有。他想起最近性情大变，他之前很少发脾气，可能是青春期叛逆吧，没想到别人口中、眼里的乖孩子也会对着自己的亲人大吼大叫。他很自责，但是又不能控制自己。想到这儿，再看看离家还有一段距离，他觉得心里很委屈、很难受。终于回到了家，看着母亲端出来的饭，他虽然还是很焦躁，但总归是平静了不少。母亲劝他多吃点菜多吃馍，可谁知此刻他的脾气上来了，不想听母亲的唠叨，大声地说了一句："我不想吃，你别管我行不？"母亲这时也回道："我这是为你好，你这娃咋不知好歹呢？"听到这句话，联想到最近发生的事，他心中的火苗"嗖"地就蹿起来了，他拿起筷子就往地下摔，"啪"的一声，摔完了筷子，顿时觉得解气了不少，他觉得自己已经长大了，不用母亲管了，摔筷子就好像是对母亲的一种示威。

"唉！"他边走边叹了一口气，自己怎么能那么混蛋呢？母亲为他付出了多少心血，他竟然这样伤母亲的心。他想起母亲每天变着花样给他做可口的饭菜，夏天的时候每次都会把滚烫的饭放在冷水里凉一凉，母亲自己却吃着剩饭，每每劝她吃好一点的，她都推却。他想起冬天的时候，为了不影响他学习，母亲硬是一个人拉着车子出去磨面，瘦弱的身躯在冷风中缓慢地前行，他前去接母亲的时候，看到母亲在冷风中蜷缩着身子，任凛冽似刀子般的劲风吹过，他的心就疼。他想起母亲为了不让同学们笑话他而攒钱给他买衣服，却两三年不给自己买一件，每次说起，母亲都说自己还有衣服呢，可他明明看见母亲的两个衣袖已经磨了好几个洞，脚上穿的那双补了一次的鞋再一次张开了口。他的心里很酸，背过母亲，偷偷地抹眼泪。他想起，他去年的旧校服已经不穿了，可是母亲却穿在身上，母亲总是笑着说："我这样穿就像一个学生了，多年轻啊。"只有他知道，母亲不舍得买新衣服，只穿旧的，把最好的都给了他。他想起母亲的头发一点一点地变白，脸上的皱纹一道一道地增多……

他现在完全为自己的行为感到懊悔了，他想起母亲所有的好，他恨自己，总是把好脾气给了别人，却总是把最坏的脾气肆无忌惮地发泄给自己的家人。他恨自己为什么那么冲动，伤害了最爱自己的人，母亲一定伤透了心，一定。想着想着，他的眼睛里又充满了泪水。整个下午上课期间，他都心神不宁，他想他做错了事，伤了母亲的心就得想办法弥补，他想他不会再那样了，他要好好给母亲道歉，告诉母亲他很爱她。他在等待，等待放学铃声的响起。

回家的路上，他的脚步很快，他想早点回到家给母亲道歉，可快到家门口的时候，他却犹豫了，害怕母亲还在生他的气。正在左右为难的时候，他瞥到树下那个熟悉的身影，正在焦急地张望着、等待着，是母亲！他在心里悄悄地说了一声，然后飞也似的跑了过去……

（作者系商洛学院学生）

爷爷奶奶的爱情

◎章梦灵

那是一个炎热的下午，太阳把大地烤得像蒸笼似的。大树垂着头，小草弯着腰，窝头趴在树荫下伸着舌头喘气，河里的水也被晒热了，太阳晒得地皮发烫。我躲在家里的躺椅上打盹儿，不知过了多久。

"你看我今儿不收拾你爷爷的，一天到晚把锄头到处放。"我看见奶奶操起鸡毛掸子，冲进房屋里去"收拾"正在睡午觉的爷爷，屋里传来爷爷询问"哪门哒哪门哒"，窝头在一旁"汪汪"地叫了两声，就趴在地上继续吐舌头散热。

自我记事以来，爷爷奶奶就是这样，奶奶总是喜欢像训小孩儿一样训爷爷。

爷爷在家里排行老二，爷爷年轻的时候长得俊朗帅气，勤快肯干活，脸上总是洋溢着灿烂的笑容，让村里不少姑娘见了脸红。奶奶是附近村子的，父亲是账房先生，家里还算富裕，奶奶年轻的时候也是一个清秀的姑娘，心善，说起话来诺诺的，透着一股子婉约之美。两人是由媒人说亲撮合的，奶奶说当时媒婆就跟她说爷爷这样的以后的日子会如何如何好、如何如何贴心。在媒人的劝说下，奶奶羞红了脸，点了点头，答应去相亲。相亲时爷爷眉眼俊朗，有神的眼睛望着她的时候，她想她这辈子就跟定他了。传统的礼数顺序是：男方下聘，女方出门子随礼，喜酒，拜堂，入洞房。洞房里爷爷拉着奶奶的手，认真地说以后带着她过好日子，奶奶羞红了脸低头应着。这便是和和美美，两个人的小日子过得也是舒心。

爷爷是连家从黄家抱来的孩子，养在连家排行老二，老大是太奶奶带着嫁过来的，随后生了老三。那一年老大和爷爷都符合当兵的条件，而家里需要留一名劳动力，顺其自然，爷爷被留在了家里种地，他自然是一千个一万个不愿意了。"你个黑心尖的，我一把屎一把尿把你拉扯大，叫你在家里帮我种地，你都不肯，我白养你这么大了，我怎么这么苦命啊！"太奶奶趴在地上哭着对着爷爷骂。十里八村的人在家里拦都没拦住，就这样爷爷被逼得有些精神恍惚了，天天吃了饭就回屋里呼呼睡觉，奶奶本就是柔软的性子，便天天以泪洗面。那段日子没过多久，红卫兵抄了奶奶的娘家，一把火烧光了所有的家产。按照常理，奶奶一个刚出阁的姑娘可以离婚，重新改嫁，日子不会过得那么苦的。

舅爷爷曾劝奶奶改嫁，奶奶犯倔偏不，认为她跟了爷爷就是一辈子都是他的人了。就这样奶奶挑起来一个家的担子，曾经那个娇滴滴的不敢吭声的女人开始学着当家，白天在地里种地干农活，晚上回家烧火做饭，陪着爷爷唠嗑，伺候太奶奶。就这样，一日复一日，时间久了，不知是爷爷恢复了一点儿，还是其他什么原因，渐渐地，偶尔还会帮奶奶一起干活，剁个猪草、喂个鸡什么的，但就是有个丢三落四的毛病，每每唠叨过后就忘记，这一唠叨就是四十几年的光景，孙子辈都这么大了，还是有唠叨这个习惯，想来也是温馨。

前几年，奶奶的视力开始逐渐退化，年轻的时候经常落泪，现在的眼睛看不大好了。今年过年回到家，奶奶只有一只眼睛隐隐约约能看见东西，奶奶偷偷告诉我，她怕以后不能给爷爷做饭了。对此心照不宣的则是爷爷，他们打扫院子、剁猪草、喂鸡。奶奶看不清，爷爷就在餐桌上给奶奶夹肉，活脱脱一个宠妻的好男人，让我们这些小辈艳羡不已。晚上我在院子里乘凉，爷爷在旁边吸烟，问我近来的学习情况，然后开始讲八路军如何抗日、红军如何进行二万五千里长征。说这些时，爷爷少了平时的呆滞，多了几分神采奕奕。我看着看着，想到小时候其实特别害怕爷爷，总觉得他板着个脸，凶巴巴的，后来长大了，母亲告诉我爷爷的病症，总是不由得心疼，总是有意无意地观察他，发现爷爷内心深处还是很温柔的，他只是不愿意表露出来。

"庆荣，回来拿筷子吃饭。"屋里传来奶奶的声音。

"来了。"我看着爷爷脸上多了一丝笑容，收拾着凳子，回到屋里。

我想这就是幸福吧，我好羡慕。

我的爷爷奶奶最初是因为媒妁之言走到了一起，后来渐渐有了爱情。他们不离不弃、长久相随。希望他们的陪伴、他们的爱情能一直这样走下去。

（作者系商洛学院学生）

尾 巴

◎袁明浩

　　小李是县教育局计划财务科科长。一个月前，他刚荣升这一职位，这本该是令人高兴的事，可是小李怎么也高兴不起来。

　　几天前，市里来人了，是来传达省里指令的。听说是接到群众匿名举报，县教育局有腐败行为，省里很重视这件事，所以派市里的纪检组下来调查。纪检组的人一来，小李就坐不住了，整天提心吊胆的，总害怕和自己有关……

　　原来小李的科长职位不是通过努力工作而得到的，他是帮了不该帮的忙，人家许诺给他的好处就是科长职位。

　　两个月前，小李还是计划财务科的一个科员，有人找到他，让他帮个忙，他在一个基建计划的教育经费分配上做了点手脚。小李本来是拒绝的，可是在对方提出以科长职位作为回报后，小李心动了。他想了想，自己干了几年了，还是一个科员，工作能力一般，就算是有提拔的机会，也轮不到自己，这件事算是一个机会，可以一试，况且他又没有拿钱，钱是拨到下面搞建设去了。他这样一想，就觉得自己也没做什么，心情也放松不少。第二天他便答应了这个请求。

　　这件事小李做得很好，这笔拨款预算通过了层层审核，最终下发。那个人达到了目的，也遵守约定，给予小李科长职位的回报，所以一个月之后，小李就做了科长。

　　这件事就这么过去了，小李也认为没什么事了；只是有一件事小李没有想明白：这个找他帮忙的人是什么来头，为什么可以轻而易举地让他当上科长，可是他想了几天都没想明白，索性也就不想了。

　　直到市检查组的人来，小李才有所担忧，他总觉得纪检组要查的事和他做的事有关，但是又不能确定。

　　直到有一天，他碰巧看见那个找他帮忙的人神色匆匆地进了局长办公室，他一打听，才知道那个人是局长的外甥，是做建筑工程的，经常承包教育局的基建工程。小李这才察觉出事情并不简单，原来局长也是这件事的参与者，怪不得那次自己做的经费预算审批很顺利……

　　检查组来的第四天，局长被带走了，小李听同事说，局长被带走是因为局长和他外甥勾结，骗取国家教育经费，局长外甥此前就被抓了。小李感觉一阵眩晕，他已经想到了应对的策略。

局长被带走的第二天，纪检组的人又来了。小李已经做好了被带走的心理准备，但是，纪检组的人并没有带走他，只是来拿了一份材料。这样一来，小李又抱着侥幸心理，认为和自己扯不上关系，自己可以躲过这一劫。

　　事情像他想象的那样发展了下去，几天过去了，没有人来找过他，他也逐渐放下了这件事。正当这一切要归于平静的时候，小李被撤职，带走了。理由是：利用职务之便帮助不法分子骗取国家教育经费、使用不正当手段谋取科长一职。

　　小李还是没有逃过法律的制裁。有些事情，一旦做了，总会有"尾巴"的……

（作者系商洛学院学生）

皂角树

◎林震飞

　　林静家门口有棵皂角树，那是她太太爷爷种下的，听说有一百多年了，树又大又粗，得好几个林静才能把它抱住。村里人认为，这棵树就是村里的风水。

　　听村里老人说，皂角树能镇宅辟邪，特别是这种长了一百多年的古树，经历了暴风骤雨，依然屹立不倒，人们都说它已经成精了。前不久，村里的小孩儿在树下玩耍时，用石头蹭坏了树皮，孩子当时可给吓坏了，撒腿就跑，对家里人说"树流的是红色的血"，几天都不敢出门，大人看过之后，也很疑惑。村民众说纷纭，这成了村里的一件大事。

　　皂角树下有一个大石盘，夏天的时候，林静就躺在上面乘凉。林静的爷爷养了一箱蜜蜂，每年五月是皂角树开花的季节，蜜蜂"嗡嗡嗡"地飞来飞去，这般悠扬的旋律，洒落在树梢间，像是一台天然的留声机。每天放学后，林静总是伴着蜂鸣趴在树底下写作业。

　　黑蛋是林静的弟弟，一到夏天，一家人都在皂角树下乘凉。比起听大人唠嗑，俩人最喜欢听爷爷讲故事，听着听着，就躺在大石盘上睡着了。爷爷还是滔滔不绝，越讲越来劲，爷爷体内流淌着教师的血液。等到爷爷发现俩人睡着的时候，故事也快讲完了。"啪！啪！"屁股上一人一巴掌，两人疼得嗷嗷直叫，从睡梦中惊醒，哈喇子都来不及收拾。关于故事中间发生了什么，俩人什么也不知道，只听得开头和结尾。农忙的时候，家里只剩下姐弟俩和年迈的太奶奶。没有了大人的管束，姐弟两人在家里乱翻一通，找点东西解馋，谁知两人把药当成了零食，大蜜丸吃起来甜甜的，吃的是一颗也不剩。吃晚饭的时候，家人死活也找不见姐弟俩，两人直挺挺地躺在门外的大石盘上。妈妈可给气坏了，就一人屁股上踹了一脚。谁知两人都没有反应，喊名字也没反应，摸了摸头，烫得和火炉一样，急忙将他们送到医院。医生说："你们的降温措施做得很好，再多烧 0.1℃，孩子的脑袋就给烧坏了。"妈妈想起了大石盘上的皂角树。雨天的时候，有人在下面躲雨；天热的时候，有人在下面乘凉。据说，这块石盘是从唐代流传下来的，与李白有些渊源，石盘的边缘上刻有李白的名字，早前人们不知从哪里找来的大石盘，用来碾粮食，夏天的时候碾粮食太热了，周围也没一棵树遮阳，牲口热得都受不了。林静的太太爷爷不知从哪里挖来一棵小树苗，后来这棵树就长在了大石盘上面，这些都是林静听爷爷讲的，爷爷说："石盘和树是一对夫妻，从来就没分开过。"

　　林静上初中的时候，省里组织了一次征文比赛，征文主题是"写一写你身边的人或事"，林静就写了家门口那棵皂角树，讲的是村里发大水皂角树救人的故事，这也是林静听爷爷讲的。

　　皂角树承载着几代人的记忆。一位老人在外漂泊几十年后重新回到这里看看这棵树。她是曾经来这里插队的女青年，现在人老了，树长大了。她见到了太奶奶，了解到太爷爷早已长眠于地下。她紧紧握住太奶奶的手，最终还是放下了，带上对皂角树的思念，她们不舍地分别了。很少有人去看皂角树了，由于学业任务繁重，林静也很少回家。后来，皂角树上总向下掉一种白色的分泌物，白蒙蒙的，摸上去黏黏的，有人说树生病了，要打药，谁家都没有那么长的喷雾杆，林静却相信那是皂角树流下的眼泪。爷爷养的蜂王无缘无故地死了，蜜蜂也都飞走了。人们都讨厌那白蒙蒙的东西，粘在裤子上不好洗，很少有人再去石盘上乘凉、避雨。前阵子，村里的二蛋拉肚子，吃什么药都不管用，听村里老人说，二蛋娃指定是中邪了，找点皂角夹熬水喝，保准管用，村里人再次把焦点转到那棵皂角树上。那树又高又大，只有猴子才能爬上去，平时村里装电缆，都得绕着皂角树走。人们用尽了所有获取皂角夹的方法，一点用都没有，正当人们一筹莫展时，树上掉下来了皂角夹。这可是二蛋娃的救命药，二蛋他爸拿着皂角夹就往家里跑，树下的村民都愣住了。

　　没过半个月，镇上来了文件，经过勘察，林静家所在的那片地方容易发生地质灾害，镇上给每家每户重新划分了地基，还给每家每户发了一笔补偿金，村民们都乐呵呵的。前阵子，李婶家后院的窑洞塌了，砸死了两头猪，就为这事，李婶硬是和政府对着干，让政府赔钱给她，要是猪在天有灵，准被李婶感动，村西头的老李头说："政府也拿老天爷没办法啊！"人们又一次将目光转向了皂角树，难不成这树真成了村里的风水？

前阵子有树贩子来村里买树，一眼就看中了这棵树，开口就2万元，村里人眼睛红得像屋檐上挂着的红辣椒，纷纷感叹，要是他太爷爷也曾经栽一棵皂角树，不知现在该有多好。钱还没拿到手，家里的兄弟姐妹都已经合计着怎么分这笔钱财了，只有林静的爷爷说："这树不能卖，会遭报应的。"

树贩子走后，阴雨连绵，持续了好些天。有天夜里，"咔嚓"一声，惊醒了熟睡中的村民，是一根大树枝从中间折断，树没了正形，像是断掉手臂的人，更令人匪夷所思的莫过于树中间出现了一道深深的沟壑，也许是以前就有，人们没发现，总感觉它是突然出现的。当村民仔细察看这道沟壑时，发现树心是空的，没人知道它能活多久了，树贩子也不见了踪影，也没人再提卖树的事了。

新房建好后，村里人都陆续搬走了，那是林静在老家睡的最后一晚，因为第二天她们也要搬到新家。林静做了一个梦，梦见皂角树下有一条暗河。第二天搬家的时候，她在皂角树下捡到了一个皂角夹，林静后来把它种在了新家门口，关于那个梦，没有人相信。有年夏天，村里大旱，庄稼颗粒无收，村民想起了林静做的那个梦，抱着试一试的态度，在离树不到五十米的地方挖井，还没挖到多深，就听见了哗哗的流水声，村民愣住了，难不成一棵树还真有这么大的本事？找到水源的喜悦冲散了一切疑问，村民都急着去打水，一个比一个跑得快。

皂角树和大石盘还在那里，树是又高又大，石盘是又厚又圆，可是没人注意到它们，顶多也是匆匆路过。大石盘上堆了一堆烂柴，那是皂角树的枯枝烂叶。有人说皂角树快死了，很多年过去了，它的生命力愈发旺盛，村里只剩下了老人，听说年轻人都出去打工了……

（作者系商洛学院学生）

车　站

◎陈晓婷

在熙熙攘攘的车站，叶钟背上搭着一个沉甸甸的背包，右手提着一个破烂的包，左手擦拭着额头上的汗珠，不让汗珠打湿他的眼睛。挤在拥挤的人群中，叶钟忽视了周围人的抱怨声，耳畔只响着一阵温馨的声音：老母亲等着他回家过年，老婆孩子正在炕头等他回家团圆……

好不容易买到了火车票，踏上了月台，一阵喜悦感油然而生：要回家啦！他把提包往怀里搂了搂，那里面装着他一年的工钱。他打算着给家人置办衣物，给家里添置新的物件……

漫长的等待没有磨灭他的耐心。售票员一次又一次念着车号，叶钟嘴里只念叨着一句话："快到了，就要回家了！"当车站的钟敲响 12 下时，叶钟迅速拿好东西，准备往车上挤，但不幸，售票员响亮的声音从喇叭里发出来："火车晚点，请乘客耐心等待。"冰冷的言语，瞬间浇灭了叶钟的喜悦感。他拖着行李，沉重地走向候车区。

这时，人群里传来一阵女人的哭喊声。在漫长等待中疲倦无聊的叶钟也被这阵悲伤的声音吸引了过去。他挤进人流，看见一个衣着破烂的女子，双膝跪在冰冷的地板上，面前摆着一个脏兮兮的碗，里面有几十块钱，而她的旁边立着一块纸片，写着："女儿病危，求一千块帮助。"叶钟将包搂得更严实了。有人质问女人所说的是否属实。女子流着眼泪，拿着躺在病床上的女儿的照片，诉说着："女儿，呼吸道感染，正在医院等着做手术，钱用完了，还差一千块才能动手术。各位父老乡亲，请帮帮我吧！救救我的女儿，我以后会还钱的！"说完，她重重地将头磕在地上。

听到这悲痛的言语，叶钟搂着包的手慢慢松开了，他看着这可怜的女子，想着自家的女娃正在家里欢天喜地等着他回家。

叶钟从包里掏出钱，扯着沙哑的声音："大妹子，我这有……"这时，旁边的大爷拽住了叶钟的身子："这年头，谁知道她说的是真是假，小伙子，你别上当了。"叶钟顿时握住了他身前的包，身子往后退了几步。

女子跪到他身前，双手拉着叶钟的衣摆，眼泪和鼻涕一起涌出："大哥，相信我，我没有骗人，我女儿真的生病了。大哥，我不会白跟你要这钱的，我给你打欠条，我以后会还给你的。大哥，求求你相信我，救救我的孩子吧！"叶钟握着包的手又松开了，他仿佛看见了自己的女儿在笑眯眯地喊他："爸爸！爸爸！"

身边的大爷对着叶钟摇了摇头，示意他不要被迷惑了。而叶钟的眼前闪过女儿欢乐的脸蛋，他瞬间便决定了，他相信这个大妹子。叶钟低下头对女子说："大妹子，我这刚好有一千块，你拿着用先。"说着便拉开背包的拉链，慢慢地拿出那用红纸包着的一千块。女子看见钱，刹那间便扯了过去，接着冲出人群。

叶钟瞬间呆住了，手还停留在拉链上。人群沸腾了："看！好心当作驴肝肺了吧！这年头，谁能相信？"旁边的大爷对着他喊："赶紧追啊！"叶钟猛然回过神来，朝着女子逃跑的方向追去。

一路上，叶钟心里焦急万分：一方面，他憎恨自己放松警惕，轻易相信陌生人。那一千块是他拿回家过年，给家里人添新衣、添新物的，钱被骗走了，他哪有脸回去啊？另一方面，他想怎么会有这么可怕的人，就不怕遭报应吗？

看着女子拐进小巷，一路飞奔，叶钟越发心凉，等抓到了，他非得好好惩治她。女子跑进一个小胡同，七拐八拐地跑进了一间破烂的小房子。叶钟满头大汗地冲进去，正想破口大骂，话到嘴边却又咽了回去……房子里有六七个穿着破烂衣服的孩子，个个面黄肌瘦，纯真无邪地望向叶钟。女子哑着嗓子对叶钟说："大哥，真是对不起，但是我实在没有办法了，孩子们已经三天没有吃饱过了。我只能出此下策了。钱，我以后会慢慢还给你的。"叶钟看着这群孩子，心里一阵阵刺痛，他能理解女子这么做的理由。叶钟扯着难以发声的喉咙："钱你留着吧，不用还。给孩子买点吃的，换套新衣，过年去吧。"说完，叶钟便转身离去。

回到车站，登车时间从喇叭里传了出来。叶钟背起包，释然地往车厢走去。火车"呼呼呼"地向北驶去……

（作者系商洛学院学生）

阿 华

◎李晓铃

当我拐进那条熟悉的巷口，我内心像十五个吊桶打水——七上八下。推门，迎面看见一个身穿红色外套、背着我正在打电话的身影，我猜想是她。果然，她猛一转身，看见我推门进来，又惊又喜，我还没走近，她已经迎上来。正当我踌躇以一种什么方式问候她时，阿华亲切地伸出枯瘦的手握住我的手，再贴向她的脸颊。"嗨！好久不见了！"我憨笑。"哎呀，好久不见，你长高好多了咯！"阿华慈祥地看着我，一只手放不下正忙着听的电话，另一只手温和地轻拍我的手背。她话不假，靠在她身边，我仿佛像一只大猩猩，威武雄壮。阿华才及我肩高，肥厚的红外套像套在竹竿上，随风飘摇。

我看见她头发稀疏，增添了不少白发，眼角的皱纹可以挤成一把扇子，不由感叹："您还是那么瘦！"阿华笑笑点头："是啊，整日带两个孙子累死人了。"

"哎哟！您两个儿子都结婚生子啦？"我问。"嗯嗯，是啊是啊，对了，你要买什么吃的？"阿华想起什么似的，指了一圈架子上一排排的瓶瓶罐罐，里面装着各种各样的糖果饼干。这些都是小时候我最喜欢买来吃的泡泡糖、鸡仔饼、瓜子、辣条等，好吃的零食数也数不清。记得幼时没钱，就朝着妈妈哭闹，滚地撒泼，死乞白赖要了一毛两毛钱，像脱缰的野马似的直奔阿华的小卖部。每次我都像条泥鳅挤进人群，找到冰箱就马上打开，俨然小主人似的自便，翻到箱底，拿到"冰哥哥"喜不自胜，摊开捏成菜团子的两毛钱，向阿华挥着并嚷着"快收，快收钱"，生怕"冰哥哥"转眼变成白花花的水。阿华每次看到我进来都笑眯眯的，她也不在意我拿了什么东西，似乎不担心我像别的小孩子一样"顺手牵羊"。天知道，我还真的做了一次小偷。那次我放学回来，轻车熟路地跑到瓜子罐子里，伸手用勺子扒瓜子进口袋。阿华正俯身搬弄什么东西，这时我"鬼迷心窍"，本来五毛一勺的瓜子已经装够，我却偷偷地再把小手伸进罐子里。这时，阿华突然转身站起来，目睹了我行窃的一幕，我吓得赶紧缩回手，龇牙咧嘴，以为大难临头，准备好逃跑了。只见阿华原来惊诧的脸色瞬间切换成微笑，装着没看见，又背过身忙碌。她没有责怪我，反而帮我掩饰，当时我又羞又怕，而她却用一种流水的方式原谅了一个小孩儿。我以为她再也不相信我了，心里骂我是一个坏小孩儿，但是她似乎永远信任我，每次让我自己动手，因为我有时比她更清楚一些"隐身术"高明的零食放在哪里。我被从外面跑进来的几个小孩儿簇拥着往后退，不由得想起自己儿时蹦蹦跳跳去阿华小卖部买零食的情景。现在这些装着各色零食的玻璃罐，盖子都有些褪色了，瓶角也有了缺口，我站在其中，它们仿佛缩小了很多，不变的是它们依然像一排排可爱的卫兵围着我，听我发号施令。

我一边想一边不由得笑了。阿华还在听电话，照顾不了我，她忙叫一个老乡招呼我买东西。我拿好糯米粉取了零钱，回过头跟阿华笑着告别："我先走了，阿华。"阿华连连笑着点头，朝我挥手。阿华，这个熟悉而陌生的名字，时隔九年我第一次喊出，连自己也惊讶于这份亲切与熟悉。小时候我只会嚷着"欸！喂！"只管买到零食马上撤离，从不唤她的名字。如今我忍不住叫她一声，由心而发的。

我长大了，她也老了，我的童年也不见了。那些年阿华铺子承载了太多太多童年的记忆，每每想起，都快乐不已。那些快乐的事拖着往日的童真浮上来，一起涌向我。

（作者系商洛学院学生）

第二卦

◎潘雪冰

今天，高老头死了，不是谋杀，他是自己死的，但是，自己死的并不等同于自杀，这个得从头讲起。

高老头是个高人，少时从师卜卦名家，二十三岁自立门户，至今三十七载，卦象无一错漏，人称铁口直断高大师。

他自立门户时，师父曾留给他一个锦囊，但要他在六十岁生日这天才能打开。今日是高老头六十大寿，早晨，高老头便打开了这锦囊。

"徒儿切记，今日不能卜第二次卦，卜者难生。"

高老头惶恐不安，他深知师父留给他的锦囊必不会害他，不能卜第二次，也就是只能卜一次。但今日寿宴高官富人云集，如果留在这里势必卜出第二卦的。他思考再三，打定主意，唤来儿子，吩咐他照顾好今日来的客人，随后便出门去了。虽然寿宴上寿星缺席实在令人费解，但高人行事大都神神秘秘，凡人怎会看得懂？

高老头为自己卜出了第一卦，算出他的生机须往东方寻。

这是第一卦，这也是今日最后一卦，高老头心想。

开头说了，高老头死了，不是谋杀，他是自己死的，那他到底有没有卜出这第二卦呢？

高老头一路向东，他许久没有出过门了。他先经过一座人行天桥，桥上有个算命先生。他刚瞧见时便心生不屑，这些人大多是骗吃骗喝的江湖神棍，他出自名家当然是瞧不起的，待他走近一听，嘿，这算命先生正在瞎编糊弄小姑娘。

"江湖神棍。"高老头轻叹摇头，又对小姑娘道："小姑娘趁早走吧，莫要被人骗了。"算命先生微怒，而小姑娘见情况不对，拎起包就跑，钱也不付，算命先生按下怒火："只想着今日会遇到大客户，没想到客户这么大，我今日就要和你比比，拿出你的看家本领，赢不了我休想走出这片儿地。"若摆在以往，高老头最擅长的事占卜爻辞，但今日不同寻常，今日是万万不能卜出第二卦的，高老头迟疑了，看到从阴影里走出的几位壮汉，高老头发怵了，强龙难压地头蛇，高老头退缩了。

走出天桥的高老头，身无分文，手机也被抢走了。

"世风日下啊，世风日下。"高老头叹道。

一路向东行的高老头，恍恍惚惚来到市里闻名的美食街，整条街充溢着诱人的味道，此时已近黄昏，高老头摸摸肚子，他已经饿了许久。他厚着脸皮进到某家饭馆，不待片刻，便被人轰了出来，"世风日下啊，世风日下。"这已是高老头第二次发出感叹。

高老头向东穿过美食街来到广场，他又饿又累，便寻了张石椅坐着，心里盘算在这儿待到这一日过去或许可行。就这样，他一直坐在石椅上，看大妈跳舞，看小孩儿滑滑板，看人来人往，看日落月升。

这真是他过得最煎熬的一次生日了，还有多久呢？他想。

夜如同晕不开的墨块，厚厚的云层遮掩了月华。高老头昏昏沉沉之际，听见远方天际传来三声钟响。他惊醒抬头，天空一片昏暗，无星无月难辨时辰，他又向远方望去，只见钟塔高耸，时针隐约指着凌晨一点。

子时已过，这一日过去了。

高老头乍惊复喜，猛然站起，突觉一阵眩晕，摔倒在地，他也不管不顾，就地卜起卦来。

"速离。"

这是他当时解出的卦，这也是他一生中唯一断错的一卦，而这也是他这一日卜出的第二卦。

…………

过了三个小时，钟声又响了三下，此时时针恰指向十二。

月上中天，月华洒落各地，照亮了被人遗忘的角落，醉酒的行人意外地发现了一具尸体。

一代高人竟是不慎摔死的，这个事实难免让人唏嘘不已。但又有人说，高老头正是卜到自己死期将至，才在生日这天离开家来到广场的，连自己的死期死地亦能料到，果真是高人啊，众人感叹。

但不管怎样，今天，高老头确实死了，真的不是谋杀，他是自己死的，但是，自己死的并不等同于自杀，这下，你明白了吧！

（作者系商洛学院学生）

台风天送货

◎游碧珊

台风快要来了。市气象台连夜发布台风黄色预警，提醒市民加固或者拆除易被风吹动的搭建物，切勿随意外出，确保老人小孩儿留在家中最安全的地方。父亲早上就收到预警短信了，但他不以为然，依旧出货。

"芝子，帮爸拿电话簿过来，爸要打电话，刮台风，塑料鞭子应该好卖。"父亲在房间里面叫我，我赶忙跑过去给他拿东西。

我递电话簿给父亲的时候，他还惊讶地看着我，疑惑地问："你今天怎么不去上课？"

"要刮台风，学校都停课了。"

"这样啊。那你不要乱跑啊，好好在家待着。"刚关上门，就传来了他的声音："喂，是东门二哥吗？哈哈，我是百货销售部的，台风要来，你们那儿缺什么吗？我今天会送货到那里去……"

我对这种电话已经见怪不怪了。从一年级开始，父亲就一直在联系客户送货。

我害怕父亲，他长得很黑，鼻子高高的，说话很凶，眼神带刀。但是父亲跟客户打电话的时候就会变成一个很温柔的人，感觉低声下气的，我有点不喜欢。

停课在家，百无聊赖。不知如何打发时间，便想着去玲子家玩，玲子家离我家不远，隔两条街而已。动了念头，父亲的嘱咐就忘了。

玲子家是我们这个地方有名的小康家庭，玲子爸爸妈妈都是银行职员，所以玲子家的房子比附近的都要豪华。

"玲子！我来找你玩了，快开门呀！"我用力地敲着门，玲子妈妈开的门。她告诉我玲子在楼上玩，我可以一起去玩。我点点头。这时，我看见客厅里有玲子爸爸，便问了声好，就跑上楼去了。我对玲子家很熟悉，很快找到了她。一见到她，就问她："你爸爸今天不用上班吗？"玲子答道："不用啊，今天刮台风，他就不去了。"我奇怪，再问："不去上班也有工资吗？"玲子疑惑一下就说："不知道，可能没有。不过，爸爸说，一天工资而已。""那我爸爸为什么还要出工呢？"我自言自语道。

玲子不管我的自言自语，就拿出她新买的芭比娃娃玩了起来。我的目光一下子被吸引过去了。

正玩在兴头上，我好像听见父亲的声音。这时玲子妈妈上楼来找我，说是我爸爸要我回家，刮台风在外面不安全。我不情愿地和玲子说再见，跟着玲子妈妈下楼去了。

玲子父亲正和我父亲聊天，玲子父亲的高大白皙与我父亲的矮小黝黑形成鲜明对比。他们二人虽然年龄相近，但父亲明显看起来苍老得多。

"爸。"

"走，跟我回家。"说完，我们就一齐走出玲子家。十岁的我，走起路来还没有那么快，一直被父亲撇在后面。台风还未到，太阳还挺大的。我发现父亲手里有一把折得不好的伞，它皱得不成样子。突然，父亲停了下来，把他手里的伞递给我，示意让我自己撑。我接过伞，费了九牛二虎之力才打开。父亲依旧走得比我快，没有丝毫要等我的意思。我知道他的性格，就慢慢跟着。

一瞬间，我感觉父亲是带着太阳的光辉的，他是世间最伟大的父亲，包括他的黑皮肤。

回到家的时候，天有点要起风的意思。我问父亲："今天还出货吗？"

"出，怎么不出？还要管你的吃喝拉撒呢，不出工，你吃什么？穿什么？钱又不是从天上掉下来的。"他一边搬货，一边念叨着，"你现在不好好学习，以后就做重活，要想轻松点，现在就好好努力，不要整天玩……"父亲的这些话我都听了几百遍了，耳朵快要起茧子了。

蹲坐在门槛上的我，痴痴发呆。父亲从来不肯让我干重活，有时想帮他，他就说，你是学生娃，要好好学习，干这些做什么。我无奈，只能看着他把货物一箱一箱地搬来搬去。台风天更是如此。

"爸，风要起了，要不你别去送货了。玲子爸爸说，生命比金钱重要。"

"你这孩子，说什么傻话。说好去的，现在不去，人家下次还怎么敢跟我们做生意。"说完，搬完最后一捆塑料鞭子，关上车门，开车走了。

看着父亲远去的背影，我希望台风来得慢些、来得小些。要知道，路上有我牵挂的人呐。

（作者系商洛学院学生）

我的班长

◎杨 讷

　　来到军营已经好多天了，这几天非人的训练已把新兵折磨得不成样子。兄弟们一回来便倒头就睡，唯有我们的班长还没回来。想起这个班长，我摇了摇头，谁人不知四连有一个怂兵班长。我在内心叹了几口气，出去找呗！准是训练落在了后面。现在天黑洞洞的，他胆子小不敢回来。

　　"于小超、于小超"——一路喊过来，连个人影都没有。内心不免疑惑，说不定他已经回去了，抱着耐心又继续往前走了好远，终于在一棵树后面发现了他，他正抱成一团，蹲在地上瑟瑟发抖呢。

　　过去拍了拍他的后背，他下意识地颤了颤身子，内心哂笑了一下，他怎么跟个娘们儿似的。我没好气儿地唤了他一声，于小超小心翼翼地把身体转过来，看见是我，舒了一口气，笑着对我招了招手。

　　回去的路上，于小超唠唠叨叨地，我一句也没搭理，其实我打心眼儿里是瞧不起他的。要不是因为他年龄比我们大，谁当初会选他当班长啊！

　　第二天，天还未明，哨声就响了起来。

　　来到集训场，长官说今天我们就进行手榴弹训练。闻言，我们这些人沸腾了，只有于小超神情凝重，好像有什么难言之隐。我们也没多想，觉得他老毛病又犯了。我们随即笑作一团。

　　正值晌午，太阳大得很，像个火球一样，把地面烤得火烧火燎。

　　训练还在进行，前面几个兵表现得非常好，长官脸上全是笑意，正在这个时候，有人大喊："小心！"由于训练场太过吵闹，没有人注意到这边的动静，就在这危急关头，于小超冲了过来，像一匹脱了缰的马，快速地捡起地上已冒着火星的手榴弹，扔了出去，像要把自己甩出去似的，他的身子跟跄了一下，手还在轻轻颤抖。他还在剧烈地呼吸，喘不过气似的。然而，被他救的那个人却呆了，眼珠子一动不动，这算是在鬼门关无声地走了一遭。

事后，所有人震惊于小超的胆大举动，我也好奇他是怎么改掉胆小的毛病的。终于有一次忍不住了，我偷偷问他，他一改往日沉默寡言的样子，用一种悲伤的语调道明了原委。

他不是无父无母的孩子，他的父母早在几年前就死于小鬼子手上。那天下午，他像往常一样放牛回来，走在乡道上，渐渐地察觉出了怪异，当时也只是觉得奇怪，大白天的，路上怎么没有人呢？推开自己家的大门，地面十分凌乱。里院传来一阵阵喧闹的声音，他预感不妙，慌忙跑向里屋，却看见小鬼子在投手榴弹。然而当时他的父母还在屋子里。他永远忘不了小鬼子那漫不经心的表情。他痛恨他们，却更痛恨自己。因为当时就是因为自己的懦弱间接杀死了父母。

"我怕手榴弹，我亲眼看着自己的父母被炸死，而无能为力。我讨厌无休止的杀伐。我一直都想让自己勇敢，那天我做到了。"

我看到了我们班长眼睛里燃烧着的火焰，那火苗是那么滚烫，那么亮眼。

（作者系商洛学院学生）

烟雨楼

◎赵轩乐

况之初遇太牧，是在早春，况之登楼远眺，整个柳镇都笼罩在烟雨之中，他正出神，突然传来脚步声，有人拾级而上，他转过身，看了一眼。来者正是太牧，太牧身穿紫袍，腰束金丝织带，仪容端正，气度不凡。

太牧看着身穿青灰布衣的况之，满不在乎地说："一个穷书生罢了。"讲完，就转身下楼。况之猜出他的身份，他看着太牧下楼，朝街边瞥了一眼，那里立着几个奴仆。

雅子问况之什么时候娶她，况之安慰她："快了，这次进京，求个一官半职，回来就娶你。"雅子紧皱眉头，满面愁容地说："不知怎的，心慌得厉害。"况之紧紧抱住她，小声说："别胡思乱想，我一定会娶你的。"

况之见了父亲的故旧庞大人，呈上自己的诗文。庞大人草草翻过，喘着问："贤侄对朝政可有见解？"况之恭敬地回答："伯父，见解不敢当，只是些不成熟的想法。"庞大人眯着眼睛，饶有兴致地侧过身，看着况之，况之提了一口气，侃侃而谈。庞大人听完，笑着说："贤侄志向高远。"说完，端起茶杯送客，况之在旅馆等了四五日，垂着头回了家。

庞夫人听闻此事，怪庞大人不讲情面。庞大人冷着脸说："你懂什么？他讲的全是政弊，提的都是举措，举荐这种人，迟早会出事。"庞夫人小心地递杯茶水，没有再说话。

况之背着行囊，骑上瘦马，踏尘而归，镇外的柳树已抽出嫩叶。

雅子满脸期待地看着他，况之只是摇头。雅子垂着泪说："爹把我许配给了张员外的儿子太牧，本月十五过门。"况之无可奈何地叹了口气，幽怨地说："只怪我，一无所有，雅子，是我负了你。"

太牧给了况之银两，况之推辞，太牧趾高气扬地说："柳镇池浅，你另觅一去处吧。"况之背上行囊，骑上瘦马，垂头丧气地离开了。

太牧很喜欢雅子，做了很多事讨雅子开心。雅子很认真地说："你不必对我太好，我心里早满了，再装不下什么了。"太牧只是笑笑，依旧宠着她。

况之屡试不中，庞大人也没有再理他，遂心灰意冷，断了仕途之念，开学堂，做了私塾先生。太牧经营有道，茶铺粮行，生意兴隆。太牧托人请况之回乡，况之推辞，太牧亲自前往，况之终于答应了。太牧在柳镇帮况之开了学堂，请他坐馆教学，还把两个孩子送到学堂。雅子不解，太牧说："其实没什么，都过去了。"

况之回乡没多久，就染疾而亡，太牧厚葬了他。没人知道是太牧毒死了况之，下毒的人也被处理了。柳镇笼罩在烟雨之中，雅子陪着太牧，登上高楼。太牧笑说："烟雨蒙蒙，真好看。"雅子轻说："朦胧的，也看不太清。"太牧追问："看不清什么？"雅子认真地说："人心。"

青诚外出时，住持专门同他讲，游历是斩断情丝的好方法，若是断掉了杂念，方是真正入了佛堂。青诚拜了拜，就拿着钵出发了。

渡口挤满了南下的难民，青诚法相庄严，退避旁侧，手捻佛珠，闭目诵起经文。一个女子走了过来，轻声唤他："师父，你不走吗？"青诚皱了下眉，没有睁眼。女子的声音像柔柔的水草，扰得青诚心里乱乱的。青诚慢慢睁开眼，发现女子一直盯着他的脸，青诚忙转身，扭头不看她。女子轻声说："师父，心中若真有佛，会这般面红耳赤吗？"说完发出银铃般轻快的笑声。青诚快步从渡口离开，走了好久，才敢回头，渡口，已消隐不见。

青诚回到寺中，住持问他："悟到什么？"青诚只是摇头，住持缓缓地说："当断不断，佛前空梵。"青诚毕恭毕敬地垂着头，耳畔全是女子银铃般轻快的笑声。

雅子对着铜镜，给脸上施粉，洁白的肌肤，更显娇嫩可亲。雅子呆看着镜中的自己，想起初见青诚时的画面。青诚当时还是一个小沙弥，她上山崴了脚，是青诚背她下山，雅子在路上逗他，青诚呆笨的样子，惹得她不住地笑。雅子很认真地问："女人可怕吗？"青诚一板一眼地说："欲念可怕，不是女人。"雅子临走时，拽了拽青诚的衣袖。青诚慌乱间红了脸，雅子笑着说："瞧把你吓的，逗你呢。"

雅子时常到寺里参拜。日子一天天过去，雅子愈来愈端庄淑美，青诚成了僧人，有了自己的法号。雅子有时会去找他。青诚刻意地站在佛殿前的石阶上，法相庄严地谈话。有一次，雅子问他："若是一个女人爱上僧人，会怎样？"青诚紧闭着眼，回答道："无果，僧人无念，徒增烦扰。"雅子大声说："你看着我说，我让你看着我说。"青诚捻着佛珠，拜了拜，轻声说："请回吧。"雅子垂着泪下了石阶，身后传来了一句话："你不必再来找我，我马上就外出游历了，望珍重。"住持问青诚，当真能舍此俗缘。青诚闭眼诵经，窗外秋风摇曳。

青诚走时，正是日暮，斜阳衰草，古道更显悲凉。登上小丘，青诚望了眼不远处的小镇，镇子上空浮着薄薄一层炊烟。一个小童跑了过来，拜了一拜，捧出一个锦囊，交于青诚。青诚问他，小童恭敬地说："小姐命我交予师父，在此久候了。小姐说师父是出家人，不收财物，锦囊中只有一颗红豆，还说师父善诵摩诘诗作，应懂此中意。"说完，就跑下小丘。

青诚忽忆起当日，背雅子下山，雅子指着树上的红豆，揶揄着说："你会背王维的红豆吗？"青诚睁大眼睛说："摩诘先生的诗我都会背。"雅子说不信，青诚大声诵读："红豆生南国，春来发几枝。"

（作者系商洛学院学生）

风 声

◎杨文雪

卡车一批又一批地往村里运送器材，简易帐篷里也有几个窜动的人影。好凑热闹的村民打听到这是要给村里修铁塔了，以往的铁塔修在远处山顶上，器材靠骡子往上运，离得太远，看不见、摸不着的，村民也不大在意，在门跟前修铁塔，这是头一回。

果不其然，器材堆叠得老高的时候，一大批施工人员来了。

正是农忙的季节，玉米窜头长，野草也不落后，家家都赶着好天气除草、施肥。天刚蒙蒙亮，露水还未干，村民就已在地里忙碌着，没一会儿，施工队也上工了。傍晚，村民扛着锄头回家了，工地上的灯火也暗了。村民眼看着铁塔长高，长高，再长高，估摸着再有个把月就该完工了。

铁塔就在农田边上，村民趁着喝水的工夫过来看看热闹，慢慢地，当地村民和施工队的人也熟络起来了。施工队里的工人都是些外乡人，吃住都是在邻村老乡家里，晚上下了工，工地上就留两三个人值夜。

工地上绑脚手架的绳子用完之后也就废弃了，村民农忙完也会捡点拿回家扎口袋用。铁塔就要完工了，搭脚手架用的竹子在旁边堆成了一座小山，施工队的人说，完工后这些竹子都要运回去。

这里多山少水，竹子稀少。家里实在有需要，才会花上一天的工夫去远处的水井湾砍上一大捆，还都是些细竹子，做菜园子的篱笆还行，想要搭个晾玉米的架子极不容易。

这么些个竹子天天在眼前晃，村民不由得红了眼。趁着中午施工队的人吃饭的工夫，胆大点的人就会"光顾"工地，捡点扎口袋的绳子，再"顺道"扛几根粗壮的竹子，放在院子里，大家都很羡慕。

自此，干完农活后，"光顾"工地就成为村民的家常便饭。大家谁也不声张，只是"光顾"工地更加频繁，路上碰到熟人，大家都会心一笑。连小孩子也很懂事，放学后，也要去工地"光顾"，等待着收获成果，赢得大人的夸奖。

渐渐地，大家都习惯晚上出去"溜达"了，夜晚的村子里热闹起来了，大家都赶着往工地上跑，更有甚者，拖家带口拉着农车去，装上满满一车。一时之间，大家都在比谁偷的竹子多，偷竹子在村民中变成了一件极具成就感的事儿。

这天，不知从哪里传来风声："工地上的人报案了，上面要挨家搜查竹子，搜到竹子就要罚款，一根儿一百块钱。"村民顿时傻眼了，大家都惶恐不安，再也没有人"光顾"工地了。

风声就像病毒一样蔓延开来，夜晚又归于平静了，只是村民的内心久久还不能平静。大家都在自己家里商量着对策：

"早就说不该动这竹子的念头，这下要遭殃了。"

"上面要查下来了，这竹子到底要咋处理？"

"要不再趁着夜里，把这些竹子给放回去吧。"

月亮挂在天上亮堂堂的，村民又忙碌起来了，这一次又都是全家老少出动。院子里劈竹子的声音在夜里格外响亮，炕门口火光四射，燃烧得噼里啪啦作响。走向山里的脚步声也清晰可闻，在回来的路上或许还会遇到曾几何时对比谁偷的竹子多的人。

一切都安排好了，大家仍旧连着几天都惴惴不安，老远看见施工队的人就像老鼠见了猫，躲都躲不及，大家都没精打采地干着农活。

当肆意生长的野草被除尽的时候，铁塔建成了，施工队的人也随之撤离，拆卸下来的竹子还是在原地堆得小山一般高，村民恐慌的搜查始终没有来。

夏天到了，风声也静了。

（作者系商洛学院学生）

闺 秀

◎黄家淑

乡下族里有个远房的祖婶婶，每次亲戚们聊天说起她，总有人问："啊，她还没死吗？就是地主婆老茶客呀，她居然还没死？"

"老茶客"是一句方言，说的是那些嗜茶如命的人。

我见过她三四回，那是个很老很老的老太太，满口只有一颗金牙，一头很长的白头发挽成一个发髻，收拾得很齐整，手里时常捧着一个旧陶壶。

但凡有她在的地方，就有那个灰突突的旧陶壶，她从来不让人碰，她也从来不让别人为她冲茶，尽管她拿壶的手总是抖个不停。

你祖婶婶吗？她可是个老茶客呀。她吃茶的样子，我记得很深刻。用一个歪歪斜斜的土炭炉把水煮沸，然后用沸水淋一遍杯壶，再把茶叶摊在手里仔细地看啊看，然后一点一点放到旧陶壶里，之后冲茶、挂沫、淋罐、烫杯。她做这些事的时候腰板挺得很直，脸上的神情也很肃穆，仿佛她不是在冲茶，而是在做祭神那样很神圣的事情似的。我笑闹的声音大了一点，她就冷冷地斜睨过来，好像怕我吓跑她的茶一样。

等茶冲好了，她拿起茶杯，眯缝着眼睛，闻一下，呷一口，再叹一声，摇头晃脑来两句："痛彻孺怀，泪洒尘埃——"一脸的陶醉，一脸的满足，跟冲茶时肃穆的模样判若两人，一张橘皮一样的脸氤氲在茶水的薄烟之后，有那么几分写意的朦胧。

最有意思的是，每次喝到茶味儿淡如白水的时候，她也不把茶渣倒了，只把炉子熄灭，留着零零点点的火星，再把装着残茶的小陶壶虚虚掩到土炭中，用炭的余温煨着，好把最后一丝茶味也熨出来，再续几杯。我不明白她为什么这么做。

你看见她那颗金牙了吗？她是个地主婆。

据说她爹是个资本家，在镇上有个茶叶行，专门卖茶叶。

据说她念过中学，教过几天书。

据说她不到二十岁就匆匆嫁给了地主的儿子，刚过门没两天，她爹就死了。

据说她爹是被枪毙的，她要去收尸，政府没让。

据说她爹死了没多久，她夫家的田地和大宅就被没收，她成了附近十里八乡最年轻的地主婆。

据说她的兄弟们那些年有的死了，有的入赘，有的不知所终。

据说她是村里最好看的女人，每次大队要她扫大街的时候、开批斗会的时候，很多人专门跑去看她。

据说她原本有个儿子，但是等我知道她的时候，她已经是个孤寡老人，靠着同宗同族的子弟们零星的接济生活。

据说她死了的丈夫，论辈分我要叫一声叔祖的，是个种不了地、担不得水的一个百无一用的人，沉默得像个影子，活没干多少，茶倒喝得挺多，也是个老茶客。

据说很少有人跟他们来往，但偶尔有人走进他们的破屋。这对夫妻总用屋角的土炭炉煮开水，冲茶，用一个灰突突的陶壶，冲一杯茶给客人喝，这似乎是一种待客的最高规格。他们自己在家喝茶，总是这样把一包茶冲到淡如白水，便是这样都还要把茶渣放回土炭炉里慢慢熨着，续着喝茶色很淡茶味更淡的"茶"。

据说他们夫妻一个天聋一个地哑，很少说话，游街的时候低着头，批斗会上低着头，在田间劳作的时候，从不吭声。他们什么都不会做，工分挣得很少，因为成分不好，同宗同族的人想接济也不敢接济，日子过得很艰难。

但他们经常去买茶叶，每月必去，风雨无阻。

潮汕这个人人喝茶的地方，在生活最艰难的时候，每家每户也都是备着茶叶茶具的。但是他们夫妻两个买茶叶的次数尤其多，多得令人侧目。他们把少得可怜的一点点收入，有时候是两分钱，有时候是五分钱，都买了茶叶，这些钱可能是祖婶婶没日没夜用咸草编草席挣来的，可能是叔祖的某个同宗的侄子悄悄接济的，这是他们仅有的收入来源。

饭都吃不起了，还天天喝茶，喝什么茶呀！

他们跟离了茶就活不下去一样。

也许是，每当茶香弥漫在他们的破屋，每当低头喝一口茶，他们便能产生一点幻觉，仿佛家未破、人未亡，他们还是南窗理妆西窗读书的小姐公子，每日都是琴棋书画诗酒茶的雅事，田间地头的劳作、破屋烂瓦的辛酸，还有游不完的街、挨不完的批斗，呷一口茶，都不必牵挂。

然而这只是我猜的，我只知道后来，沉默的叔祖在一场批斗后沉默地去了，留下这个祖婶婶，依旧每天用她的旧陶壶冲茶。

一年过去了，十年过去了，二十年过去了，好几十年过去了，八十多岁的老人家，曾经念过书，教过学，是全村最美的女人，她娘家曾经富甲一方，她夫家也曾烜赫一时，岁月留给她一颗金牙、一脸风霜、一头白发，还有一把旧陶壶。

她不让人碰那个壶，据说那是她父亲的遗物，每当有人想看看她的陶壶，她都用手把它捂到怀里。她说，这个茶壶冲了好几十年将近一百年的茶，茶味都融到陶壶里去了，全世界找不出第二把比这个更好的陶壶了。

那个陶壶灰突突的，样子很丑，世界上可能真的不会有第二把了，因为不会有人做这样的壶了。

她到老了也还是个老茶客，邻居和同宗的子侄们见她孤寡可怜，偶尔会去看她，总是见她穿着一身穿了很久的旧衣服，收拾得很齐整，一头白发挽成发髻，坐在日光下，用她那把旧陶壶冲茶。

我不知道为什么要写这些关于她的文字，我不知道她叫什么，不知道她确切多少岁，更不知道她可曾悲哀、可曾快乐、可曾怨恨、可曾宽恕，我只知道她嗜茶如命，曾经是个闺秀，后来是个地主婆。

我曾想给她写个传记，但我没跟她说过两句话，关于她的生平全是听来的。我曾想以她为原型写一部小说，但是好像也没什么好写的，毕竟岁月渐远，人事成沙，弹指之间的百年光阴里，人不过渺小的尘埃罢了。

只是放假的时候回家，听人说，族里辈分最高的祖婶婶去了。

客厅里高朋满座，一个伯父说："老茶客地主婆？她不是早就死了吗？我还以为她早就死了呢！"

（作者系商洛学院学生）

迁

◎赖颖欣

清晨，奉安市场渐渐热闹起来了，朱师傅收拾好了家伙什，开张了。

"朱师傅，这回搬到哪里去呀？"一路过的老伯问。

"搬到新市场那边，南门那边新划的铺面。"朱师傅答。

这个问题朱师傅已经回答过好几次了，有的人问了又问，朱师傅答了又答。

朱师傅在这座城市生活了二十多年，十几年前他攒足了一笔小钱，租下了奉安市场西门这二十来平方米的小铺面，靠一门手艺过着生活。

奉安已经很老了。奉安市场在好几代人的记忆里活过，现在也终于要退休了。

人们总是这样提起，但破旧的市场依旧热闹着，一点也不服老的样子。于是人们便又说："早着呢，哪能说拆就拆。"

直到某天午后，一群人从崭新的小轿车上下来，从奉安市场的东门走到西门，又从西门踱回东门，你点点头他摇摇手，留下几声叹息，又坐上小轿车离开了。

第二天的斜阳落下之前，奉安市场的拆迁决定也终于下来了。

虽然说有些不舍，但这并不影响朱师傅的心情。对他来说，搬到新市场并没有什么坏处，搬迁补贴也很可观。而且他的手艺在这一带是出了名的，不仅有忠实的老顾客，还有听说了他的手艺从各处上门求教的客人。

要是能有个徒弟就好了。

偶尔，朱师傅不无遗憾地这样想。

看看隔壁苏裁缝，女儿辍学回家，继承了爹妈一手缝纫的好手艺，一家三口两代人将门面越做越大，叫人好不羡慕。

朱师傅也是有家室的人，贫贱夫妻百事哀，朱家却是个例外。妻子仁厚，儿女双全，都乖巧懂事，也常常来店面帮忙，他也乐意教他们些小手艺。

但是，提起继承家业，朱师傅的脸板起来了。他只念过三年小学，算是半个文盲，但是他却坚持认为，读书才能有出息。

一辈子光会这么些个手艺活，赚几个小钱，有什么出息？

路上的车渐渐多了起来，隔壁苏裁缝一家的缝纫机也"吱呀吱呀"地响起来了，奉安市场的最后的时光里，人们依旧忙碌着。

朱师傅拆下了那把蓝色天堂伞的细条杆子，手里熟练地动作着，边跟前台的客人唠着嗑。

这是他作为手艺人最快乐的部分，他喜欢整修器物的过程，喜欢器物复原后那种发自内心的小自豪，更喜欢跟街坊邻里谈天说地，赚的钱不多，对于他来说，却已经是一种幸福。

但是孩子们不一样。他想，人还是得读书，才能有出息。

忙碌的一天很快过去了，朱师傅收拾好了家伙什，在斜阳余晖下细细地打量着柜台上的古钟——那是今天最后一位客人送来的，是一口20世纪某知名沪牌的长鸣钟，木制的钟身，玻璃片上画着两只憨厚可爱的小雀儿，工艺算不上精湛，价格也并不昂贵。老伯的儿女看钟坏了，便摘下来打算让路过的环卫工人清理掉。老伯看见了，死活不肯，急急出门，抱着这块破木头便朝市场赶——有时候人就是这样，舍不得便是舍不得。

那份心情，朱师傅是清楚的。

这种上发条的长鸣钟是早就绝版了的，在当年也算是时髦的款式。朱师傅在回忆里翻找着，斜阳夕照，跟天边的霞光融成了一幅绝美的油画，黄昏时分，朱师傅觉得有些微醺。

一声叹息落入思绪，回忆纷乱杂散，瞬间东奔西窜，消失不见。

当年的宝贝，今天也不过是一块破木头。

斜阳将朱师傅的影子拉得很长……

"师傅，这回搬到哪里去？"

"不搬了不搬了，小孩子有出息了，等过完这几天，回家带孙子去喽。"

（作者系商洛学院学生）

老 张

◎赵少君

老张今年才五十出头，但头发已经全白了。天气热的时候，疏于打理的银白色发丝便湿漉漉地贴在脑门上。后来张大娘便一口气把老张剃成了平头，于是剩下的一根根细小的发丝，便像是从老张那光滑的脑袋上冒出来的。老张平日里常常坐在村口的榕树下乘凉，或许也不能说是乘凉，大抵是他不知道能往哪去，能做什么罢了。村里的人经过村口的时候，也会象征性地问候一下老张，老张便把他那垂着的、在颈后堆出一团凸起的肉的脑袋微微抬起来，咧开嘴，露出那两排黄牙，痴痴傻傻地对着那人笑笑，有时也结结巴巴地回应两句。

老张以前是个出租车司机，年轻又勤快，为人忠厚老实，因而也颇得大家的喜爱。变故发生在几年前的一天，在他将一位乘客送达目的地时，不慎卷入当地小混混的一场纷争，被人误伤打中了脑袋，在重症病房躺了几天以后出来，便是现在这副半瘫痪的样子了。

关于老张的故事，凡是在村里待上过一些日子的人都耳熟能详。开始时是张大娘对几个熟悉的邻里讲述，后来便一传十、十传百地在整个村子里彻底传了开来。就连一些小孩子在路上遇见老张时，也会用他们那天真而怜悯的目光望着他，再仰着头对身边的大人说一句："妈妈，张伯伯是傻了吗？他好可怜啊。"

老张靠着张大娘养活了好几年以后，张大娘终于给他找到了一份工作——清扫村子里的小路。有了工作的老张有了一种新的活力，他那浑浊的双眼里仿佛出现了一点点光亮。从此，老张待在村口榕树下小木椅上的时间少了，出现在村里纵横交错的小路上的时间多了。事故的后遗症让他每走一步路都只是在挪动，然而老张就这样一点一点地扫着分配给他的路段。有时候老张也会忘记自己早上刚刚清扫完，吃个午饭又拾起他的扫帚，顶着烈日或风雨再次出门。

人们看见老张穿着他那常见的肥裤衩、薄汗衫，又带着他的扫帚出现时，便会调侃似地笑着问他："老张，你不是才扫完吗，怎么又来啦？"老张回应他们的也只是他那惯有的痴痴傻傻的笑。人们便不知是有意还是无意地叹口气，在一旁发出："唉！明明以前很能干的一个人啊！"

老张是我的邻居，因而关于他的消息总是能够很快地传到我的耳朵里。今年春天老张的儿子娶了媳妇进门，本来是一件喜事。可没过多久，便传出来老张的儿媳妇受不了家里邋里邋遢无法自理的公公，处处跟自己的老公抱怨。而老张的儿子竟也在一次看见老张大小便失禁，不小心在客厅留下污渍时，大闹着扬言要老张搬出去住。这个消息一传出去就在人群中炸开了锅，一时间，整个村子的人都得知了这个重大的丑闻，人们都不约而同地谴责着老张的儿子，也有的人私下里跟要好的几个悄声说着能够理解老张儿子的，但更多的，都对老张抱有强烈的同情和怜悯。

人们都迫切地想要见着老张，想要询问一些有关的细节，像是要表达自己的慰问似的找寻着老张的身影，然而老张却接连消失了两日。

后来有人在张大娘那得到消息，原来老张误把张大娘放在自行车车篮里的除草剂当成饮料喝掉，被送到医院洗胃去了。这个消息传开来，人们不觉生了许多猜测，大家在茶余饭后没有谈资时，便嚼着老张的闲话，路过那些供人休息的小木椅、小板凳时，常常能听到村里的人窃窃私语的声音。"哎呀！要我说哪会看错呢？分明是老张受不了儿子的压迫，想要服毒自尽呗！""可不是嘛，这样活着跟植物人有啥不一样？还不如死了啰。""也怪可怜的。"

两天后，老张终于从医院回来了，那一天他也依旧跟往常一样在村口的那棵榕树下呆坐着。跟以前不同的是，这一次他身边围着好几个村里的妇女，妇女用她们那悲悯的目光望着他，语气倒是与往常一般带着轻松调笑的语调："老张啊，是不是眼花了啊，下次可要看清楚啦，别又喝除草剂啦！""是啊！幸好这次发现得早哇。"

老张弓着身子坐在那张小木椅上，肚子上的肥肉隔着薄薄的白汗衫微微显露出来，整个椅子像是要把他裹起来一般。他依旧用他那惯有的痴痴傻傻的笑望着眼前几个"叽叽喳喳"的妇人。只是我总觉得他那浑浊的双眼中含着一层晶莹的泪光，可走近一些，却又似乎什么也没有看到。

（作者系商洛学院学生）

新　婚

◎杨怡莹

星星寥寥，夜空茫茫，热气流动不去，停滞在窄窄的房子里，让人闷得心慌。

　　她看着铜镜里的自己，妆容厚重，脂粉之下的脸看不见血色。她想尝试笑一下，也怕一层层粉剥落而不得不作罢。她在心底里苦笑一声，胸口处立即唐突地跳了一下。她的手抚上平整地放在妆奁上的红盖头，柔软的触感细腻地扫过指腹的每一条细幼的纹路。慢慢地，一种可以称为幸福的情绪不知从何处涌上她的头颅，沿着每一条神经四散开去。她终于笑了出来。嘴角微微弯起，没有声音，眼睛里有一丝光闪过，很快落入血红的盖头里，不知去处。

　　姐要出嫁了。不知过了多久，她轻轻摇醒床榻上睡姿僵硬的妹妹，在她耳边细语。

　　外头开始吵闹，迎娶她的轿子已经停在了外头。然而，各种丝竹弦乐落入耳中都成了聒噪的杂音。她微微屈下身子，让妹妹笨拙又小心翼翼地为自己盖上红盖头。妹妹向她真挚地笑着，她也回以温暖的一笑。她不知道以后还有没有机会再见到这样的笑容。眼前一片暗红，她看见的是妹妹澄澈的双眸，闪着幼年仍不谙世事的独有的光芒。

　　五月底的好日子，晨光还有些懒怠，绵软地瘫落在泥墙角，热气却已开始蒸腾在空中，混着些许干草的味道。她的手搭在媒婆的手上，指骨冰凉，薄汗却早已湿了掌心。她站在门口，等着仪式完毕。她的婶婶将一盆水倒出去，然后捏着平日的大嗓门故作骄矜地哭两声，抬起右手上大红色的绢帕擦了擦干涸的眼角，她不作声。红盖头上坠下的流苏微微晃动起来，似乎有风。她回头，隔着红盖头，似乎能看到妹妹和母亲站在屋廊里，微笑地看着自己。她也微笑起来。直到媒婆捅捅她暗示她要哭两声出来，她才回过神来，重重地闷哼了两声，听起来也像是哭了出来。

终于坐上了花轿。阳光也开始浓烈，洒落在轿外。她觉得热，不是因为外头的气温和红盖头盖得严实，只是有一种不安在心里躁动。她觉得体内的血液不是平日那样缓缓地流，是在到处乱跳乱窜，但她始终没有掀起盖头。她仍记得及笄那年，母亲千叮咛万嘱咐，当嫁之日，一定要等夫君来将盖头掀开。她想起那时，母亲那么温柔地看着自己。她似乎能从母亲的眼睛里看到那个将要出嫁的模样。她微笑着点头应承。从那时起，她就开始等着母亲为自己盘起头发的一天。但是这一天，就是今天，始终都没有真正地到来。她摊开掌心，在颠簸的轿子里细细地看着自己的掌纹，并没有太多的曲折迂回。母亲也说过，她的命相很好，日后定会嫁一处好人家，一生无忧。母亲还说过很多话，她一时间记不起了。外头还是很吵，花轿颠得很厉害，太阳穴隐隐作痛，她逐渐也看不太清了，就微微蜷起了手，将它们交叠在一起。

心如死水，大概就是她此刻的心情。不知道什么时候，轿子不再震颤，媒婆撩开轿帘，把另一只手伸过去，示意她到了，她缓步走下来。大红花炮，锣鼓喧天，满街的人簇拥着要看盖着红盖头的她，三寸金莲跨过火盆的一刹那，仿佛是把一生的悲欢都经历般的惊心动魄。艳阳早已高照，街里到处都是人声，热闹又喜庆。她的眼角莫名地突突地跳得厉害。

她回头，一阵大风吹来，仿佛是故意挤进她的红盖头里，与她共享这份荣光。但是太挤了，挤得红盖头渐渐飘起，飘起，终于飘离了她的发髻，落在了火盆旁边。

她淡漠地看着眼前倏然光亮起来，渐渐地，眼里的幽光凝成一个浅浅的笑容在嘴边化开。

人群哗然。他们似乎少有见过这么美的新娘子，底下发出了一阵又一阵的惊呼声，然而惊呼之中夹杂着细细碎碎的叹息声。她知道他们在叹息什么。她低眸，看见盖头边缘的一条流苏搭在火盆上，旋即成灰。媒婆慌手慌脚地将它捡起，拿手里的扇子匆忙掮了几下，说了几句避讳的话之后，再给她盖上。

她不知道大礼是怎么完成的，她只是一直盯着盖头上留有灰烬的地方，心里执拗的什么都不想，直到由媒婆领着她回到婚房。

红烛高照，剪得规规整整的"双喜"贴在窗纸上、烛台上，莲子在床，百合在地。她安静地坐着，和所有新嫁女子无异。只是她心无忐忑，并不像其他女子那般紧张不安地等着酒尽人散时颇有醉意的丈夫欢欣地来掀起自己的红盖头。她只是坐着，一动不动，双手交叠在绣着凤凰的嫁衣上，似乎能够就这样坐到海枯石烂，地老天荒。

她仿佛只是极尽一切依着所有的礼节和仪式。她规规矩矩地做的这一切，都只是在守护自己的新婚，守护她母亲心中对她新嫁之日的期许。

终于等到屋外头的敬酒声、喧闹声散尽。她隔着红盖头不留缝隙的丝线看见朦胧的烛光依然摇曳不止。一对红烛烧到明，也不管不顾新婚燕尔。

五月夜的风还是凉的。她起身，过去拿下横木，想要关上窗子。手刚探出去，月光便覆过来，玉指纤纤，一如月色皎洁。风轻送，她的红头盖再次被风掀起，只是这一次没有吹落在地。它只是高高扬起，高到足以让她转身就能看清红烛映耀下，丈夫的牌位在大红的喜字下安稳无声。

（作者系商洛学院学生）

在春天，怀念一位老猎人

◎田　歌

再过几天，老猎人出远门的时间就满四年了。这是我特别想念他的第四个春天。花开的时候，我想说说他的故事。

当老猎人还没远行的时候，我和他一起住在西北部一个偏僻小镇的边缘地带，一个被戈壁滩覆盖的荒凉地方。似乎有这么一个道理：人少，动物就多。离我们屋后不太远的地方，有一片小林子，麻雀、斑鸠、野鸡多的时候抬抬眼就能看见一群，也不怕人。在我还小的时候，我觉得家里富有极了。那个泥草砌墙、顶上盖毡、瓦片半半拉拉的小屋子，像个王国一样。家里养着的一只羊、两只鸡、三只鸭，就是我们的臣民。

春天是老猎人最喜欢的季节，他总是在忙完田里的事之后，坐在门口的藤椅上，眯着眼睛晒太阳。我曾看过他年轻时候的照片，却不能相信拥有那英俊白皙面孔的人是这个正在打瞌睡的老头儿。这个老头儿脸上的皮肤皱皱巴巴的，像晒过头的紫葡萄干。

老猎人的话相当少，甚至可以说，除了发脾气，他都不会说话。我很害怕他，但又担心他一个人太孤单，总是小心翼翼地跟他讲话。有时候他会忍不住搭话，但是也许因为他说话很少，声音总是嘶哑，我很难听懂他在讲什么，所以无法接话。见我没接茬，他又低下头忙他的，似乎为自己的突然搭话感到尴尬。

老猎人只会在深秋到初冬之间拿出他的猎枪，擦枪，填药。那把土枪是他的宝贝，别人碰一下都不行，他是要发脾气的。我曾经问过他为何只在这时打猎，他认真地告诉我："春天老鸟要生小鸟，夏天小鸟要长大，冬天老鸟小鸟没吃的。"

他枪法很好，从来没有失过手。他每天都到傍晚才回来。房门打开，冷气比他先一步钻进房屋，和热浪打架，腾起一股白雾。他穿过白雾朝我走过来，不止他打补丁的军大衣和毡帽，连他的看上去很凶的眉毛上都是白霜，这让他看上去有一点滑稽。枪背在他的右膀子上，左手提着他的战利品。我开始猜测是麻雀还是斑鸠以及它们的数量，脑海里已浮现出它们被放在炉盘上散发出的美妙味道。

他一直遵守着和小林子的约定，或者可以说，是他自己给自己定的规矩。

可是有一次，就那一次，老猎人为了我，破了自己的规矩。

那天天气很好，我在小林子里疯跑，春天来得太迅速，积雪全部消融，却还没来得及被大地吸收。我玩得太高兴，一脚踏进水坑，湿了鞋。回到家，老猎人一眼看见瑟瑟发抖的我和我湿了的鞋子，扯着沙哑的嗓子大声训斥我。我一句也没听懂，却吓坏了，躲在里屋不敢出来吃饭。老猎人喊了我几回，接着在外面来来回回地走，我以为他要闯进来把我硬拎出去，我怕极了。结果最后听见了他出门的声音。约莫过了十分钟，他回来了，我听他忙了一阵，然后敲了我的门，接着他似乎回到自己的房间并关上了门。我悄悄地开门，发现门口地上的盘子里，有一只瘦小的烤好的麻雀。

后来人家说要保护环境，不让打猎，老猎人就交了枪。他春天还在门口晒太阳，只是每每到了他打猎的时间，他就坐在火炉边盯着火红的炉盘出神。他行动越发不便，他意识不清，他越来越老了。

再后来，老猎人在一个春天离开我了。现在又是春天了，不知道他现在正在哪里坐着晒太阳呢。

（作者系商洛学院学生）

阿 满

◎李慧慧

阿满是十三岁那年嫁到我们村的，她被母亲卖给了村西头修锁的梁大爷，结亲的那天梁大爷已六十，外号"梁大烟鬼"。

谁也不知道阿满姓什么、什么来历，只知道她是邻村的，家里有个精明的母亲，仅此而已。听说阿满知道要嫁过来时只是哭。

梁大爷早先娶过妻，不过早逝，幼子也随母亲一并夭亡，自此后许多年，梁大爷孑然一身，直到买来阿满，梁大爷才觉得人生还有希望。

依稀记得阿满嫁过来那天，我躲在门缝里看外面的热闹，因为母亲不许我出去看。外面满世界红绸，把清冷的月亮都染红了几分。一群人一边吃喝着，一边鄙夷地望着笑得一脸褶子的梁大爷。

迎亲队伍一路吹吹打打，晃悠着，走走停停。花轿不停地颠簸着，摇摇晃晃，一小段路愣是走了很久才肯落轿。看他们一步一步礼成，自始至终，梁大爷就没停过笑。

梁大爷生得一双三角小眼，五短身材，土灰色面皮，前庭干瘪。村里人背地里笑话他是镇关西、活土匪。

梁大爷自得了阿满，逢人就说自己好艳福云云。人们背地里膈应，表面谁也不说一句话。十二月份的天气总是反复无常，像是总也好不了的伤口。

倏忽，又是一年腊尽春回。我和猫坐在藤椅上晒太阳。忽然，一阵瓷器碎裂的声音在耳边响起，我侧过头往梁大爷家望。没一会儿，阿满被人连推带搡弄出门，空洞的双眼没有任何情绪，犹如一潭死水。

她的头发极长，不过枯萎干燥，像是有人故意给她戴了顶假发，与她那美艳的脸毫不相符。突然，她认命般跪下，脸上依旧是毫无生气，梁大爷骂了好一阵，"砰"地一声把门关紧。

到这时，阿满冰山似的脸上才总算出现一丝裂缝。她抬眼望门，然后再无其他表情。门关上之前，我好像听见有人说："破鞋，连碰都不让碰，有什么用，还不如卖了"。

第二天，梁大爷又因为阿满不能生育的事情把瓷碗砸到她头上，人们在旁边看着，只是笑话着。我突然想起来人们常说人的命只能靠自己改变，那么阿满靠什么改变？

黑色的夜像上帝泼了碗墨汁在人间蔓延开来，有多少见不得光的东西在黑夜的掩护下肆虐。上帝永远是上帝，是不管世间疾苦的高高在上的看客。黑夜是上帝的保护伞，掩护他看着一切的双眼。

短短五年时间，阿满才十八岁，却已经老得不像话。她和梁大爷渐渐无话可说，梁大爷也已经衰老得没有力气去指责什么。

最后一次见到她是在梁大爷的葬礼上，她额角流着鲜血，挣扎着。梁大爷的外亲按照梁大爷的要求要她殉葬。

在她被摁进棺材的一刹那，她突然间发疯似的扑向那个一直用力摁着她的男人，男人笑着想推开她，直到阿满一口咬住了男人的脖子，鲜血不停地滴在地上，混合着阿满苦涩的泪水。人们咒骂着把她和男人分开时，男人已经断了气。阿满忽然大声哭了起来，她好像说了句"我不脏"。

她坐在地上不断重复着这句话，嘴上的血一点一点干涸，变成恐怖的样子。

几个小时以后，人们骂够了，各自散去，像看了一场笑话一样，把她留在这里守灵。阿满呆坐在灵堂里，清冷的风把她的长发吹起来，露出一张惨白到极致的脸。

她顶着棺材，然后默默地站了起来，拿出早已藏好的桃木钉、油和榔头。她狞笑着把棺材一点一点封死。

她回头看了一眼灵堂，然后打翻烛台，大火疯狂地跳动着，映着她狰狞的脸，也映出一个女人无法更改的悲剧。

她看着这美丽的火海，在黑夜的掩护下大笑着跑向远方。

人们发现火势时，小半个村子都被照亮了。第二天灵堂已经被烧光，棺材和梁大爷身体已经变成了灰烬。

自此，再没听到阿满的消息。

（作者系商洛学院学生）

豹子沟

◎唐梦元

豹子沟里的人都爱哼唱"从前有座山，山里有座庙，庙里有个老和尚。"听村里的小孩儿说，这老和尚每天念经拜佛，是在为一群豹子超度。

这可不是个一般的光头和尚，他清澈的眸子里诉说着那个神奇却悲伤的故事，一遍又一遍。

在这座山里，还有一种神奇的生物存在着，它们的祖祖孙孙已经在这里生活了上百年。不过传说从盘古开天辟地的时候，它们就在这里了，当然，这只是个传说而已。它们安静、舒适地生活在这个富饶美丽的大山里，直到那一年，一切都不一样了。

那年闹了旱灾。

太阳亮得刺眼，树叶耷拉着一动不动，从高处流下的溪水也干涸了，只剩下滚烫的石头裸露着。山上的生灵日日夜夜合不上眼，该吃的早就吃了，能喝的早就喝了，甚至这群向来只吃肉的生物也开始生硬地嚼起了树叶。这个拥有庞大群体的生灵终于忍不住了，在领头者亲手埋掉第八只刚满月就被饿死的幼崽时，它决定，几百年前和人们立下的"你不犯我我不犯你"的规矩该被废掉了。

可是，山上的日子不好过，山下自然也是这样。存下的米没水煮，黄土地裂了缝，村民每天在龙王爷的牌位前烧香磕头，祈求天神降雨。这家刚出生没几个月的孩子，在娘肚子里的时候就缺少营养，又因母亲日夜操劳家务没有母乳，生下来便是蜡黄干瘦的样子，一张小脸只剩下一双向外突出的大眼睛，黑色的眸子一闪一闪的，像天上的星星。

这天中午一如既往地烦闷干燥，各家各户都关了门在自家屋子里睡觉，好像只有睡过去，才能忍受这老天对他们无边的折磨。小孩儿躺在妈妈的怀里，安安静静地嗫着母亲稀少的乳汁，一双眼睛看来看去四处张望着，他不知道，一群虎视眈眈的动物正朝他悄悄走来。

那是一群饿红了眼的豹子。

它们蹑手蹑脚踱过来，眼睛通红，像是浸满了鲜红的血，它们渴望着那个幼小生命里的每一寸肉、每一滴血，甚至连那酥软的骨头也打算咽进肚里。只有这家新出生了孩子，只有这家男人睡在屋里而女人抱着孩子在院里打盹，这可是千载难逢的好机会，聪明的豹子怎么可能放过？领头的豹子匍匐在地上，背上独有的金黄色花纹因为饥饿已经有点黯淡不堪，只有那年夺取豹王时头顶留下的疤痕在阳光下闪闪发光，那是它的荣耀。它的身后是三四只同样瘦骨嶙峋却异常精神的豹子，它们正等待着最后的时机。突然，孩子看见了这群满身花纹的豹子，他从没见过这样美丽的生物，不像脚边那只短腿的哈巴狗，也不像那头日夜鼾睡的老母猪。他既惊奇又欢喜，咿咿呀呀的像招呼自家哈巴狗一样朝那豹子挥手蹬脚，却不小心咬疼了妈妈。那个穿着蓝色衣衫、半扎着头发的妇女马上尖叫着醒来，一睁眼，只看见一只凶猛的豹子向自己张牙舞爪地扑来。出于本能，她马上伸手试图挡住怀里的孩子，可又一只豹子拔地而起，从女人袖子下的空隙里扯住了那孩子五颜六色的衣裳，一气呵成，转身飞奔而去。待这家男人跑出屋来的时候，那群豹子连同他们几个月大的儿子早已经没了踪影，只剩下在墙角哆嗦的哈巴狗和披头散发哭泣的可怜女人。

这天夜里下起了瓢泼大雨。庄稼又抬起了头，河道又注满了水。可是人们已经不再关心这久旱后的甘霖。

豹子抢走孩子的事情马上传遍了整个村落，村民开始修缮自家的墙屋，他们用长着尖刺儿的篱笆围住鸡鸭，女人躲在屋里用柳条抽打不听话去河边玩的小孩儿，男人在屋头各个角落藏好镰刀和锄头。傍晚人们带着孩子聚在一起，燃起篝火，敬上香烟，他们祈求天神保佑村民平安，保佑那个被掳去的男孩儿平安，即便他们知道，这一去凶多吉少，可他们依然虔诚地祈求孩子能够平安归来。

大概是村民的真诚打动了天神，那个被抢走的男孩儿真的没有被吃掉。原来，豹王把男孩儿带回豹群后，因为豹多肉少迟迟不肯分羹，它怕豹子们为这一块肉再次争斗，不愿再看到自己家族生命的凋谢。就在豹王一筹莫展之际，饿了一路又受到了惊吓的小孩儿慢慢向一只刚刚失去了孩子的母豹子爬去，十几只豹子都歪着脑袋猜想着这小孩儿到底要干吗，豹王也回过头来看着这小孩儿。小孩儿用小手掌试探着碰了碰母豹的脚，母豹好像懂了什么，躺了下来让小孩儿趴在它软软的肚皮上。小孩儿马上贪婪又满足地吮起母豹胀满了香甜奶水的乳房。十几只豹子都瞪大了眼睛看着眼前这一幕，那个吮着奶的小孩儿活像一只小豹子。母豹子纷纷走过去，用舌头轻轻舔着孩子的小手和小脚，孩子以为它们在给他挠痒痒，眯着眼睛咯咯咯地笑了起来。豹王心里突然产生了一个大胆的想法——留下这个孩子。而其他刚才还在为了分一口肉的豹子突然也没有什么异议，或许是它们心里也还在纪念着那八只夭亡的小豹子。

山上的豹子开始与这个小孩儿玩耍，白天放在石头上打滚儿，晚上叼到树上防止其他动物来偷，日子就这么一天天过去了。这小孩儿也乖，母豹的奶水代替了妈妈的乳汁，小孩儿竟然也圆润了许多，甚至他好像还很喜欢这群曾经打算吃掉他的豹子。

因为雨水降临，山上的一切都活了过来。

虽然看着像大病了一场似的，但终究熬过来了。山上的日子过得舒服，山下却不一样了。村民白天黑夜睡不好觉，虽然旱灾已过，可他们还是担心着这群破了规矩的豹子再次闹事。这天，村长召集了所有人在村口的大榕树下开会，他们商量着，到底该怎么办才能防止这群豹子再次袭击。在村民都七嘴八舌讨论了一番之后，这家丢了孩子的男主人站了出来，他提议，放火烧了这座山！放火烧山，这可是对天神的大不敬啊，村民纷纷反对。男人说："放火烧山，豹子困在里面就会被活活烧死，山上的植物没了可以再种，豹子死了，大家就不用再整天提心吊胆了！"男人心想："我带着大家放火烧了豹子，我就是村里的英雄！而且，是它们先破坏了规矩，就不要怪我们不客气！"这么说确实有道理，于是人们开始准备猪油火把，打算在当晚七时左右放火烧山。

时间很快就过去了，人们举着火把又一次聚集在那棵老榕树下，他们浩浩荡荡地向山里进发。人们用镰刀除掉连着山脚和村庄的杂草，砍掉山脚下乱糟糟的树枝，几十个火把一起烧着，照亮了山头半边天空。豹子躲在洞里睡觉，淘气的小孩儿在洞口爬来爬去。小孩儿先感受到越来越近的炽热而大哭了起来，豹子就被这哭声吵醒了。村民们也听到了哭声，一个村民说："快听，好像是孩子的哭叫声！"可是这时候，离成为英雄只有一步之遥的男人怎么可能放弃？他大喊一声："烧！就算孩子活着也给我烧！不能放过这群畜生！"说罢，便松手把火把扔进了茂密的树林里，村民们群情激愤，纷纷把火把扔向树林。豹子看到了向自己迅速蔓延的火，立马明白发生了什么，豹王叼起还在大哭的孩子，领头向山顶跑去。

火势蔓延极快。

它们站在山顶上，看着越来越近的火焰，看着直冲天空的浓烟，看着树林里惨叫打滚的小生灵，看着渐渐蜷缩化为粉末的花草。它们没有言语，只是静静地看着。小孩儿躲在母豹身下，母豹轻轻舔着小孩儿的脑袋安抚他。火越来越近，十几只豹子看着豹王，等待着它发出指令。豹王看着幼小无助的小孩儿，仿佛那八只幼崽又在面前蹦跶，它的眼神里露出了从未有过的温柔。其他豹子自然明白了豹王的意思，它们自觉围成一个圈，像从前它们围着这孩子时一样又围了起来。

火蔓延到了豹王的背上，孩子看见这火，突然爬到了这个曾陪他玩耍的豹子身上，想赶紧爬过去，可豹王突然向小孩儿露出尖长的獠牙，眼神里也是从未有过的冷漠，孩子被吓了一跳，坐在原地不敢再动。它们慢慢转着圈，每一只豹子身上都染了火，火烧着皮毛噼里啪啦的，烧焦的味道也随之扑鼻而来。小孩儿坐在圈中间，只要他稍一动弹，便会有一只豹子向他龇牙咧嘴地嘶吼，他不敢再动了。一只只豹子被烧焦，变黑，变僵，一只倒了下去，两只倒了下去，三只倒了下去……直到最后一刻，最坚强的豹王也倒了下去。曾经的豹王此刻只剩下了一副焦黑的躯体和深刻的眸子，男孩儿呆坐在圈里，毫发无伤。村民早已经回到了村子里，他们相信这些豹子跑不出去，早就回家睡觉去了。

在东方露出第一抹鱼肚白的时候，火完全熄灭了。这个曾经称霸山林的豹子群，此刻只剩下了一个个将要化为粉末的躯体。

第二天，人们又一次上山去查看自己的"战绩"，却发现了一个神奇的豹子圈和被围在中间奄奄一息的孩子。村民把他带到了山下交给男人抚养长大，而那个放火烧山的男孩儿的父亲，已经是村里的大英雄。

后来啊，这山又是树木丛生、百草丰茂了，可是再也不见那个曾经叱咤山头的豹子群。

在男孩儿十八岁那年，山上新建了一座庙，庙里住着一个十八岁的小和尚，这小和尚眼神清澈，每天只会念经拜佛，听说是为了一群曾救过他性命的豹子……

（作者系商洛学院学生）

余生，愿善良能被善待

◎黄远欣

"怎么又是你？"

"陈老师不来给我们上课了吗？"

"我不想上课！"

从教室门口走上讲台，惠子沉重的双脚还没站稳，教室里就哄闹起来，学生在叽叽喳喳闹个不停。教室仿佛成了许多顾客在和卖菜的阿姨讨价还价的菜市场。

"陈老师外出有事儿，今天继续由我来给你们上语文课。"说完，惠子满脸通红，双手无处安放，手心不知何时冒出了冷汗，她依稀记得这样的话语昨天在学生面前也说过一次。

"陈老师是不是病了呀？"

"是不是你对我们陈老师做了什么？"

"你前几天还病了呢，不会是你传染给……"惠子的心一揪，仿佛几百万只蚂蚁在撕咬她的心房，她吃力地张着嘴巴，却迟迟没有半点声息。突然，她那长长的睫毛上挂满了泪珠，泪珠仿佛留恋洁白的肌肤，迟迟不肯落下。终于，她用力地吸了一口气，不再理会学生的狂言。可时间似乎故意和她作对，走得慢极了。烦躁和焦急一起涌上心来，她不停地看表，盯着那慢慢移动的秒针。终于，熬过了漫长的时光，待下课铃声一响，她急匆匆地往办公室走去，毫不犹豫地拨起了电话。

"陈欢，明天说什么你也得回来给学生上课。"

"我不回去了，那群学生真让人心烦。"

"你……"话还未完，电话那头早已挂断。仅剩惠子惊得如满月小儿听霹雳，骨头似要震碎了。她双腿发软，瘫在椅子上，桌上温暖的玫瑰花好像突然变成了魔鬼，狞笑着。慢慢地，思绪回到刚来校支教的那天，惠子的眼泪再也把持不住了，滴滴答答地往下落……

一星期前，惠子奉母校的旨意，和陈欢来到一家乡村小学支教。陈欢是校长的女儿，她长得很漂亮，五官端正，四处散发着一股招人喜爱的气质，这也是她受欢迎的原因之一。但是她有一个致命的缺点——懒惰，每一次都请求惠子给她做课件，否则便会翻脸向校长乱告状，惠子只能无可奈何地答应了。可是从第一天起，学生便特别喜欢上陈欢的课……

"报告！"

突然，不知从哪儿传来的声音将惠子从思绪中拉回现实，眼前是一个胖嘟嘟的男孩儿，他手里紧紧攥着一张纸条，朝惠子走来。惠子心心念念的事情仿佛要发生了，她高兴地以为学生有问题要咨询她，于是狼狈地站起来，迅速整理了一下衣装，面带微笑地看着眼前这个男孩儿。可还没等她反应过来，男孩儿飞快地冲出去了，留下那张皱皱的纸条。惠子这才发现自己的脸上还残留有泪滴，她紧张又好奇地慢慢打开纸条，上面的字体歪歪扭扭，但仍能看出几个刺眼的字迹："陈老师为什么走了？"

傍晚，霞光映射到道路两旁的灯塔，教学楼显得更加明亮了。惠子搬出行李，没有一个学生前来送她，她离开了，头也不回。

半年后，惠子打算回去探访乡村小学的学生。她点开了微信，很期待地向一个学生说她即将见到他们了。

"陈老师会来吗？"

"陈老师这段时间都没空呢！"

"啊？哦。"

乘车下乡的路上，一股难闻的气味涌上来，惠子将早餐一次性全部吐了出来。"你没事吧？在折什么？"坐在惠子旁边的陌生人问道。"纸盒，折给我学生的。"惠子笑了笑，手上仍然不停地忙活，她知道自己根本不会折这些玩意儿，纸盒很不听话地随着汽车的颠簸左翻右倒，像是在嘲笑眼前的这个"手残党"。"要不要帮你？""不，不，我的学生机灵得很呢，如果你帮了我，他们会笑话我的手艺的。"

一路奔波，三个小时后，惠子又一次来到了学校。学校很美，天空依旧晴朗。学生躲在教室的角落里，远远的，惠子看见他们鬼鬼祟祟地探出头来，像是在寻找些什么，那表情像是从欣喜到质疑再到失望。惠子转脸、定睛、悲喜交加，眼泪汪汪却不敢流出来。她似乎明白了些什么，立刻从背后甩出一个装满小纸盒的包装袋，随后说道："看，这是陈老师带给你们的哦，她昨晚可是熬夜干完这等大事呢，今早还几次叮嘱我要带给你们。"

惠子说完这话的时候，空气仿佛凝住了。一个女生突然急了，她的声音带着哭腔："老师，您别再骗我们了。"惠子的心一紧，像是听到了孩子们又在斥责她没有把他们喜欢的陈老师带到面前一样。

"对不起，我不是故意的，我……"

"老师，您为什么要向我们道歉呢？是我们对不起您！"声音是从那胖嘟嘟的男孩儿口中传出来的，他手里紧紧抓着一块红色卡纸，上面写着惠子永生难忘的字眼。在那胖嘟嘟的男孩儿的身后是一群学生，他们异口同声地喊道："惠子老师，我们爱您。"惊慌失措的惠子站在墙角，惊奇的大眼睛里满含泪花，她擦亮眼睛，又摸摸自己的耳朵，还用力地扭了一下自己的脸颊，她不敢相信这一切是真的……

夕阳西下，夜色越来越浓了，月亮像一面白玉镜子，日光洒满全村。学生都放学了，学校周围一片寂静，惠子搬了把椅子坐在教学楼前，她再次慢慢地打开当初那个胖嘟嘟的男孩儿写给她的纸条。

原来，纸条底下还有一句话她漏看了："惠子老师别走，好吗？"这时豆大的泪珠顺着她的脸颊滚下来，滴在嘴角上、胸膛上、纸条上……

（作者系商洛学院学生）

双 目

◎谢 鹏

白卿卿在大年初六的时候被老妈拽着回老家祭祖扫墓，一大清早，揉着朦胧的睡眼上车，浑浑噩噩地颠了两个小时，下车已是满眼绿色。

进山了。

队伍里不知什么时候多了好多不认识的大人，白卿卿百无聊赖地跟在最后面，老妈跑过来训她不拿东西，又转过去走到人群中聊起八卦，哪家的孩子生了，哪家的孩子读书不争气，不亦乐乎。

白卿卿左边看一眼，右边瞧一下，突然感觉这山路变得崎岖起来，漫山大雾包围着她。再看前面的人群，一个个闷着头走得越来越快了。白卿卿马上三步并作两步跑上去，心里毛毛的，这地儿越走越阴森，自己也是头一次来。

正想追上老妈，突然鼻子一痒，白卿卿眯着眼连打了三个喷嚏。待她擦着鼻涕抬起头，只见空无一人的曲折山路，还有仿佛在张牙舞爪的密林。

白卿卿跑了一会儿，发现这样做并不是办法。她抹了一把鼻涕，掏出没有信号的手机，几乎快要哭出来。她喊了两声妈，没有回应，只有几只鸟扑棱棱飞起来。

突然听见草丛后面传来了窸窸窣窣的声音，白卿卿连滚带爬地摸到一根粗树枝防身。听了一会儿，又觉得像什么人在对话，于是小心翼翼地靠了过去。

听不清，白卿卿皱着眉头，又试探性地往前挪了一步，结果却脚下一崴，滚了出去，差点儿把她吓丢魂。

"哪里来的野丫头？"

嗯？有人？白卿卿像抓到了救命稻草，抬起头，看见两个老人穿着一黑一白的长衫，仙风道骨地坐在石凳上，目光双双落在面前的棋盘上，并没有看向她。

"不好意思，老人家，我和我的家人走散了。"白卿卿说道，张皇着站起来，"您能给我指个路吗？"

身穿白色长衫的老人摸了摸腮帮子，皱着眉头，着黑色长衫的老人则一脸春风得意地捋着胡子，看样子这一局是黑衫老者占了上风。白卿卿虽然对琴棋书画这些没有造诣，但多少还是了解一些，老妈小时候逼着她去上过兴趣班。

"老人家，盘角板八，左下方白提两黑子。"白卿卿端详了一下棋盘，小心翼翼地说道。话音还没落，头上就重重地挨了一个爆栗。"你这小姑娘，何必告诉他，我都要赢了。"黑衫老者吹胡子瞪眼地说道，气鼓鼓地翘起脚。"不玩了，不玩了，这可不是要赖呢。"

白卿卿正尴尬，白衫老者便大笑起来："跟小姑娘一般见识什么。"说着终于抬起眼看了看白卿卿，脸上多了一股意味不明的微笑。"小姑娘怎么样，有没有兴趣听我讲个故事？"

白卿卿连忙挥手："别了别了，您还是告诉我怎么出去吧。"

没理会白卿卿的话，黑衫老者自顾自地问道："你可知道这是什么地方？"白卿卿有些头疼，求助似的看向白衫老者，好歹刚刚帮他赢了一局棋，怎么说也得帮帮我吧。可那白衫老者却面容含笑地看着黑衫老者，脸上分明写着"接着说"三个大字。

"这还……真不知道。"白卿卿认输，搬了个小木凳坐了下来，只希望他的故事快点说完。

"这里是永庭山，永庭是后人取的名字了，原来的名字叫雍廷，是不是听起来富贵大气？因为这里住的是天帝的六儿子雍廷。"

"雍廷岁岁年年住在这山上，与鸟兽为伴，饮山泉食百草，黄土为床星辰为被。他受天帝之命守这一方水土，几百年还没见过一个凡人。"

"直到有一天，一个小姑娘像你这般毛手毛脚地闯进了雍廷的地界。"说到这里，黑衫老者忽然停顿了一下，白卿卿感觉气氛突然微妙起来，大概又是个人神禁忌的故事，她有些无聊地掰着手指。

"这个小姑娘天天从凡间带来雍廷从未见过的东西，让雍廷开足了眼界。每天清晨，小姑娘便抱着大大小小的器具，沿着山路，不管往哪个方向走，最后都能走到他面前。"

"小姑娘自然知道雍廷不是普通人，越知道他不是普通人，就越发好奇，就越想要接近他。"黑衫老者不知从哪拿来一杯茶，抿了一口。"再往后，被天帝发现了此事。奈何这天帝不同寻常，认为是自己的孩子不明事理放凡人进山，才会和她纠缠不清，爱上这个凡人小姑娘。""啊？"白卿卿忍不住抗议道，"这明明，怎么看都是小姑娘缠着雍廷才有后面的事啊。"

白衫老者盯着白卿卿的表情，饶有兴致地笑了起来。

黑衫老者好像没听见，接着说道："天帝决定降罪于雍廷，脱他仙骨，锁上诛仙链，困其于雍廷山脚三百年，断了对那凡人的念想，方可再次转世为仙胎。"

"雍廷的母亲不忍自己的孩子受苦，找到那个小姑娘，将雍廷所受责罚一条一条告诉她。小姑娘顿时知道自己的好奇犯下了多大的错，于是挖出自己的双目捧到雍廷母亲面前，承诺不再靠近雍廷半步。"白卿卿嘴角抖了抖，没想到还是这么血腥的故事……

"雍廷的母亲将小姑娘的双目凝成玉石，呈给天帝，不停地在天帝面前求情，终是免了雍廷的责罚，只是这雍廷山，再没有雍廷的身影，从此改名为永庭山。"

白衫老者站起来，拍拍衣袖，眼睛眯成一条缝："好了，故事讲完了，我们带你出去吧。"

白卿卿闷着头跟在一黑一白两个身影之后。不对，哪里不对。这个故事听完了让她浑身难受。"那……那个小姑娘呢？"她忍不住问道。

"一个瞎子，能做什么，老了也就死了。"黑衫老者捋了捋胡子。"可惜了这孩子，将双目交给了天帝，今后无论如何投胎，也只是个瞎子罢了。"

白卿卿叹了口气，真是不好的结局。再抬头打量两个老者，虽然上了年纪，走起路来却像乘着云雾，轻盈得很。

"白卿卿！""啊……啊？"她一愣，发现是白衫老者叫她。"若你是那小姑娘，你会怎么做？"白卿卿想了想，抱着手臂说："时代不同了啊，如果是我，我还惦记着我爸妈，应该不会把双眼给他的吧。况且，他是仙，只要断了念想，就还能成为仙，本来就是两个世界的人，还是快刀斩乱麻来得有用点。"

突然觉得有点不好意思，白卿卿又加了一句："但是如果是在那个时代，大概也会和这个小姑娘一样做吧。"

白衫老者似乎很满意她的回答，微微拈了拈白须，轻笑。

"老人家，"白卿卿终于忍不住问了出来，"那个小姑娘，叫什么名字啊，怎么没听你们提到？"

白衫老者还是笑着："一介凡人，有谁记得她的名字呢。你母亲就在前面，自己走出去吧，我们就送到这里了。"

说完拍了拍白卿卿的背，她突然感到一股巨大的推力，往前大大地跨了一步，却突然想起什么。

"老人家等一等！！！您怎么知道……"

她回头看，哪里还有一个身影。巨大茂密的树林挡住了她的视线，只剩稀稀落落的鸟鸣声回荡在她的耳边。"怎么会知道……我的名字……我明明……完全没有提起过啊……"

白卿卿越想越害怕，闷着头沿着老者指的方向跑着，一口气跑了足足五分钟，就听见熟悉的叫声，是老妈。她穿出密林，不远处的土坡上，来时的人群三三两两地站在那里。

"你跑哪里去了？差点吓死我。"老妈憋着通红的脸冲她吼道，"还不快跟上！"

"来……来了！"白卿卿差点哭出来，她揉了揉眼睛，抬脚准备过去，突然耳朵边响起了一个陌生的声音。是幻听吧，白卿卿跑到老妈身边，死死抱住老妈的手臂。

"你干吗？不就掉队了两分钟嘛，这么腻歪……"老妈嫌弃地看了白卿卿一眼，白卿卿松了手："啊？才两分钟？"

"不然呢？两个小时我还会站在这里等你？"老妈一边说着一边往前走去，"快点啊，不然又掉队了。"

白卿卿愣了愣，还是决定不告诉老妈了，反正说了她也不会信，于是默默地跟在队伍后面。

只是耳边又响起了那个陌生的声音，这次白卿卿却听得一清二楚，让她再也挪不动脚步。

"卿卿，我终于把你的眼睛找回来了。"

（作者系商洛学院学生）

偏　方

◎张玉蓉

　　我们时常听到对母亲的赞美之词，如母亲是孩子最好的老师之类的，不胜枚举。我想，于我而言，母亲必是我最好的老师了。如果评价我的为人处事，但凡有一丁点儿的善良勤恳等美誉，那必是母亲的功劳了。在我心中，母亲的美德是圣人也难以比肩的。我想每个儿子都是这样想的吧。我的母亲虽然不能识文断字，也没有体面的工作，但是在西北的一个边远山镇，在我的童年里，母亲扮演的角色却不仅仅是一个最好的老师，她还是我心中最好的医生。

　　母亲行医，不依古法，不循科学。当然，母亲的病人也不多，只是她的三个儿女，她饲养的牲畜，她自己而已。

　　每个母亲都是受难的菩萨，尤其是子女比较多的母亲。我的母亲养育我们姐弟三人，自然受了很多苦。如果子女健康，母亲当然少操心。可是，我的二姐自幼体弱多病，让父母受了很多苦。我记得小时候家里的被子不够厚实，夜里容易着凉，常有病恹恹之态的二姐因而常在夜里咳嗽。家里房子少，我们姐弟仨挤在一个土炕上，这咳嗽声常常搅了大姐和我的美梦，也牵动着母亲脆弱又坚强的心。这时候，母亲常常借着院子里的月光，从另一个屋子里过来照顾我们。家里没有备药，也没有蜂蜜等珍贵物品，而镇上又远，母亲便只能用她的偏方治咳嗽了。母亲拍着二姐的脊背，让二姐将唾沫吐在她的手心里，然后轻轻抹在喉咙处。每次母亲使这偏方，儿女多不愿意。我们那儿把唾沫叫作"臭唾唾"，这臭唾唾确实也有一种怪味。母亲多是一边细声细语地安慰着哭哭啼啼的孩子，一边又以强硬的语气命令孩子这么做。母亲这偏方确实简单，至于其原理，我没有深究过，她自己更是说不清了。至于功效嘛，我们三个做儿女的都已迈过20岁，想必是有的。

　　母亲还有一个偏方，那便是治牙疼了。家乡有句俗语这样说："牙疼不是病，疼起来要人命。"年幼时曾看到过母亲牙痛，躺在炕上，她疼得"哎哟、哎哟"地呻吟个不停。我那时虽小，也调皮，但看着母亲这般痛苦，也安慰着她。"妈妈，我给你取药去，吃了药你就不疼了。"听到我这样说，母亲便会突然高兴起来。她挣扎着起来，摸摸我的头，然后捂着腮帮子去院子。院子里有一盆仙人掌，雨里雪里都在一个地方放着，不仅没有死掉，反而越长越多，很是繁盛。母亲小心翼翼地摘下一只，然后拿到厨房放到研钵里捣碎，呈糊状的时候，再用粗布包起来。

这偏方的效果我不得而知，但牙不好的母亲经常以身试法，且百试不爽。她将布包放在腮帮子上后躺下，不消半日，就又忙里忙外了。

母亲不仅要照顾她的儿女，还要照顾她饲养的牲畜。母亲是个能人，家里的骡子、鸡、猫和猪崽都认她。二姐爱狗，曾要求养一只看门狗，但母亲拒绝了。母亲说："我忙得自己都顾不上吃饭，养只狗谁喂呀！"母亲其实也爱狗，但狗不能像猫一样自食其力，也没有鸡和猪那么实用。每年春天，家里都会添十只左右的小鸡，添两只猪崽，等到腊月的时候，小鸡就会长成下蛋的母鸡、打鸣的红冠公鸡，猪崽也成了膘肥的年猪。要是哪年过年缺了这些，那个新年肯定过得紧巴巴的，不大圆满。为了过年能有这些美味，母亲可是要花费一年的心血。鸡崽子最不好养了，有时一只接一只地死掉。后来，母亲有了经验，自己弄出个养鸡偏方。每年她都要买好多的"食母生"，成袋成袋地买，然后捣碎了和在鸡食里喂给小鸡。看着小鸡崽长大，母亲便以为自己的偏方起作用，很有成就感。

食母生片还是母亲的保健药。母亲常年下地劳动，难免喝冷水，长此以往，胃可就受不了了。胃不好，母亲常常整月整月都食用食母生片。后来，母亲的胃病竟然好了，这种廉价的浅棕色药片便成了母亲信赖的良药。但凡听说谁有胃病，母亲一定会亲自推荐这种神奇的药片。母亲深深地相信着食母生片，感觉这是她的一个重大的医学发现。

母亲的偏方当然不止这些了。如今，理智地看待这些土方法的话，它们不过是贫穷年代的贫穷方法罢了。可是，母亲的这种贫穷的土方法却在我的心里扎了根，治愈了我的乡愁。

如今，作为儿女的我们常在外面奔波，她的偏方也渐渐被放置不用。但是，每次感冒发烧，我都会不自觉地想起母亲，想起她的偏方。我想，其实母亲才是治愈所有疾病的偏方吧。

（作者系商洛学院学生）

旗 袍

◎崔锐锐

　　我见到她的时候，她还是陈裁缝家的小姐。这个小城里终年多雨，各式小店很多，但陈裁缝家的生意却出奇地好。有人说是因为陈裁缝的手艺好，做出的衣服又精致又时髦，也有人说是因为陈裁缝家的姑娘好看。不论是什么原因，陈裁缝的衣服依旧卖得很快，仿佛这小城里人穿的衣服都需要陈裁缝一个人来做。

　　我走进裁缝店时，她梳着小城姑娘们喜欢的发髻，面带着淡淡的笑容，坐在半旧的椅子前缝衣服。她身着淡蓝色的旗袍，上面没有绣过多的花，只有淡淡的花纹。我看见她的时候，觉得她是这世上最温婉美丽的姑娘。

　　几个月之后，当我在街上吃着糕点时，响起了噼噼啪啪的鞭炮声。从那花轿帘子的缝隙里，我看见了她依旧温婉的面容。我是从别人的口中知道她凄苦的命运的。这些话大多是从那些青年男子口中传出来的。这些男人皆是花心的，自然对陈小姐都是有觊觎之心的，但他们将陈小姐的命运描述得很悲惨，他们对这姑娘是有怜爱之情的。

　　陈裁缝向来是一个好脾性的人，处事也是公正的。裁缝铺里的大管家克扣了小学徒的工钱这本也不是什么大不了的事，可偏偏这小学徒家里异常拮据，几个月的工钱是给母亲的救命钱。小学徒没了工钱，一时想不开竟自尽了。陈裁缝异常愤怒，便辞退了大管家。大管家不是一个好惹的人，当夜放火烧了裁缝铺，陈裁缝看见自己的心血裁缝铺子起火了，不顾一切地冲进了大火中。伙计们说他们救火的时候看见了掌柜的血红的眼睛以及被烧焦的身体，他的眼睛死死地盯住那些在火海中的布匹。

陈裁缝走了，家业也败了，欠了那些老主顾们一大堆钱。他们知道陈裁缝的人品，也怜悯孤弱的陈小姐，并不急着去讨债，甚至还出钱替陈裁缝办丧事。出殡的时候，陈家的小姐没流一滴眼泪，人们说这姑娘忘恩负义，不懂基本的人情。几天后，陈小姐出嫁了，嫁给了小城里的一个富绅。富绅已是年过半百的人了，陈小姐却没有一句抱怨。陈小姐变成了冯太太，却依旧笑靥如花，喜欢淡雅的旗袍。她很快还清了那些老主顾们的债，也没有再做衣服，只是在冯老爷家做着太太该做的事情。

她的命总是不好，两年后冯老爷病逝了，她又是无依无靠的女人了。不过幸好她怀了个孩子，十月怀胎，一朝分娩，生下了一个男孩儿。小城虽然小，闲言碎语却是不断的。有人说她命太硬，也有人说她不洁身自好。她没有理会任何言语，只是安心养育着儿子，或多或少帮着管家打理生意。乡下的钱迟迟收不上来，管家去了也无济于事。她一句话没说，安顿好儿子，坐着一辆小驴车，一个人去了乡下。她虽然不是富贵人家的女儿，却也是娇生惯养长大的，没有人知道她是怎样在乡下待下的。八天后，她便回来了。伙计看见她一脸的倦容，但她的头发依然是齐整的，旗袍也是一尘不染的。她见到伙计后，只淡淡一笑，第一句话便说："乡下挺好的，我差点不想回来了，钱你们就存到库里吧。"当她走过时，伙计们望着她的背影，仿佛她一下子老了很多。

日子就这样一天天过着。她的身体是瘦弱的，却常常干着男人的事情。她在雨中卸过货，受过别人尖酸的言语，也被骗过钱，但幸好保住了这份家业。她把儿子教育得很好，但俗语说，好男儿志在四方。儿子长大后常常在外地，也多不寄信回家，她常常是在孤独中度过的。

几年后，在下着大雨的一天，我在街上遇到了她。她手里提着莲藕，招招手让我过来。她递给了我一个莲藕，笑笑说："小姑娘，已经这么大了。"我便问了一直想问的事，她却愣了一下。我看见她的眼圈红了，只把手搭在我的肩上说道："小姑娘，有些事你现在还不懂。拿着莲藕回家吧，希望你以后看见莲藕会想起我。"说完，她拖着疲惫的身子转身走了。我心里很复杂，她不再是当年的小姑娘，而是如今的中年妇女。

我觉得，命运似乎从未善待她。

没有任何征兆，几天后她就走了。我去了她的墓地，那里异常安静。坟头竟然开着几朵蓝色的小花，如她一般淡雅。

我永远记得她是那个美丽的陈小姐，她穿着蓝色的旗袍在轻轻地一笑，仿佛世界都亮了……

（作者系商洛学院学生）

破旧文人

◎杨　妠

扬州这地方，一旦人在这儿住久了，就会知道些酸文人写的浓辞艳赋。扬州城西有位季先生，人们不叫他酸文人，却戏谑地称他为"破旧文人"，似乎一个"酸"字不足以显现此先生的迂腐。

季先生本名季怀清，是扬州有名的盐商季度海的独子。季度海虽是商人，却诚心诚意地给儿子请私塾老师，想让儿子肚子里有些墨水。季度海去世后，家业就交给了这怀清少爷打理。说起这怀清少爷，在扬州也是个有名气的人。季怀清本就聪慧些，又上过好几年学，极会做文章。扬州几本有名气的诗集都是他写的，因此扬州的人大多熟识他。

可毕竟他不是做生意的料子，几年间，家业慢慢地败了，只剩下个空架子，每年只能维持个温饱而已。其实，这也不是打紧的事。可这季少爷却偏偏性情怪异。他天天说什么孔圣人的"仁"呀"爱"的。这以后他竟自己办起了私塾，满口的"子曰"。因他教书时极似老学究，人们就当面叫他先生，背地里戏称他是"破旧文人"。他确是有些迂腐的，样貌年纪都是极好的，也有才情，却偏偏说什么"大同""人之平等"，并且还出钱请穷苦人家的孩子念书。

渐渐地，府里的下人们稍有些什么难处，便急急地去找他。这些下人深谙世事，口齿也都伶俐，常常会从季先生那得到不少银子。有一次，府里一个叫王二的死了亲妹妹。王二哭哭啼啼地诉说妹妹的诸多好处，并请季先生写篇祭文。这不是什么难解决的事。季先生洋洋洒洒写下了一篇催人泪下的祭文。王二哭哭啼啼地谢了季先生，却又跪下道："小人多谢先生恩情，却有个不情之请。"季先生亲自扶起王二，道："你有何难处，我必助你，请不要忧心。""先生，小人以为家妹已去，侄儿年岁又小，家母又年老，常常思念小侄，所以小人希望接来小侄以常伴家母身旁。无奈妹婿是酒肉之徒，又为人凶狠，硬要一大笔银两才能让小人接走侄儿。小人家境贫寒，并没有如此之多的银两，奈何家母思念侄儿心切，万望先生予小人些银两，以此宽慰家母。若先生肯助小人，小人定当为先生效犬马之劳。""难为你有这片孝心，你要多少银子，尽管去账房支就是了，也不必还，就当是我孝敬老人家了。"

此后，王二不再来季府了。有熟识他的人说王二并无侄儿，只有一个老母亲。如今，他已拿着这银子带母亲去姑苏做小生意了。老管家看不惯，便常常劝季先生，季先生总微微一笑道："不过云烟之间，我将去往极乐，何必计较这些，徒增烦恼罢了，能助人处多助人吧。"

有好心的亲戚见这季先生一直没有娶亲，便帮忙寻了个夫人。季先生是水乡的人，季夫人却是实实在在的北方人。季夫人不是个善茬，进了家门，便当起了季府的家，还常常作威作福，欺辱下人。下人便去找季先生说理，季先生没有了主意，夫人他是不能说的。无奈，他便拿出银子送走了几个伙计。季夫人在下人面前如此，对季先生也不好。季夫人吃不惯这里的饭，季先生就常常跑遍扬州城去找北方的菜，若是迟了，还得受季夫人的气。但季先生每次只是笑笑："夫人请快些动筷吧，凉了对身子不好。"

慢慢地，季夫人也不使小性子了，对季先生也好了许多。看到小丫鬟送进来的蜀锦，她会道："蜀锦是好，只是过于精致了些，小门小户的人家何必总将银子使在这上面，以后就都换成寻常缎子吧。"知道季先生喜欢六安茶，而六安茶与露水配最是相宜。因此，季夫人每日便日出而起，收集许多露水，再亲自为季先生泡茶，季先生每每道声："多谢夫人。"然而，季夫人不知的是，泡六安茶需要精湛的茶艺，若是外行，泡出的茶味往往是酸涩的。季夫人虽不是豪门贵胄，却也是有钱人家的姑娘。她自小本就受父亲宠溺，又性子急躁，根本不懂泡茶，茶的味道可想而知。直到有次季夫人喝了一口茶，才知道了这茶的味道。她轻声抱怨道："知道茶是这个滋味，也不说一声，像个呆燕似的。"这以后，季夫人就不泡茶了，却学着做些糕点。季夫人做的糕点还是不错的，不过她只能做枣泥糕。季先生却是满意的，他吃茶的时候会嚼嚼糕点，面上现出的是愉悦的神色。

夫妻二人的日子过得还是安逸的，但不久，旁人的闲话便传了进来。闲话只有一句，就是季夫人一直没孩子，是对祖先的大不孝，必须休了季夫人。季先生却第一次发了脾气，他怒道："夫人在人家家里，是珍宝一般的人物，如今到了我家，受了许多苦，又如何去受你们的冷言冷语，季家若无子，便只是我的罪过，不要扯上我的夫人。"人们听了这话，便都闭口不谈了。一年又一年，季先生的日子就这样过着。

很多年了，季家的私塾还开着，主人却早已不在了。

有人在季家的坟前见过季夫人，她抱着墓碑哭着："这一生，你一直让着我，一个女人有这样的命已是福气了，可我宁愿不要这福气，只要你活过来，我们一起去淮清河听戏……"

翌日，日头升起了，叶子上依然是露水……

（作者系商洛学院学生）

棺　材

◎李　夏

　　再有一个月就是刘老汉的七十大寿。他觉得自己岁数大了，给自己备了口棺材。这是村里的习俗，人老了给自己备好棺木寿衣是能冲喜长寿的。

　　到了刘老汉过寿那天，儿子、儿媳、女儿、女婿都回来了，还有许多亲戚朋友，刘老汉十分高兴，整个寿宴都乐呵呵的。但是，他的儿子和儿媳看上去有点儿不高兴。两口子回家，刚进大门，就看到一口棺材摆在院儿里，感到十分晦气，想跟刘老汉商量商量把那棺材弄走，但亲戚朋友都在，也不好说。一直到贺寿的人都离开了，刘老汉的儿子才跟刘老汉说："爸，你弄个棺材放院子里干什么啊，多晦气，晚上出门还怪吓人的不是，明儿就弄走吧，放在咱家之前那个废院里，你看行不？"刘老汉磕了磕烟斗，说："那么好的木材，放废院里该被人偷了！"但是，他看到儿媳妇阴着脸，又说："好，我明儿套个车就给放到废院里去。"

　　第二天黄昏时分，刘老汉便套着驴车出发了，刚到村口，就碰到老张家的大儿子张平。老张住院了，他要去县医院看他爸，央求刘老汉捎他一段路。刘老汉向来喜欢这个后生，长得干净利落又孝顺，就答应了。

　　那会儿已经九月了，走到半夜，张平觉得有些冷，就喊刘老汉："刘大爷，天儿这么冷，我能进你这寿材里边儿躺会儿不？"刘老汉笑说："你倒是不忌讳，敢躺就躺会儿吧。"张平掀开棺盖躺了进去，赶了半夜的路也十分疲惫，一躺进去就睡着了。

　　又过不大一会儿，碰着了村东头的马寡妇，四十来岁，体型臃肿，整天把自己抹得花里胡哨的，刘老汉最见不得这种人，听到她说想坐一段车的时候，刘老汉冷冷地说："你也不看看，我这车上拉的是棺材，咋拉你呀？"刘老汉不待见马寡妇之余，也是因为张平还没结过婚，俩人要是在一辆车上，他怕坏了张平的名声。可是，那马寡妇一直纠缠着："哎哟，刘叔啊，你看我一个女人家，大半夜的还得走两个小时的路呢。再说了，我也没那么多忌讳，拉棺材车咋了嘛！"刘老汉耐不住她的纠缠，就说："那你上车就好好坐着，别胡来！"马寡妇应声上车。

　　马寡妇的嘴一刻也不闲着，跟刘老汉说东道西的，刘老汉有一句没一句地回应。不一会儿，张平也被吵醒了，揉了揉眼，推开棺盖站了起来。马寡妇说得正起劲，听到棺盖响，一回头便看见一个人影从棺材里站起来，当时就吓丢了魂，大叫着从车上跌了下去。刘老汉和张平也被她吓倒了，刘老汉赶忙停了车，张平迅速跳下车把马寡妇拉了起来。张平只感到扶着马寡妇后脑的那只手一阵湿热，再看马寡妇，瞳孔放大，嘴巴大张，嗓子里发出"呵——呃——"的声音，好像要说什么，但一直都没能说出来，不一会儿就咽气了。

张平被吓坏了，一动也不敢动，良久，僵硬地转过头看刘老汉："大爷，怎么办？"刘老汉也十分惊恐，但毕竟活了七十年，他把自己那双粗糙的大手往胯骨处摸索了一下，说："这样，先把马寡妇送进车上的棺材里，咱往回走。"张平点了点头，动作僵硬地把马寡妇拖上车，放进棺材里，盖上棺盖，张平一屁股坐在地上，满头大汗。刘老汉也坐下，说："要么你先去医院看你爸去，我把这棺材带回去。"张平顿了顿："大爷，我还是跟你一起走吧！"

天微亮，刘老汉和张平就赶回来了，一路无话。到村口，刘老汉嘱咐张平："请村长和支书到我家去，别多说啥，来了再说。"张平应声去了。刘老汉把车赶回家，儿子刚要责备他，刘老汉摆手示意什么都别说了。刘老汉装了一烟斗旱烟，坐在门墩上，一句话没说。儿子实在耐不住了，刚想问刘老汉出了啥事，张平就带着村长和书记进来了。刘老汉也没起身，只是抬头看了一眼，又狠狠地嘬了一口烟，把事情的经过讲了一遍，语气沉沉的、悠悠的，没什么波澜。大家正惊讶着，刘老汉又说："村长，支书，你们看这事咋办，咋我都没意见！"村长和村支书商量了一下，想着那马寡妇没什么亲人，刘老汉也不是有意害她命，最后只让刘老汉负责把马寡妇给葬了。

刘老汉也没耽误，书记和村长走了之后，就开始安排丧事了。刘老汉拿了榔头和钉子，刚准备封棺，棺材里面一阵乱撞的声音，紧接着棺盖就从里面打开，马寡妇满脸血污地从棺材里爬了出来。刘老汉心脏病发，当场就倒地死了，甚至连一点儿声音都没发出来。

马寡妇的葬礼就这么变成了刘老汉的葬礼，那口棺材还是留给了刘老汉。原来，马寡妇失了许多血又受了惊吓，当时只是休克了。

（作者系商洛学院学生）

缝纫机往事

◎党佳淳

那台老式的缝纫机放在外婆家炕边，乌黑光亮的它端立在栗色的桌板上，黑白电视在它旁边响了又响，唱了又唱。

记忆里，它像匹小马一样快乐地奔驰，踩动踏板发出"当当"的声音，似小马从不停下的脚步，幼年的衣物便在外婆的手里变幻出来。

外婆善缝纫，绣花针和布匹在她手里，犹如纸和笔在我的手里。我幼时淘气，经常摔得青一块紫一块，常常裤子被挂了洞或是衣服丢了扣子，满身臭汗地冲进门，随手丢掉书包和外套："外婆，快给我水，快要渴死你的小宝贝啦。"外婆放下手上的活计，端上温凉的水："祖宗啊，这么长一条口子，你妈回来打你我可不管哦。"然后，外婆就拿起外套，挑了最合适的线，喊到："佳佳，快来帮我穿线"。穿好线，她把衣服固定在台面上，先是温柔地看我一眼，然后便踩动踏板，全心全意地拯救我可怜的外套。我拿竹扇帮她煽风，有时候也会趴在地上观察车轮与踏板的互动关系，夏日黄昏的风突然从车轮中钻出，吹动外婆的衣角。"呦，佳佳儿好乖呦。"没多久，我那伤痕累累的衣服便完全"愈合"，一点儿也看不出受伤过的样子了。

她挑开旧衣服的线，穿针，引线，把旧衣服改成漂亮的童装，把长裤变成小背心，也把背心变成小书包。端午节的香包一定是我最得意的物件儿。一块块碎布缝在一起，裹进满满的香草，缝上流苏，可以香半年。外婆做过元宝，做过紫色的香囊，做过绿色的小狗，甚至做过张牙舞爪的小老虎呢。外婆有时会从碎布中找出几片，剪成相同的正方形，突突地轧起来，缝成亦圆亦正的沙包，里面塞满玉米，便是一整个夏日的玩具。她塞得紧实，轧得严密，踢来踢去也不会散。有次，她竟把我七零八散的作业本拿去，车针在前进的本子中一进一出，便有了道整齐的线，竟比订书机订的还牢固美观呢！

看过太多不可思议的"组装"，我对她的碎布和缝纫机充满好奇，于是趁她不在偷偷下手。看到尚未完工的布片固定在台面上，我学她按下车针，用力地踩踏板，线和车针在布片上穿梭，来回纵横，我的内心像那匹小马一样欢欣雀跃。于是越踩越快，谁知车针突然卡住，戛然而止。我的内心十分恐惧，眼泪止不住地掉下来。她回来后又气又笑，叫我站在旁边，剪掉卡住的线头，重新穿针引线，踩动踏板。她用很慢的动作进行这些步骤，这是要教我了呀，我迅速反应过来，默默记牢操作步骤。于是，学会车线的我愈加肆无忌惮，时常踩着踏板，在布片中来来回回，转动的车轮像是突然被拨快的时钟，再也停不下来。我就驾着我快乐的小马，哒哒哒哒奔向成长的另一边。

长大以后，不会经常破衣服，没再穿过外婆做的衣裳，也没再和外婆一起做过布偶。有一天，邻居突然上门："兰婶子，缝纫机借我一下，我孙子把裤子挂破了。"外婆摆手："在房里，你去。"记忆突然涌上心头，关于缝纫机，关于年少的岁月，关于那时还年轻的外婆和年幼的我。我忽然注意到，那台年纪比我还大的缝纫机如今待在外婆桌子的旁边，乌黑的机身安静地躺在台面之下，台面上覆着外婆很久以前做的保护套，外婆已经很久没用它了。

那台老式的缝纫机放在外婆家炕边的桌子边，乌黑光亮的它安静地躺在栗色的台面之下，彩色电视在它旁边响了又响，唱了又唱。

（作者系商洛学院学生）

第二辑　天下大同

腊月会

◎景洁云

腊月初始，村子里还是极冷清的。

尤其是我家住的这条老巷子，长长的巷子如今只住了六家人，再逢着天寒地冻的腊月里，便更加见不到人了。

原本还只有五家人，十月份的时候，原先就住在西隔壁的一家，因大儿媳妇与二儿媳妇闹分家，所以大儿子一家搬回巷子里的老屋来住了。这算是添了一家，便六家了。

大儿子有一个四五岁的小女孩儿，总算给这巷子里添了些许生气。

再往西两家，坐北朝南，也就是对面一列，还住着两位老人。

我家往东，除了去城里照顾孙女儿的大妈，还住着一户人家。

这家父母都多少有点缺陷，个子极矮，相貌也不大好看。父亲说话不清楚，母亲看起来眼睛总是黏黏的，经常流泪，仿佛没有洗脸一般，似乎有什么眼疾。这样的两人却生了两个极其漂亮的女儿，别说在这巷子里了，在整个村子，那也是极好看的。见人总是远远地就打招呼，笑起来让人不由得欢喜。

这家对门就是这巷子里的第六家，是我从小玩到大的小伙伴的家，现在算是一个麻将馆。以前我时常去玩儿，现在不怎么去了，一是小伙伴不在家，二是那一屋子的吵闹与烟味我实在不喜欢。也只有那家里与这老巷子里的冷清格格不入。

村里并不是都像老巷子里这么冷清，一直往东，就是村里的广场，边上住着不少人家。一直往西，就是街道，有集时很是热闹。一直往南，就是马路，住着从巷子里搬出去的许多人。只有老巷子固守着那一份宁静，来去路过的行人也走得缓慢，似乎怕惊扰了睡在墙角下的猫。

村里不止这一条巷子，却没有再像这老巷子一般，直直的，宽宽的，冷清时无人问津，热闹时人人路过，曾经住着许多人，现在仍住着五六家人，且这五六家人一定不会搬走。

老巷子里的人不大爱出门。这是有原因的。老巷子里的老房子大都宽阔，长长的院子，没有五十米也有三十米。院子里放得下晒太阳的花儿鱼儿，睡得下晒太阳的猫儿狗儿，更坐得下晒太阳的人儿。

长长的院子很难听到外面的声音，所以与母亲相好的婶子每次叫母亲去上会时，总要扯着嗓子长长地喊一声：

"哎——去上会嘞——鸡蛋又便宜了——"

惊得墙角的猫跳起逃窜。

村子想要热闹,总得过了腊月十五,上学的孩子放了假,打工的父母归了家。在城里工作的年轻人也回到父母身边过年。许是因为这一家团圆的浓烈氛围,那病病恹恹了一个冬季的老人们也精神起来,似乎哪里都痛快了,三五成群地去赶腊月集了。

老巷子一直往西走到头,就是街道,集市就在街道。

这街道到了腊月就是最热闹的时候,逢阴历三六九的集,每月初三、初六、初九,十三、十六、十九,廿三、廿六、廿九。循环往复,一直如此。

我们这里管"集"叫作"会",管"赶集"叫作"上会"。腊月二十三正是上会的好时候,既不似平日里没有会时的冷冷清清,又不似二十九时摩肩接踵。清闲地上完会,便早早地回家烙饦饦馍了。因为二十三小年夜敬"灶王爷",也就是灶神,这是耽搁不得的。否则,"灶王爷"生了气,来年可就得挨饿了。

二十三一过,二十四五就是扫屋子的好时候。小时候的老屋总是黑黑的,每年过年各家都是要彻底扫一扫的,有能力的还要将屋里都刷一次白。我家那时两三年刷一次,每次刷完都觉得家里特别漂亮,总能高兴很久。每次扫屋,母亲将能搬的东西都搬出来,而那些东西里,总有我和弟弟曾经用过的所有课本和练习本。也不知道为什么,母亲总喜欢将这些都留着,那时的书都有母亲亲手做的书皮。书皮一般都是用旧挂历做的,将白的背面放在外面,除写着"语文""数学"的字样外,再无其他,整整齐齐,干干净净,很是好看。但是,我那时候总是羡慕同学买的有非常好看的动画人物的塑料书皮,所以对妈妈的书皮也不大珍惜,用不了一学期便会烂了,妈妈总会给我包第二次。可最后,那些课本还是被我用得旧旧的,书角也都卷了起来。妈妈在把书收起之前,还总要将它们一一将平。虽然我不大爱惜课本,但是极爱闻书本的味道。母亲扫屋搬出来的书许是被放太久,总觉得味道更浓,我总喜欢趴在上面闻一闻。所以,我记忆里的扫屋总伴着那陈年油墨的味道。如今村子里几乎家家都住楼房了,许多人已经不再扫屋了,母亲扫,却不再将东西都搬出来了,也不知道那些书还在不在了。

二十七八基本就是家家户户蒸馍馍、包包子的时候了。因为二十九是没有时间的,要去赶年前的最后一次会。

远远近近的人都来赶这最后一会,远远近近的小贩聚在此处叫卖。整个街道都是水泄不通的,走在街上,摩肩接踵。叫卖之声不绝于耳,仿佛没有比这更热闹的时候了。

原本的街道共有两条,相互垂直,为L形。一条东西走向的较短,从镇医院门口到镇小学门口，约莫三百米长，叫"西街"。一条南北走向的稍长，从上坡的路口一直延伸到公路边，约莫六百米长，没有名字，暂且叫它"南街"吧。

逢了腊月里的会，短短的两条街当然就不够用了。于是，那本是 L 形的街道便会变为工字形，在南街东边与南街平行的一条巷子也成了街道。索性这巷子正对着镇政府，倒也宽阔，在此处卖对联是再好不过了。

去街道的路每个方向都有好几条。从东边去的路，便是我家的这条巷子，走的人最多，即使平日里再冷清，逢着腊月会，也是冷清不起来的。

老巷子正垂直着南街，路过镇政府的门前，直直通到南街正中。

这时，你是往南走也行，往北走也可。往北走，转角处就是个卖麻花的。这种软麻花是我最喜欢的小吃，几乎每次上会，我都会买。

转角对面是一家邮局。邮局门口是一个卖油糕的小摊。据说，这油糕本是清时陕西的一个名厨给慈禧太后祝寿时做的，慈禧太后很是喜欢，后来就流传下来。这油糕是以烫面为皮，包入白糖或红糖，再放入油锅里炸熟。这油糕须得现炸现吃才好，一口咬下去，外酥内软，既有外皮的酥脆，又有糖馅的甜糯，但咬的时候须得极注意，不然要烫到舌头的。

这对卖油糕的老夫妇是一直都在这里的。一个火炉子，一口油锅，一张和面放油糕的桌子，来时走时都用一个架子车拉着。他们的腰渐渐佝偻，走路也开始一跛一跛，那摊子却仍是那么简单，那摊前的人也总那么多。街上卖油糕的没有三家也有五家了，却是他家生意最好。老夫妇虽年事渐高，那揉面的手却没有慢了分毫，那炸出的油糕也仍是金黄酥软。

每次我从学校回来，若是碰上，他们总要喊上一句：

"妞儿，回来了，吃个油糕再回吧。"

往北走大多是固定的摊位。两边卖着各种东西，卖布匹的北边是卖菜的，卖菜的旁边便是卖鞋子的。继续走，就是卖碗的，卖刀的，卖调料的，卖水果的。就连街道中间甚至都摆着几个卖糖葫芦的小车儿。

南街走到头，右转便到了西街。西街没有南街繁华，或许是因为街道短些窄些，让人觉得"施展不开"，也或许是因为西街卖着的货物。西街多是一些做米酒曲的店，做旱烟烟丝儿的店，或是一些手工的婴儿小鞋、小肚兜的店以及一些杂货店、五金店，还有两家寿材店。

我姨婆从前就是卖婴儿的小鞋、小肚兜的。那都是她一针一线缝的，自己画花样、剪花样，自己缝，针脚细密，那肚兜上的生肖就如同活的一般。尤其是那虎头小棉鞋，最是精致好看。红的小虎配上白胡须黑眼珠，活灵活现；黄的小虎配上黑胡须蓝眼珠，精神抖擞。我的房门上还挂着她绣的门帘。只是，她生过一场病之后，便无法再做了，剩下旁边一个卖甜酒曲的老太太，形单影只地继续做着买卖。

西街还有一个大超市，生意不太好。毕竟，生活在这村落的人们总不太习惯去那超市里买东西。超市里的菜不许掐头去把儿不说，东西还总要贵上一点儿，又不讲价。这哪里行呢？总听到有从超市里出来的人感叹：

"开这么大的门面，怎么不会做生意呢？"

西街的尽头是镇上的小学。

走到西街的尽头，便只能往回走了。走回南街，可以再往南走。南街的南边大多是些外来摊贩，他们的摊位都不固定，也许这次来，下次便不来了。也许这次这里卖苹果，下次就换成了卖红薯的。他们装一卡车来卖，卖完了，就走了。如果不是留着一地的垃圾，就好像从没来过一样。也正因为它的不固定，所以每次走在南街以南都是一种既熟悉又陌生的感觉，好像一不小心就会发现些新鲜的事物。

南街南也有两家固定的摊位，一家是卖饸饹的，一家是卖豆芽菜的，都是我们村子里的人，我们这些孩子管他们叫"饸饹伯伯"和"豆芽哥哥"。

没有会的时候，饸饹伯伯会在每个巷子里叫卖。小的时候，我们听到这叫卖声便会跑出来，因为不管你买不买，饸饹伯伯总会给每个娃娃嘴里都塞上一口饸饹，笑眯眯地听着娃儿们对他说：

"谢谢饸饹伯伯。"

豆芽哥哥今年二十九的会没有在，他的母亲过周年，是在去年的二十九去世的。他母亲生前一个人住在我们家对门，是个八十多岁极其瘦弱的老太太，挂着一个与她一样细瘦的拐棍，喜欢坐在门口柳树下的一个石墩子上，一坐就是一晌，好像在盼望着豆芽哥哥去看看她，好像在盼望着能过去一个人同她说说话，又好像是睡着了。以前是她老伴儿坐在那儿，后来她老伴儿死了，她便开始坐在那儿，再后来，她也死了，那里便再也没有人了，对门的房子便也空了下来。

老巷子里又少了一家人。

南街往南的尽头是公路，二十九的会公路也是要占上大半的，以至于"村村通"的司机堵在村口使劲儿按喇叭。

这家喊着：

"莲菜便宜了啊，两块钱一斤了啊！"

那家喊着：

"走过路过不要错过了，质量上乘的床单被罩大甩卖了啊！"

旁边又喊：

"瓜子花生批发价喽！"

一家高过一家的叫卖声比那汽车的喇叭声还要高。

街道有会时很热闹，腊月会更热闹，腊月二十九的会最热闹。好像整个村子里的人都为上会积蓄着力量，所以平日里总是冷清。

转眼就是三十，也许是今年三十刮了一整天的大风，将年味都吹散了，所以今年过年，就如同老巷子里每一个平日里那样冷清。每一阵鞭炮声响过都是一阵长久寂静。

对联贴得都是匆匆忙忙。

父亲说："肯定有谁家的对联要被风刮烂的。"

结果初一一早起来，便发现我家的对联已经被大风刮得惨不忍睹，没有了丝毫的喜庆，倒显出几分萧索。

今年一整个冬季里都鲜少见到太阳，天是晴朗的，也是灰暗的，所以白天看不见太阳，晚上也看不见月亮。或许是因为雾霾，或许是因为冬天就是这样。

正月十五的晚上，月亮终于肯露面了。月光照着村子，照着街道，照着老巷子。

老巷子连着街道，冷清的时候都冷清，热闹的时候都热闹。该冷清时冷清，该热闹时热闹。就像这巷子里的人，像这村子里的人，该下地时下地，该睡觉时睡觉，该上会时上会。没有人会去想为什么会是这样，好像一直如此，好像本该如此。

（作者系商洛学院学生）

属于一个诗人的英雄情结

◎杨 彬

那是一次漫长而无聊的旅途，而漫长无聊的旅途总是显得有些寂寞。我记得当时车厢里很干净也很安静，很多人都昏昏欲睡，只有我一个人寂寞地坐在车窗边凝望着窗外的景物。不知怎么地，在那样一次旅途里，毫无缘由地，我突然想起了一个让人感到既熟悉又陌生的话题——英雄。车窗外远远的青山显得幽长而缠绵，天边的几片云朵显出轻松惬意的模样，而近处的树林和路旁的房屋却混合在风的呼啸里，令我目眩神迷。那一刻，我的思绪也如同这车窗外变换的景物一样，忽而波涛汹涌，忽而散漫随意，忽而寂静凄清。

为什么我会觉得心里空荡荡的？人这一生啊，究竟要拥有多少才算是英雄呢？地位、权力、荣耀、财富、知己、手足，还有倾心相爱的恋人，人一生所能拥有的这些还不够多吗？可是，拥有了男人一生所能梦想拥有的一切，我就能算是个英雄吗？

据说，拿破仑在临死前，就喃喃自语着"英雄"两个字，他的心境也跟我一样吗？拿破仑的法兰西帝国统治着整个欧洲大陆，曾拥有过空前辽阔的版图，但他死了之后，也只不过是埋骨在茫茫大西洋深处圣赫勒拿岛的一块方寸之地。英雄又能如何？

那么，在拿破仑临死之前，是不是也有同样的疑问？当自己历尽千辛万苦，耗尽每一分血汗，拼命攀爬着一座名为英雄的高山，好不容易成功了、征服了，却没有料到结果会是一个人站在冷风刺骨的山巅，身边一个人也没有，感觉那么孤独。这时候，忍不住想问自己，究竟什么是英雄？

英雄是男人世世代代的追寻啊。

东海的太阳升了又落，大漠的孤烟燃了又灭，塞北的积雪一年年的融化，南洋的海涛一次次的涨落，古老的土地沉淀下太多的不寻常，遥远的星空留下的只是恒星的光芒。为了这光芒，太多人失去生命，他们渴望死后能化为群星的一员，俯瞰沧海桑田、世事变幻。也许他们曾获取了至高无上的权力，曾获得传遍四海的威名，曾拥有过堆积如山的财富……可是最后都走向一个结局。

每当我在那望不到边际的坟堆中茫然前行，心中总会浮现出那如雨的马蹄、如雷的呐喊、如注的热血。中原慈母的白发，江南春闺的遥望，湖湘稚儿的夜哭，故乡柳阴下的诀别，将军圆睁的怒目，猎猎于朔风中的军旗，随着一阵又一阵的烟尘，都飘散远去。我相信，死者临亡时都是面向朔北敌阵的；我相信，他们又很想在最后一刻回过头来，给熟悉的土地投注一个目光。于是，他们扭曲地倒下了，化作一座沙堆。

这繁星般的沙堆不知有没有换来史官们的半行墨迹？史官们把卷帙一片片翻过，于是这块土地也有了一层层的沉埋。堆积如山的二十四史记载这个荒原上的篇页还算是比较光彩的，因为这儿毕竟是历代王国的边远地带，长久担负着保卫华夏疆域的使命。所以，这些沙堆还站立得较为自在，这些篇页也还能哗哗作响。就像单调的土地一样，出现在西北边陲的历史命题也比较单纯。在中原内地就不同了，山重水复、花草茂盛，岁月的迷宫会让最清醒的头脑胀得发昏，晨钟暮鼓的音响总是那样的诡秘。那儿没有这么大大咧咧铺张开的沙堆，一切都在重重美景中发闷，无数不知为何而死的冤魂只能悲愤懊丧地深潜地底。

人来到世上，只要不是白活了就行，为了几个钱，累坏了多少人，毁掉了多少人，再有钱的人，临行也会两手空空，留下再多的钱也并非永恒，不如留下人品学识与青山同在、与日月同辉。在扶助别人成功的时候，你是否知道这也会给你带来生活的乐趣、人生的意义和价值，自己也随之走向了成功。

在让成功者踩着你的肩膀，爬上高山之巅，成为巨人的时候，你是否知道，你本身就是巨人。没有坚硬的石子，岂有广阔的大道？没有方正的砖石，何有挺拔的高楼？没有丰碑的底座，又何有永垂不朽的碑体？

我们能跻身于此，与鸿儒共伍，共唱高山流水；与子衿吟咏，同荡学海神舟。

清晨，学子们迎着东方的晨曦，同在一条跑道上奔驰，一个个像雄鹰，像骏马。这时，我好像觉得，他们是跑道上一架架飞机，将要飞向蔚蓝的天空。此时，我才深深感到：将"神舟六号""神舟七号"送向太空的科学家和宇航员同样伟大。这其中的韵味使我真正地感到了，这就是诗，我们都只是诗中一个平凡的词，在与更多词的组合中蕴含着不尽的韵味，我感到了集体的伟大，因为一个再闪光的词也构不成诗，事业的成功只能靠大家，我真为融入这样一个集体而自豪。

清晨，我迎着东升的旭日，漫步在花园式的校园，这里绿树成荫，鲜花吐艳，我深深地、贪婪地呼吸着这里的空气，顿时感到心旷神怡。我品出了这吸进去的空气中的味道：这里有园丁忘我工作的正气，有志当存高远的志气，有顽强拼搏的风气，有高雅不俗的文气，有和谐文明的暖气。看！绿树在招手，鲜花在点头，一张张含笑的面容，一声声温暖的话语，暖在身上，甜在心里。我感到了，这就是画，这幅画，千言万语写不尽，时时事事动诗情。

夜半，学子床头的灯光与老师窗前的灯光交相辉映，如一颗颗银光闪闪的天空中的星星，点缀在同一块无限广博、无限深邃的宇宙的面纱上。此时我感到，我们是星河中一颗闪闪的星，好不容易找到了自己的位置。在这里将为多少人摆渡，为多少人铺路，我不知道这个星座的名字叫什么，我只为它自豪。因为在这个星座里，我结识了更多的星，投入了一个光明的怀抱。

星空无限，我们只是其中的一个小点。英雄人物是有的，但肯定是少数，而且是在特定环境和特定条件下产生的。如果不处于这种环境，不具备这些条件，还要去模仿英雄的行迹，则其动机是滑稽的，其效果也绝对好不到哪里，其副作用更是显而易见。我们对英雄心怀崇敬，但崇敬不等于我们也要像他们那样去生活。

关于什么是崇高、什么是伟大，我们也会有望文生义的分析，认为崇高就是舍己为他、舍生取义；伟大就是建功立业，彰显于人，或虽无业绩彰显但其精神可以照耀他人。由此看来，崇高和伟大是大多数凡夫俗子的本性和能力无法企及的。

英雄注定是悲情的，孤独的，凄凉的。他们的正义感和优越感都是与生俱来的，不管后来怎么随波逐流、怎么愤世嫉俗，英雄的内心总归还是单纯的，有时单纯得近乎脆弱和迂腐。也许上帝为的就是给无数"善良矫情的人类"塑造一个英雄，愿英雄能去影响更多的人。

(作者系商洛学院学生)

灵魂只能独行

◎柏雅萌

独行者乃幸福者。

——题记

"我希望有一个如你一般的人，如山间清爽的风，如古城温暖的光，由清晨到日暮，由山野到书房。"美好的事物大抵是人人都想拥有的吧！在辛苦打拼的岁月里，多希望有一个人能读懂你的喜怒哀乐，友情也好，爱情也罢。

在过往一去不复返的时光里，我渐渐明白，灵魂只能独行。我所说的独行并不只是说肉体抽离到集体之外，成为一个来往孤单的个体。我所说的是思想和灵魂的独行，我们能决定自己未来的方向，却不能控制别人的道路。所以，我们大可不必奢求所有的人都能契合你的想法或者思维，也大可不必因为过于敏感而狂躁不安，我们要学会给他人和自我都留下一个独处的空间，这空间包容且宽广。

成长的痛苦之处在于你必须独自承受生活中所有的善意或者恶意，必须学会收拾自己的烂摊子。可是成长的确也有让我欣喜的地方，它让我学会独行和平静。回首在我不经意之间已经过去的十八载，我蓦然发现心灵独处的时光太少、思考的空间太窄，大多数时候我都是活在人群之中，被他人的生活方式左右了选择和轨迹。可是近来我发现自己有了微妙的变化，愉悦却不惊讶。

这种心态的变化源于我所处环境的变化。

我是一个远道而来，离家千万里的学子，陌生的城市让我无助与忧虑，家乡和亲人也成了梦里的牵挂，是商洛这片秀美的土地无私地包容了我的不满和任性，给予我一些意想不到的改变。记得一年前初来的模样，也永远忘不了站在商洛学院校门前复杂的心情，这里跟我所设想的大学生活的确是有差别的。在刚开学的一段时间里，我被负能量裹挟着，感到无所适从。我压抑不满，我艰难地挨过那一个个所谓"痛苦"的日子，也常常在深夜里辗转难眠，后悔过往，却又看不到希望。那时、那刻，迷茫的心绪蒙蔽了我的双眼，让我的心仿佛也陷入了一种无法解脱的愁思之中。

是时间改变了一切，证明了一切，治愈了一切。或许是舍友一句温暖的话语，或许是老师一次真诚的肯定，或许是校园一处醉人的风景……都让我明白这个世界上有很多东西，琐碎而细微，却总是在你不经意的地方，坚定地支撑着你度过很多坎坷曲折，也正是这细微而琐碎的点滴撑起了我脆弱的心灵，并且让它愈发强大。

时间越久我就越发现商洛是个修身养性的好处所。商洛学院在商山洛水的包裹下平静而安和，与浮躁的世事似乎也显得格格不入。它的安详静雅使我在物质上变得无欲无求。这慢节奏的小城也让我开始细细地审视过去的我，于我而言，这是一件值得庆幸的事情。我可以用更多的时间和精力去努力地让自己变得更好、更强，而不是被一些花红酒绿迷失了心智。

快要步入二十岁的我发现人生往往会因为一些事情而重新洗牌，调换位置。我失去了风花雪月的情意绵绵，失去了"世界那么大，我想去看看"的洒脱豪情，失去了计划好的某个目标。但是，我为什么要上大学的初衷渐渐明朗起来，同时我也意识到灵魂只能独行。所以，我不再因为到了这里而消沉不安，也不再因为他人的做法而影响自己。每个人都有自己的路要走。我知道，如果一个人的灵魂能彻底独行，才能产生赤子之心；也只有赤子之心，才能使人从彷徨中坚定、从悲伤中解脱。

独行即戒骄戒躁、自律自省，对于我来说，既磨炼了心性，又看清了生活的本质和未来的道路，这是我这般年纪独行最大的收获了吧。独行就会发现自己的不足，独行就会想清纠结的人事，独行也让我不依附、不恐惧，知道最大的安全感和满足感都源于自身的强大和无畏。

我最想感谢的莫过于摄影所带给我的幸福和满足。加入大学生通讯社对我来说是一个不后悔的选择，我和志同道合的同志们一起从事着我们热爱的新闻工作。除了技术以外，我还得到了无数新奇的体验，丰富了人生的阅历，更收获了与子同袍的"战友情"。

以前的我总会因为不自信而不敢走到人前，但在摄影工作中，我逐渐地克服了这个弱点，至少现在的我敢坚定不移地站在众人面前完成我的工作任务。以前我总是在跟人相处过程中，因为性格太要强而让很多事变得难堪，现在我学会了沟通和倾听他人的意见，也更多地去原谅和宽容别人的失误，磨平了一些棱角的我也变得温和起来；以前我总认为天赋可以主宰一切，但当我看到办公室老师为了新闻能及时发布而不分昼夜地工作时，我知道了这个世界上没有一件事是可以不费心血就能有所成就的。

我记得那个寒风瑟瑟的早晨我们一起在办公室门口集合出任务的时光；我记得那个骄阳刺眼的午时我们一起在操场上奔波采稿的时光；我记得那个大雨倾泻的夜晚我们一起在编辑室折叠报纸的时光；还有那些写稿子修照片到深夜，出完任务席地而坐吃盒饭的时光。这无数的日夜、千万个分秒，都深深地镌刻在我的记忆里，有一天我将会离开校园，再回想起那些时光，定会觉得不负韶华。

灵魂独行的日子里必定会少不了突然袭来的低落，突然消失的情感，突然降临的危机。可我始终要告诉自己，不要慌张，要相信自己灵魂本身的坚强就是最强大的依靠，要相信这世上的一切都会慢慢好起来。能舒展着眉头过日子，内心丰盛安宁，性格澄澈豁达，这样就很好。

独行能给我安适的清晨与傍晚，能借我抹灭庸碌的情怀，让我笑颜灿烂如春天。感谢这一片商山洛水给我了最初独行的勇气与豁达，让我在这里做了一个独行者、幸福者。

（作者系商洛学院学生）

那时，繁星璀璨

◎张悦怡

"那时候啊，因为家里缺粮，你爷爷和几个老一辈的背着橡梁子，徒步翻山越岭，准备拿到省城去卖。有时带得干粮少，只能到山里生活的人家地买。有一次碰到一家人，在拉挂面的一道工序上出了问题，心情烦闷，又见是几个卖橡梁子的土疙瘩，更不想理会。你爷爷说：'我帮你们弄好，你们做些吃的，我们照样拿钱买，你看咋样？'就这样，终于换来了一口粮吃……"大伯绘声绘色地讲着关于爷爷的事儿，我在一旁听得入迷。这样的场景在我的童年时常出现，长大后便只能用来回忆了。

小时候每次回老家，都会听到关于爷爷的一些故事，似乎他老人家的传说永远也讲不完。他去世后，我很少再回去，家乡在我的眼里，始终还是小时候见到的那般模样——秦岭山中一个无人问津却景色秀丽，带给我无限快乐与温暖的小镇。

我没有体验过农民的艰辛，只是深深地记得农民的快乐，记得他们的淳朴与热情。每次清明节回去，街坊邻居都邀请我去家里玩儿，大方地拿出自家美味，那些美味里凝结着农村妇女的勤劳与智慧。她们拉着我的手嘘寒问暖，仿佛许久未见的亲人回家一般。

那时的清明节令我印象深刻。庄稼人最讲究传统礼俗，长辈说，女孩子不能去坟前，所以每年都是家里的男人去祭祖。在那一天，周边村镇会有很多人来我们这里，因为我们镇上有一座"清明山"。清明山上有各种各样的神像，那一天不只是祭祖，还要拜神。山下的河岸边是一排排帐篷搭起来的小店，摆着各式各样的玩意儿，山上的神在这一天仿佛什么都能得到。人们在山下买好东西，爬上那座清明山，怀着祝福去祈愿与祷告。

那时的山路很湿滑，到处都是耕地，植物也毫无畏惧地生长着，听哥哥讲，顺着耕地没多远就是爷爷的长眠之处。土地是庄稼人赖以生存的根本，他们去世后被埋葬在庄稼地旁边，守护着自己的庄稼，也守护着自己的后代。

记得那时候，爬山、下河、摘苹果，或是跟着大人们打核桃是我最欢乐的日子。到了晚上，我们就坐在院子里，看看漫天璀璨的繁星。哥哥还教过我怎么识别那些星星："这个是北斗七星，顺着它往那边看，最亮的一颗就是北极星……"

"你看，那里是水瓶座，是我的星座，你是什么星座的？"

"不知道……牛郎织女座吧！"我通常是不懂装懂。

"牛郎织女不是星座，看那一排，那是银河，牛郎星和织女星就在银河的两边，牛郎织女的故事是这样的……"

那时，除了看繁星，跟着哥哥钓鱼也充满了乐趣。哥哥从奶奶那里偷来针头和线，用打火机将针头烧得通红，再掰成尖尖的钩状，穿到线里，找一根长长的树枝，将线绑在树枝上，一根简易的鱼竿就制成了。最后，在墙角或水池边等一些潮湿的地方挖来蚯蚓，鱼饵也有了。出发前叫上同村的几个孩子，他们从小生长在农村，经验更多一些。拿着一根鱼竿，几个人浩浩荡荡地就往河边走去了。下钩没多久，就有鱼咬上钩了，抬杆一甩，甩到了河边的石头上，眼快的孩子扑了过去，我们便有了第一个收获。我当时只顾虑着弄脏了衣服，因此到现在还记得当时有多么羡慕他。

沿着记忆中的路，我又来到河边，向那不知流淌了多少年的河水望去，没有找到当年我们坐着钓鱼的石头，也没有找到光着脚丫在河里蹚水嬉闹的孩子们，不知河水究竟带走了我多少记忆与欢乐！

其实，那时的快乐不止这些……

等到桑葚成熟的时候，找男孩子们爬上树，摘下满满的一袋，吃得嘴唇和手发紫，几天也洗不掉那颜色；等无花果成熟的时候，趁主人不在家，叫上三五个伙伴去偷摘，吃得舌头几天都在发麻；等玉米成熟的时候，跟着爷爷去田里，小心翼翼地掰下来，或是煮着吃，或是烤着吃，总之享受着里面的甘甜；漫山遍野地寻找一种布满细小颗粒的红色小野果，一口一个地吃到肚子疼，也忍不住第二天继续寻找的冲动……

我很想好好整理一下自己的思绪，好好描绘一下儿时极美的画面，但时间不再给我思绪纷飞的机会。抬头看看，星星一颗颗亮了起来，只是星光不再那么璀璨；再也找不到北斗七星，更无法顺着它去寻找北极星；看不到银河，也找不到牛郎织女；我知道了自己的星座，却不知道它在天上怎么排列，哥哥也再没有时间教我了。

家乡是广袤无垠的天空，记忆成了璀璨的繁星，它们没有规则地分布在空中，想不起来什么事发生在去年，什么事完结在前年。现在，我只想再感受一次那漫天的繁星……

（作者系商洛学院学生）

爸，妈，换我来做你们的英雄

◎刘尚灵

落叶飘，落叶舞，浴火成灰润沃土。新叶繁，新叶茂，英才报国看今朝。

——题记

推荐大家看一部好评如潮的电影——《海洋奇缘》。

我在这里就不剧透了，总之大致内容就是小姑娘莫阿娜拒绝了爸爸给的平凡的人生路线，为了自己的信念，大胆地外出冒险，历经千辛万苦，最后回到了爸妈的怀抱，完成了拯救世界的任务，重新出现在众人面前的她毫无疑问是一个英雄。

孩子们都向往外面的世界，大部分人都将有离家的一天，外出求学或是工作，期待闯出一片天，功成名就，衣锦还乡。但是，很多爸妈却不愿意他们的心肝宝贝离开自己的视线，担心他们受苦受累，担心他们遭遇危险，就像莫阿娜的父亲，执着地警告孩子不能出海。

父母们都望子成龙、望女成凤，希望孩子过得幸福，但他们的心理也是矛盾的：知道吃得苦中苦，方为人上人，却又不希望孩子脱离自己的庇护，离开温暖的家；或者知道孩子向往远方的幸福生活，却执着地挽留他们，不愿放手。

这就是两代人的矛盾，总有一方要妥协。

可是，又有多少孩子没能坚持那一份主见，永远地成了一只笼中鸟，隔着栏杆看着同类在天空翱翔。

我有个广东老乡 A，由于肠胃不适，母亲连夜坐飞机赶来陕西，专门租了个小房子，给她熬药、做饭。

我厚着脸皮过去蹭了一顿饭。饭后 A 的妈妈不断地诉说对女儿的忧虑，说只要完成学业、身体健康，她就很满足了，考研、出国这些事行不行都无所谓。

这话跟我爸说得一模一样，他曾经极力反对我去做兼职，质疑我的爱好是否对学业有帮助，说我创业可能会遭遇危险，问我学摄影能有什么用，只要学业有成，平平安安地回家，就足够了。

我常常在想，假如 A 听了她妈妈的话，放弃自己的追求，早早找个人嫁了，她曾对我分享过的梦想可能只会在给孩子换尿布的时候偶尔浮现，然后引来一声长叹吧。假如我真的听了我爸说的话，没有去创业，我就会一直保持曾经的打工思维，不懂如何管理和营销，仍然因为没钱而在大好的时光缺失四处游玩的机会；

假如我真的听了他说的话，放弃摄影，我不会在那次团委领导外出交流时，成为其身边记录珍贵画面的摄影者，展示自己摄影才能。

我看过一篇文章，说作者曾经很仰慕自己的父亲，觉得他就是大英雄，但长期抱怨自己在外省的生活如何艰辛后，她的妈妈终于悄悄地对她说："爸爸身体也不好了，最近担心你的情况更是焦虑难眠，终日愁眉苦脸。你的爸爸已经不是你以前那个英雄了。"

我相信那个作者心中多年的童话城堡在那一瞬间轰然倒塌。

有一次，策划学老师让我们在校园里拍"独特"的照片，我就走到了校园中心一个角落，在蓝天白云下，隔着护栏，等到火车呼啸而过时，拍下了一张照片。画面上有天空、学校、我、栏杆、火车。天空，是我心中所向往。小时候，爸爸曾带我去广州的机场附近，让我可以更近地看到一架架飞机从低空一点点飞向高处，消失在云端，那次经历我到现在依然记忆犹新。岁月匆匆，我也在一点点飞起，如今已是父母一次次目送我消失在远方。

学校是我们放飞梦想的平台，不论名校与否，它都是我们成长的环境，即便是再落后的大学也能提供跑道让我们飞，全看我们是否有上进的心。我是一个游子，不想一辈子生活在一个小圈子里，毅然远赴千里求学，努力地习惯了这边的饮食、这边的气候、这边的文化差异，忍受思乡的煎熬。曾经连说普通话都咬字吃力的我，被很多人嘲笑过的我，现在居然能够在演讲赛上从容地谈笑风生。

栏杆阻隔着我外出的路。其实，真正阻隔我的是时间——被判了"有期徒刑"四年，只有时间到了，才能"刑满释放"。但是从另一层含义来说，它又是一个提醒：既然无法逃离，不如认真面对。等到每年毕业季，谁是鹤谁是鸡，谁是龙谁是虫，自然见分晓。

火车是交通工具，也是引起最多回归者最激烈的思乡之情的工具。火车犹如热锅，我们犹如上面的蚂蚁，这也是我这次作业的灵感核心。

这就是我的作业，一个游子的抱负。

你是否也像我一样，希望在毕业回家后，能够信心十足地说一句："爸，妈，我已经长大了，换我来做你们的英雄！"

（作者系商洛学院学生）

商州的雨

◎王朝旭

　　雨来时，气温骤降，只觉得天忧郁了、沉重了，南山被乌云压着，时间也顺势被压缩了起来。路上的行人似乎丢了魂魄，被稠密而凌乱的雨推搡着、催促着，焦急地赶路、匆忙地奔跑，在惊慌失措中撞了人、丢了书，又走错了路。

　　大滴的雨点不住地敲击着梧桐叶，发出"噼噼啪啪"的响声，雨水如瀑布一般，顺着坡道横向铺开，肆无忌惮地流淌。竹林的竹子瑟缩着、颤抖着，在冰冷的秋雨里抱成一团。一切声响都被雨包裹着、卷积着，飘散在风中，只有雨在大声地重复着"沙沙沙"的声音，连绵不绝。夜间的操场更是如此，那里空无一人，只听得到雨声，寂静又喧嚣。东南角的灯照着操场，给这里带来了最后的一丝生机。

　　在你我午夜梦回时，雨改变了主意，不再像白天那样桀骜不驯，反而温柔地呢喃了起来，仿佛在为世间万物的酣睡轻轻吟唱一首摇篮曲，每一滴都滋润心脾。南山的轮廓格外清晰，每一条纹理、每一块石头都不再畏首畏尾，在雨的洗刷下，毫无保留地呈现。此时的南山黑得发亮，只有零星几点绿，闪烁在细软的雨丝中。

　　雨停了，风匆忙赶着乌云离开。在清晨，天终于放晴，但还有几朵乌云固执地不愿意走，四处逗留，躲藏在无边的晴空下。说起来，这云也应景，本灰灰黑黑的，天一放晴，立马改头换面，变得洁白无瑕了。此时的天高远了，蓝色由浅到深呈渐变色，南山的轮廓被升腾的薄雾遮掩，显得山更加郁郁葱葱了，远远看去，山间似有闲云野鹤，令人有抚琴小酌之意。

空气格外清新，闻得到泥土和青草的芳香，路上的行人也不自觉地放慢了脚步，只为了让阳光在身上多停留一会儿。云彩懒懒散散，随着时间的推移不断增多，呈条状、片状，三三两两聚在一起，随风游荡，变换着形状。到了下午，云彩像商量好的一样，从南到北摆成条状，中间互不干涉，层次分明，映着晚霞的每条云都像是一个粉扑扑的青春少女，饱含着初恋般的甜蜜。

雨中，我慢慢地走着，看到雨为绿树添色，又为花朵增姿；晴空下，我沐浴着阳光，看着行云躺在蓝天下，随风更换着模样，别有一番滋味。这商州的雨可真神奇，让商州的每一处风景都变幻莫测，每一次呼吸都沁人心脾，我已经不自觉地爱上了商州的雨，爱上了青山秀水的商州！

（作者系商洛学院学生）

缘来，缘去

◎罗　婧

　　束发为道，一身素衣，本想远离世俗，图个清静，岂料被他迷人的双眸吸引，被他言行举止间的潇洒气概吸引。她沉醉，她痴迷……

　　冬去春来，万物复苏，春雨绵绵，细而疏。雨水滴落到池塘里，泛起层层涟漪，屋旁的柳枝又添新绿。她在屋檐下躲雨，看人来人往、烟消云散。他撑伞经过，却在房前驻足，或许是因她的装扮，或许是因她的身段。定神望去，她青涩的脸上还有些许稚嫩，柔情似水的双眸美丽动人，双唇微张，似乎喃喃自语着什么。

　　他们的眼神终于交汇，四目相望良久。他光洁白皙的脸庞透着棱角分明的冷峻，乌黑深邃的眼眸泛着迷人的色泽。他慢慢走近，嘴角微微上扬，弧度恰当，左手撑着伞，右手渐渐抬起，手心朝上，作势牵过她的手。她有些受宠若惊，犹豫片刻，缓缓伸出左手，轻轻放在他的手里。他用力紧握，将她拥入怀中，右臂顺势揽住她的柳腰，这样近距离地对视，让他听清了她的心跳。

　　"一时心头悸动，似你温柔剑锋，过处翩若惊鸿。"

　　他承诺与她白首不相离，任世间轮回、天地扭转，也要与她相守一生。后来的日子里，他们如胶似漆，甚有"地生连理枝，水出并头莲"之意。然而，好景不长，他离开了，没有预兆，也杳无音信。

　　她发了疯似的拼命寻找，踏遍了千山万水，寻遍了荒野森林，依旧不见他的踪迹。她疑惑，她自责，她难过，到底是哪里做错了，他为什么毫不留情地丢下她？

　　上天真会捉弄人，恰在她几乎心灰意冷时，又于原来的那个城中相遇，只是，这次是在他的喜宴上。她途经一处热闹非凡的婚礼，无意中一瞥，却远远望见了那道熟悉的身影，追寻过去，果真是他，她憔悴的脸上终于露出了许久未有的笑容，可还未跨入门槛，便望见他用宽厚的手臂轻搂着身边穿着喜服的女子，神情欢喜，与旁人笑谈。

　　她再一次失去了笑容，只是这一次更为茫然无措，不知是去是留。随着人潮的涌动，她无意识地跟着走了进去，在距他三尺远的地方停住了脚步，注视着他，眼神里充满了悲伤与无助。他终于注意到她，脸上有些尴尬，但没有多么明显，他的眼中再无那般柔情，有的竟是疏远。他身边的女子见状好奇道：

"她是谁？"

"我的一个道姑朋友。"

她听到了这句话，听得清清楚楚、一字不落。此时的她真想大声地将他们的往事公布于众，任旁人惊动。可她忍住了这一时的冲动，跪坐于案前，默默饮酒，一杯接着一杯。侧耳听他与旁人说着他和那女子的情深义重。偶尔苦笑一下，一边喝着酒，一边感受着泪珠划过脸颊的痛，谁也不去理会。

"若你早与他人两心同，何苦惹我错付了情衷。"

若无真心同眷永，不如不相逢。近十年来，她苦苦寻找，一刻也没有停止过，也尝尽了这尘世的悲与欢、哀与乐，见过两情相悦，也看到过生离死别，她的心已是千疮百孔。他的无情让她彻底死了心，她不再心痛，也不再用情……

她离开那热闹的人群，没有目的地走着，只是想离那个地方越远越好，一路上，她跌跌撞撞，手里的酒壶却一直紧握。终于，她在一座旧桥前驻足，烈酒将她的双眼染得通红，眼神难以聚焦，意识也不大清晰，可她还是认出了这座桥，当年，她就是经过这里走到对岸的房屋下与他初识的。

这雨似掐准了时间，在此刻下得正密，她不由得想起从前，凝望着彼岸，虽如此，心自知一切早已物是人非。她任由这雨肆意冲刷着自己，缓缓闭上眼，努力忘记所有，将往事埋葬在这风雨之中，不再提及。

"想起那年伞下轻拥，就像躺在桥锁之上做了一场梦，梦醒后跌得粉身碎骨，无影亦无踪。"

（作者系商洛学院学生）

南国的笑

◎何紫媚

穿过蓊蓊郁郁的松树林，我来到一片斜坡。落英缤纷，美人花翩翩而落，似那粉蝶在林中飞舞。有些花瓣随风而去，缓缓躺进柔软草地的怀抱；有些零落地堆叠起来，密密地铺了一层，远看仿佛一床典雅清新的新人被；有些含苞待放，像那娇羞青涩的少女绯红的双颊。

美人花又名异木棉，喜寒，最爱在严冬开花。缤纷灿烂的美人花正装扮着寂寞凋零的冬天。

殊不知，青翠的松柏间掩映着一方盛景啊！

十几株异木棉争妍斗艳，竞相开放，花团锦簇，仿佛能把盛唐的御花园比了下去，却也像西王母披着的百花刺绣袍。迎面而立的紫荆花也独具风情，深紫、浅红、粉白、紫红，交相辉映。紫荆花极致怒放，犹如孩童的灿烂笑容。

料峭的寒冬，绵绵的雨丝，却令这些花儿盛开得越发尽兴、越发迷人、越发灿烂。雨珠好像珠钗上镶嵌着的珍珠，花儿更添风韵。

一瓣瓣，一片片，紫红的，粉红的，粉白的，打着转儿飘落下来，像黑夜中晶莹的流星，耀目绚烂。异木棉树干高大，长满刺，花朵却直冲云霄。一到深秋，异木棉就把满树的绿叶抖落得一干二净，只为衬托那悄然绽放于枝头的朵朵红花。深褐色的树皮给人一种庄严感，只可远观而不可亵玩焉。

粉蝶翩跹，落于掌心，那般柔软，纷纷扬扬，像在下雪，令人犹如置身仙境。粉红朵朵，如云似粉，像极了儿童明媚的笑脸。看着这花，什么功名利禄，什么荣华富贵，什么仕途经济，全然抛诸脑后。

西南边的紫荆花也开得迷人夺目。

淡淡的清香随风而来，我好像醉了一般伫立花前，伸手摸着那低垂下来的花枝，心中欣喜万分。深深地呼吸一口，似饮了琼浆玉露般鲜甜。花香醉人，瓣瓣精致。三五成群，你挨着我，我靠着你，似在低声吟诵，似在倾诉闺中密语，似在说玩笑话，真是热闹极了！

深绿而对称的叶子装扮在花间，足见风雅。鲜红欲滴，盈盈朵朵，实在令人心生怜爱之情。它们不是摆着高高在上的姿态，而好像时刻保持着一种谦逊平和的风度，令人为之倾倒。细细朝花瓣看去，又是那么巧妙玲珑。五瓣花朵匀称绽放，尤其以中间那瓣别致，紫红如玛瑙，脉络清晰可见，形状似古代牧民图腾上的袖珍刀柄。

　　缕缕阳光筛下树阴，刹那间红花绿树成了最美的剪影。天空清澈如水，无一丝杂质，时光就这样静静地流淌。我躺在斜坡上仰望天际，仰望绿树红花，更仰望今后的旅途。异木棉也好，紫荆花也好，都活出它们最好的姿态，不曾悔过，也不曾怀疑过，更不曾绝望过。寒冬料峭，却成了它们展示自我风采的最好底色。人生旅途又何尝不能这样走下去呢？

　　且看寒冬的映山红，笑得如此明媚灿烂。我心中热血澎湃，对明天的行程笃定无疑，充满信心。揉揉微肿的双眼，抬头看看异木棉，又看看紫荆花，仿佛闻了醒神香，猛地站起来，朝回家的路走着。这一次，真的可以看到路的尽头了，不再惶惶恐恐，不再犹犹豫豫，不再茫茫然。

　　置身花间，像看到千万个爽朗的脸在对我笑。其中，我看到了一张熟悉的脸。那不是小时候的我么，在竹林摔倒后，拍拍裤腿马上站起来，而且笑着往前跑，跑向山的尽头。

（作者系商洛学院学生）

目　送

◎蔡　一

　　漂泊在城市中的你还有淡淡的乡愁吗？知道从离家求学的那天起，故乡便只有冬夏而再无春秋。却不知道从哪天起，故乡变成了一个待久了不适，离开了盼归的地方，再也容不得你我随意回去了。本以为故乡是个地点，现在才明白：它是送我离开的起点。

　　记不得小时候目送家人离开家乡是什么样的场景，却记得长大后奶奶一边对我挥着手一边踮起脚尖看我渐行渐远的背影，这成为我记忆中的目送。印象最深刻的是以前回老家，每次走时，我昂头在前面大步流星，偶尔回首，总看见奶奶撩着围裙的一角不停地擦拭着眼睛，那时却很不以为意。

　　记得那是最后一次，奶奶如弯弓般的脊背，那么瘦弱无力，记得她笑眯眯的眼睛，还有那种粗糙却温暖的抚摸，构成了我全部的记忆，而我留下的却是匆匆的背影和不耐烦。忘不了那黯然的天，无意地飘零，像一个一生也无法弥补的遗憾、一份无法报答的情、一份无法报答的爱。那一天真的就成了最后一次。我不管怎样离开，就算有千万次的回头，奶奶再也不会一直目送我离开，哪怕转了弯仍舍不得收回目光。

　　其实，很多时候不是我们去看亲人离开的背影，而是我们承受爱我们的人的目光，承受他们的不舍、他们的不放心、他们的目送，但我们从小到大只管着一心离开，从未回头张望过。我们的这一生被父母目送着，然后在以后会目送着我们的孩子蹦跳着离开。但是，我们都很难去回头张望，虽然我们知道那份可以依靠的爱一直坚实地存在着。做儿女的要明白，在父母的有生之年，让他们的眼睛能多落在我们的面孔上，而不是含泪看着我们渐行渐远。

龙应台说过："所谓父女母子一场，只不过意味着，你和他的缘分就是今生今世不断地在目送他的背影渐行渐远。你站立在小路的这一端，看着他逐渐消失在小路转弯的地方，而且用背影默默地告诉你，不必追。"

也许是岁月增长，人的心也越来越容易忧伤，曾经视若无睹的东西，在不知不觉中，也在心中烙下了深深的印记。我们开始在乎父母越来越多的皱纹，在乎他们的点点滴滴。这是关于光阴的故事，我们每个人都在时间的洪流中渐渐长大，我们眼前的背影从高大到佝偻，自己也就慢慢成了别人眼中的背影。当我们再不能为过往的遗憾一一买单的时候，彼时的目光就成了眼下的悲凉。

我们的世界越来越大，渐渐多了朋友、老师、同学等。所追求的梦想，要过的生活，在学习事业上的渴望，都让我们来不及多看父母一眼，然而，对他们来说，我们就是他们的大半个世界，他们总是默默地目送着我们，一边有对孩子长大成人的欣慰，一边有淡淡的失落。大概这就是父母的爱，不求回报，只要儿女开心就好。

终于有一天，我们长成了顶天立地的大人，而人生的路多半也是要自己慢慢走，只是走的时候，别忘了回头看看爸爸妈妈。也许就在回头看到他们目送自己的那一瞬，你就能感受到在自己长大的同时，他们也在变老。

对于寻路的我们而言，曾经相信，也曾经不相信，今日仍然在寻找相信，但是面对时间，我们发现，相信或不相信都不算什么了。目送既是对时间的无言，又是对时间的目送。

我们只能往前走，用现在填补过去的空白，治愈伤口，带着爱和释怀与生命和解。趁一切来得及，当还能拥有彼此，把时间调慢再调慢，陪家人把风景看透，再看细水长流。

（作者系商洛学院学生）

如果我不是月亮

◎兰鑫杰

上帝想一直关注着人世间，但由于夜晚的黯淡无法看清，于是我就跑到黑夜的身上，燃烧着把黑夜烫一个洞，带着外头的光努力照耀这一晚的景色。是的，我是夜晚的打工者，而大概我也希望我是一个很尽职尽责的月亮。

于是乎，我有了钟情很久的画面，窗内点盏灯，灯下的蛾飞来飞去，蛾下的笔在诗集的纸上发出"哧哧"的声响，窗外麻雀安静地立在枝头，没有了白天的聒噪，树枝也展开了额头，享受着静谧的时光。窗边花盆下的蝈蝈此时也没了喧闹，晃着小脑袋不知在思考着什么。日子似汹涌的江水奔这往那，不露痕迹悄悄地带走一切，岁月漫长，而我有没有告诉过你，很久以前，我喜欢上了一个姑娘。

她笑起来真是最好看了，我喜欢看到她，喜欢看到她在洋洋洒洒的月光里走着，笑着，唱着，跑着，闹着，安静地坐着和卸下一切不安的睡着。此刻的我应该是像一只松鼠，嘴巴里塞满了爱吃的榛果，反正就是舍不得跟别人分享，不想让别人知道，不想错过每一天那些不一样的她。或许是因为在看喜欢的人，怎样都会觉得可爱，每次光是看到就觉得欢喜。对我来说，凌晨一点是清晨，五点是深夜，二、三、四点都是我很喜欢你，我对你的喜欢到处都是，在草木里，在风雨中，在云空处，在每一个你难过与开心、平凡而无奇的夜里。这些浩浩荡荡又扭扭捏捏的话，都是我想告诉你的。若有天你能听见我满心的呼喊，那该有多好！

今晚依旧是今晚，我看到有一个男生送你回家，你的笑还是那个笑，明明更好看了，可我怎么这么难过，一不小心就把你们的影子拖得好长好长。我想要赶快下班，不想再看到这幸福的景象，可今夜时间是不是偷懒了，忘了往前走，怎么如此漫长，夜长得彻头彻尾。我要告诉云朵，明天下雨时记得把最珍贵的雨水留给姑娘窗边的那盆小花。今晚，我是咸咸的月亮。

最近，谁都别来找我。

可能我是太软弱的月亮，在夜里藏了又藏，睡在灯下，躲在光里。我想为你做的事情很多很多，可我能做的却寥寥无几。姑娘啊，你可知道我想送你颗月亮，怎么转身发现你已经有了颗星星。我什么都没法同你讲，就让我泡在忧愁里。

时间是个独来独往的人，在你看不到它的时候重塑着一切，在你跟它同行时，你会清楚当下便是永恒。时光能有几多愁，恰似情怀总是愁。而离愁总将愁离。这是最后一个夜晚，在桌上放的那本诗集翻开的那页上，你写着：月亮很亮，亮也没用，没用也亮。我喜欢你，喜欢也没用，没用也喜欢。

到底我是年轻的月亮，所有的故事不都是这样开场的，也不应是这样结束的，月光下并无新鲜事，只是再想起来，还是觉得你笑起来是那么漂亮。可如果我不是月亮，我能否走进你的心房？

（作者系商洛学院学生）

斯人已逝，海棠依旧

◎郑富琴

"春天到了，百花竞放。西花厅的海棠花又盛开了，可看花的主人已经走了。"躯倦笔耕如牛，两鬓霜心系九州。四十年蓦然回首，西花厅海棠依旧。

早已过了泪流满面的年纪，可在收看《海棠依旧》全剧的过程中，我的泪水却从未干过，一次又一次地冲刷着渐蒙尘埃的心灵。该剧是根据周恩来总理的侄女周秉德《我的伯父周恩来》改编而成的，真实地再现了开国总理许多鲜为人知、感人至深的故事，包括初入中南海、西花厅的手足情、职业选择的标准就是看国家需要等故事，重现了一代伟人为中华民族"鞠躬尽瘁、死而后已"的忘我精神，让我一次又一次地感受到总理的高尚情怀。

万隆会议前夕，面对原拟乘的"克什米尔公主号"被敌特引爆的白色恐怖，毛主席电令从缅甸赴万隆的总理原路返回。然而，早已将个人生死置之度外的总理为了打破外交僵局，让中国获得世界认可，却"明知山有虎，偏向虎山行"，并以自己高尚的人格魅力和高超的外交技巧顺利地完成了这次破冰之旅。

"文化大革命"期间，面对内困外忧，为了给人民交一份满意的答卷，一方面，为了国家的安定团结，他不得不委曲求全地接受审查，主持批斗。另一方面，他拼命地保护着一批又一批党和国家领导人以及一些民主人士，在力所能及的范围内，及时纠正一些冤假错案。在患膀胱癌后的几年里，总理仍然夜以继日地拼命工作，常常是刚离开手术台，就不停地审阅堆积如山的文件，不停地接见一拨又一拨外宾。别说是一个身患癌症的古稀老者，就是一个正常人也受不了这种工作强度。

刚从手术台下来，得知李富春病逝后，虚弱的总理抱着术后病残之身拒绝了叶帅的好意，亲自主持了李富春的追悼会。追忆当年的旅法景况，坚强豁达的总理也不禁流露出常人柔情的一面。陈毅去世后，两人半个多世纪的革命感情让总理一个人站在海棠花下，深深自责一向实事求是的自己在陈毅患病期间对他隐瞒了自己的病情。

总理与唯一的弟弟同宇手足情深，一生无儿无女的他对侄儿、侄女更是视如己出。为了接济弟弟一家，总理每个月从自己450元的工资中挤出200元补贴他们家用。可是，当同宇因为身体原因从仓库调到内务部后，总理不仅严厉地批评了相关工作人员，还让同宇及时回到了原单位。更为甚者，在同宇胃病严重后，总理居然不允许同宇频繁请假，而是让他提前退休，以至于同宇哀怨地说："我不要你这样的哥哥。"

一生疼爱的侄女秉建在内蒙古插队期间，如愿应征入伍后，总理却对前来告别的秉建说："我知道你一直梦想军营生活，也相信你这次是凭自己实力通过征兵考核的，但是经济落后的内蒙古更需要你回去。"尽管秉建内心有一百个不愿意，还是脱下刚刚换上的军装，回到了那片一望无垠的大漠。

外交官无不敬佩总理的亲和力，为了中泰建交，总理不仅抚养了泰国外交官桑的一对儿女，还一直关心他们的成长。以至于在总理逝世后，桑的儿女在异国他乡为他设置灵堂、全家举祭。甚至联合国都为他老人家下半旗志哀，这是一种何等的荣耀与礼遇，更突出反映了总理一生为了世界和平鞠躬尽瘁的济世情怀。

总理的心里时时刻刻装着别人，唯独没有自己。在生病住院期间，他尽量不让别人前来探视，以免影响工作；在遗嘱上，他要求将自己的骨灰撒在江河山川之上，免得给别人增加祭祀的麻烦；甚至在最后叮嘱中，希望撒骨灰时，尽量减少飞机起飞的次数，这样可以为国家节省一些汽油。

总理一生追求的是大我，在得知自己身患绝症后，他总是在"去日无多"的日子里与时间赛跑，希望能为党和人民多做些事。在第四届全国人民代表大会召开之前，为了会议能如期召开，稳定国家大政方针，他甚至主动吸引"四人帮"的眼光，而让刚刚复出的邓小平更好地深入工作。在几度昏迷清醒后，他依旧顽强地批阅文件，接见外宾。用他自己的话说："要对得住党和人民，要对得住那些在我们面前倒下的先烈"。

临终前，总理要求与邓大姐合唱《国际歌》，这一幕让人感受到一个垂危老人那种没有"明天"的悲伤与无奈，更品味到在那个百废待兴的年代里，面对跳梁小丑的各种刁难，开国总理壮志未酬的辛酸与痛楚。

在收看过程中，我总是无端想起"出师未捷身先死，长使英雄泪满襟"的蜀汉孔明，从事必亲躬，到克己奉公，两人有很多惊人的相似之处。然而，让人欣慰的是，总理没有遇到扶不起的阿斗，而是在那个激情燃烧的岁月里，成就了自己"中华之崛起"的梦想，实现了自己伟大的人生价值。

一生栉风沐雨，一生鞠躬尽瘁，一生殚精竭虑。心有猛虎，却也细嗅蔷薇，七尺男儿，胸怀大志为革命事业奋斗终生。这盛世，如您所愿，山河犹在，国泰民安。初心不变，海棠依旧！

（作者系商洛学院学生）

愿你独闯的日子不孤单

◎何莎莎

最近特别喜欢这么一句话："请相信这个世界上真的有人在过着你想要的生活，既可以朝九晚五，又可以浪迹天涯。"这句话深深地触动了我内心深处最敏感的那根神经。

高考前夕，同学在我"空间"的留言板上留下了这么一句话："说一声加油，一切会更美好，明天高考加油，愿高考之人合上笔盖的那一刹那，有着剑客收剑入鞘的骄傲。"然而，我有着剑客般的孤傲，却没有骄傲。文章开头的一句话仿佛注定了过着那种生活的是"独闯的人"，侠客亦是独闯于江湖，而我亦是独闯于我的青春岁月中，我好像喜欢上了这种"独闯"的感觉。

大一的下学期，我感觉整个校园都束缚着我，宿舍里面也特别闷。我特别喜欢享受着这种"愿你有梦为马，随处可栖的生活"。我一个人不停地坐火车去我想去的地方，这些地方大多数是从某本书上看到的，或是具有某个作者所描述的一种纯粹的美。每个月我至少会坐两次火车，而且每次火车上的旅途都长达十几个小时。然而，每当别人问我累不累，我总是笑而不语，因为我没有办法用语言解释这种爱上乘火车去旅行的感觉，这种感觉是只有在亲身经历后才能感受到的，这种感觉无法言喻。

偌大的校园让我觉得有那么一丝束缚，在假期时，我总是会选择离开校园，登上去远方的列车。其实，并没有多么重要的事让我非走不可，只是感觉只要我坐在火车上，有一本书伴着我、一部电影陪着我、手机里面循环播放着自己喜欢听的几首歌，有一个靠窗的座位留给我，静静地享受一个人的倾城时光，这些就足矣。在这个狭小的空间里，当你想象着只身一人即将到达向往的城市时，所有的孤独都被潇洒与自由覆盖，内心是抑制不住的激动，因为你不知道这座城市下一秒会带给你什么，只剩那一份纯粹与洁净的美令你魂牵梦绕。

这个狭小的空间里发生过很多波澜起伏的故事，也发生过平平淡淡的故事。有与我年龄不相仿却能聊得来的人，有时我也和同龄人一起吐槽着彼此认为不满意的事情，有时会倾听一对情侣讲述他们纯粹的爱情，有时会和不相识的异性一起聊着都看过的恐怖片，有时也会听到令人哭笑不得且无法回答对方的问题。比如，"听说北方人都很高，你怎么这么矮"。面对这样的调侃，我们彼此嫌弃着对方的身高。这个时候如果有一个眉清目秀的乘务员走过来，我们的目光会立刻齐刷刷地转过去。在这样的情况下，别人都会不好意思像我们这样去看人家，我们却非常享受着这种赏心悦目的过程。

在偌大的一座城市里，在周末，当你独自一个人待着时，看看书、写写字、想想事、望望天，拒绝灯红酒绿，讨厌纸醉金迷，自适其适、自得其乐、自在安详。甚至在没有课的时候，可以一整天都泡在图书馆里，当窗外的阳光透过玻璃照射在你的书上，你会嗅到书上的文字所散发的那种淡淡的书墨香。有时候午后的阳光是很美的，泡一杯浓郁的奶茶，坐在宿舍的阳台处，或是慵懒地躺在吊床上，阳光暖暖地洒在身上，就这样睡个没有吵闹声的小觉。即使全宿舍的人都出去了，也希望这样的时光不要轻易从我身边溜走，就算是自己孤身一人，也从未觉得孤独。

初秋十分，南方的雨很忧愁地下个不停，夜雨滴答在宿舍外面的梧桐树叶上，打在芭蕉树叶上，惹人愁丝不断。想着一年一度的佳节不能陪在父母身边，独自一人去外面的小巷觅食，穿过拥挤的人群丝毫不觉得自己一个人过着节日有什么不妥，看着满大街的行人行色匆匆地走在繁华的街道上，看着那些情侣甜蜜地依偎在一起，去喜欢的甜品店买些甜点，伴着淡淡的奶茶，坐在宿舍的阳台上品尝，此时的我，心静如水，虽无人交谈，亦无人可会心一笑；虽孤独，也温暖；虽影支，却不孤单。周围的人会说，一个女生跑这么远去上学，怎么不和同学一起呢？我总会笑着说我喜欢一个人的感觉，喜欢独自一个人的洒脱。因为总有一些日子需要你独自一人去闯荡，总有一些时光需要你独自去体会，一个人总要走陌生的路，看陌生的风景，听陌生的歌，然后在某个不经意的瞬间，你会发现，在这样的时光里也会有很多难以想象的快乐，你可以静静地倾听内心深处的声音。曾经自己一个人会在操场上不停地跑完一圈又一圈，曾经一个人在篮球场上不停地投篮，直到球场上的灯逐渐熄灭，才独自一个人缓缓地回到宿舍，然后去泡一个舒服的澡，不一会儿，便进入甜美的梦乡。曾经孤身一人默默地奔波于两座城市之间，但在这些时光里，我并不觉得孤单。

独处时，是让人沉浸在内心深处的一段欢乐时光，不会有欣然失约的惊喜与落寞。愿你我可以成为自己的太阳，把所有的孤独照亮，愿你我独闯的日子不孤单。来日方长，未来可以守望，终有一天，我有故事你有酒。中间那段空白的时光，我们可以微笑着一起分享。

（作者系商洛学院学生）

那年，那景，那人

◎潘 花

那年，我还很年幼，家门口的梧桐树枝叶正茂盛，外婆的身体还很硬朗。

我打小就是在外婆家长大的，也许正是因为这个缘故，我对那个村庄总有一种说不出来的情怀，或是眷恋，或是喜爱。在那个时候，日子仿佛过得很漫长，我总盼着快点长大，却怎么也长不大，在那个村庄里，有着我的童年、看不厌的风景和我最亲爱的外婆。

人啊，总是被时间催着长大，而那些珍贵又美好的记忆却在时间的长河里被逐渐冲淡。但庆幸的是，即使我已是一名落落大方的少女，也没有忘记我的儿时，尽管那些回忆大多停留在夏天。那时，门前还是泥巴小路，道路的一旁种着一排高大的梧桐树，房屋旁边就是田地，外婆独爱月季花，于是路的另一旁便栽满了月季。

乡村的夏天是嘈杂的，是让人困倦的，尤其是中午时分，似乎只有蝉不知疲惫地叫着。我总是顶着烈日约上几个小伙伴去河里玩耍，也不知河里究竟有什么魔力吸引着我们，汗水流过一张张稚嫩的脸颊，我们赤着脚丫子在河里挨个翻开石头抓螃蟹，偶尔有微风吹过为我们送来凉意，但沉浸在玩乐中的我们似乎并没有察觉。当在知了声、潺潺水流声中度过一个中午之后，我和小伙伴便在外婆的叫唤声中跑回家，我们的欢笑声打破了夏日的闷热气氛，飞快的脚步也惊扰了田坎的野花野草。而到了傍晚，天空中的星星是比较稀疏的，萤火虫却已经在稻田间飞来飞去，外婆喜欢拿着一把蒲扇在路上乘凉，和邻居们在一片蛙声中一起唠着平淡小事。

那个时候，外婆总爱坐在门前听着收音机打盹，我便蹲在一旁和地上的蚂蚁玩上老半天，未曾注意到太阳把梧桐树的影子越拉越长。那个时候，外婆会在楼顶铺一张凉席，然后拿着蒲扇为我驱赶蚊子，在繁星满天的夜空中，我躺在外婆的身旁听着故事酣然入睡。那个时候，我会随着外婆一起上山砍柴，回来吃着外婆给做的"酸菜面鱼"。那个时候，我会和小伙伴们一起上树摘槐花，一起去山坡上摘金银花，晒干后拿到收购的地方卖钱，我们攥着皱巴巴的几块钱却满脸都是满足、愉悦的神情。那个时候，我啃着西瓜，家里的猫慵懒地躺在门口，老旧的台式风扇就这样"吱呀、吱呀"吹着。而现在这些简单平凡的事却永远只能成为我回忆的一部分。

清明假期，我回了趟家，回到了那个村庄，看望了我的外婆，那天阳光明媚，远处的青山之中还有几处白点，想必那是几株野樱花树，田间的油菜花倒是谢了许多。我看着外婆瘦小的背影、斑斑的白发、缓慢的步伐，突然觉得她再也不是可以满山遍野跑着和我一起拔茅针草吃的外婆了，不禁一阵心酸，想起外婆满脸的皱纹，那是岁月的痕迹啊。

如今，门前的梧桐树被砍掉了，泥土路也被铺成了水泥路，这个村庄在年复一年中却依旧不改它的面貌。而生命仿佛就是一个轮回，我长大了，外婆却老了。

（作者系商洛学院学生）

同官的煤

◎田一汉

雪使劲儿地下了一个白天，一点儿也不惜力气，又是一夜未合眼，一刻不停地下着，眼前的铁轨和枕木早已被淹没。黄土塬的天地间灰蒙蒙一片。我沿着铁轨缓慢地前行。北风裹着残破的煤楼撕裂般地怒吼，混乱的砖瓦点缀在半尺多厚的雪中，远处的铁路信号灯依旧是由红变绿，由绿变红，反复不停地切换。这一切都与我那记忆中的同官不太相似。

那年的铁路大多都是运煤专线，那里的铜川站建于1941年。火车和煤炭结缘在咸铜铁路煤七线上奔腾爬行了60余载。城因煤而兴，南来北往的人都一下子涌入这座年轻的工业化城市。黑煤车、绿皮车成了这个城市的代言。我漫步在这长满记忆的铁轨上，思绪游荡，似乎又看到了提着引领潮流编织袋的旅客在站台上来来往往。站台上卖馄饨、烤串儿的矿工婆姨，卖图书挂历的老太太，开着台球吧的年轻小伙……这里最休闲的时候莫过于黄昏了，矿工们都拖家带口地来到站台上消遣。车站最忙时有八台调机同时运转，只为将黑色的"血液"源源不断地送往国家最需要的地方。他们在煤炭粉尘弥漫的城市中生活工作，即使落下病也无怨言，即使在卫星看不见的城市中成长也怡然自得。那一年，同官的煤属于铁路，属于车站。

那年，黑帽子和探照灯、蓝裤子和硬胶鞋、白毛巾和光膀子是我最常见的画面。那年，升降机的"吱呀"声、开凿矸石的"叮咚"声、"呲啦啦"的运煤车声是我心中经久不忘的乐章。工人们在井下创造激情，创造财富，创造生命。他们把井底的隧道串联起来，可以从铜城到首都走三个来回。他们开凿出来的煤装上30吨的列车可以绕地球赤道两圈多。他们总是一批批地从井底贯跃出来，欢庆着一次又一次的采煤量的突破。他们是战士中的战士，是煤业战线上的一颗颗道钉。他们欣喜、狂欢。他们在澡堂子中洗去战绩，在古同官的沉醉中拉着家常。那一年，同官的煤属于矿工。

那年的三声巨响炸响了全国。166名矿工永远地沉睡在井底。只不过几秒，整个矿井的模样全部改变。烟尘、逃亡、哭喊、绝望充斥着这片贫瘠的渭北高原。矿井里一条五六分钟的生还通道成了阎王殿的大门，可是有些人永远也不能从死神的手中逃出。那年着火的井底燃烧的不仅是熊熊的火焰，还有鲜红的血液和永恒的生命。那一年，同官的煤属于陈家山。

那年的煤运向全国，源源不断地为工业建设输送"血液"；那年的煤运向千家万户，源源不断地支撑起一个又一个冰冷的家庭。那年同官的煤有冷有热，有激情有心痛，有回忆中的甜，有记忆里的苦。那年的煤属于同官，那年的煤属于全国，那年的煤属于永远的一九五八。同官的煤从这里缓慢地走出黄土塬，它被填进炉中，燃烧变成熊熊的炉火。我们可能不曾明白，炉火又为何是那样的鲜红。

　　雪依旧下得紧，我的心里却是暖的。我继续沿着铁轨缓慢地前行。也许会有一名身着蓝色棉服、手提矿帽的工人在大雪中向我走来！

（作者系商洛学院学生）

我寄欢心与明月

◎党佳淳

夜里，凉风习习，操场漫步，无意抬头，望见一轮明月悬于墨色的天幕之中。皎皎明月，暗暗天幕，适逢元宵佳节，便有了一丝睹月思亲的情绪。

故乡的月，一袭清辉，与夏夜数不清的蝉鸣蛙叫，与葡萄藤下细细的软语，与闷热的空气谱成一曲关于童年的绝唱。它总是泛着尖尖的角，像嫦娥微垂的眼睑，像一只弯弯的小船儿，我们在满天的星海里被外婆温柔的手轻轻地摇入梦乡。

摇着，摇着，小船儿就变成了我们睁开的眼，弯弯的弧度里是圆圆的憧憬。像刚刚切开一角的生日蛋糕，是我们又渐大一岁的记录。读懂嫦娥奔月的神话传说，知晓那日复一日的白练是嫦娥逐日加深的思念。读懂诗人的离愁别绪，却不清楚到底是哪一轮月，洒在床前，疑似地上光，引得离人思故乡。

直到我离开故乡去求学，晚归的每一天都会有一轮似满非满的月亮伴我同行。城市的钢筋水泥遮住它，霓虹深浅盖过它。在家前边的长长巷子里，万家灯火早已熄灭，我又在深深的疲惫与长长的黑暗中望见它。它让我回家的路不再漆黑不可见，它让独自回家的我少了畏惧，它让我脱离繁重的课业，在要淹死人的学海里挣脱出来，在那么一段回家的路里，完完全全只属于我自己。

有时候会有一整天学习的疲劳乏累，有时候是耳机里一支轻快的钢琴曲，有时候是对大学和未来的无限畅想，有时候则是泛着思念父母、伙伴、外婆的泪光。

深深的黑夜啊，悄悄的月光啊，总在一夜一夜地偷偷溜走。

等到天大亮了，等到太阳出来了，等到月亮的光辉被完全覆盖住了，等到那些许在月光下的愿都实现了，等到故乡与我真的只有冬夏再无春秋。

我真真正正地离开了故乡，在陌生的城市里无人知晓。今夜，上元节的月皎洁得让人心生怜惜，圆满的让人低头思故乡。我在商洛，第一次，这样长久而深情地望着那一轮明月，思念我的亲人。

　　科技的发展拉近了彼此的距离，无论是故乡，还是老友，我们不用再凝望着此端的月，思着彼端的人，不再在思念时，仅有一轮明月寄托情思。

　　所以，怀着无比欣喜的情思，我凝望着那一轮皎洁的月。

　　我寄欢心与明月，随风直到再遇时。

（作者系商洛学院学生）

飘着，无处皈依

◎陈慧珊

我是一朵飘在空中的白云，形态万千，色彩多样，看似自由，却总是无法选择自我。

第一天。太阳从山的那边爬上来，平静的海面波光粼粼。一只纯白的海鸥贴着海面滑翔，锐利的双眸洞察着身下的鱼群，时刻准备着捕猎今日的早餐。清晨的风还带着昨夜的寒意，徐徐地将我吹向山的那边。在海的那边，一如往常，那个戴着草帽的渔夫如期而至，迈着蜗牛一样的步调缓缓走着，似乎在思索着今日的收获。忽然，他抬头望我，双颊一片红晕，眼底有藏不住的欣喜。在他明亮的眼眸里，我第一次看到如此美丽的山水画。我身披七彩光环，红彤彤的太阳镶在我薄弱的身体里，身下是一座低矮却不输气势的小山。我安静地倚靠在小山的肩头，五彩斑斓的光线穿过我的身体，越过小山，停留在海面上。太阳渐渐高照，这时，渔夫的渔船也缓缓从海的中央往岸边行驶，船上满是收获。

第一天是美好的，阳光是温暖的，我是慢悠悠地飘着，不愿离开的。

第二天。昨夜，我不小心睡着了。风儿阵阵吹，我离开了大海，离开了小山，离开了海鸥和渔夫。我独自一云来到了一片茫茫黄沙之地，荒无人烟。借着燥热的风，我睁开迷糊的双眼，俯视着这一片丝毫没有湿度的沙漠。我的水分被黄沙的热气蒸干了，我想帮助它的心也随着水分消失得无影无踪。忽然，我看到了茫茫黄色之中有一点小绿，我借着微弱的热风，向下飘一段距离。我看清楚了，那是一株孤单成长起来的骆驼草，它旁边的位置是空荡荡的。它虽孤单，却绽放得如此美妙，将生命的奇迹发挥得淋漓尽致。我久久无法从这强大的生命力的震撼中脱离出来，一直在原地悬挂着，尽管无法帮它分担这份炙热，但我想就这么默默地陪着它，见证生命的伟大。

第二天是震惊的。生命的强大超乎了我的想象，也许我该继续看看这个世界还有什么奇迹是我所不知的。

第三天。昨夜，那片沙漠温度骤降，呼呼地刮起大风，还在欣赏生命的我糊里糊涂就被大风带到了这一方毫无生气的土地的上空。一夜未闭眼，一路飘一路搜索着地面的不一样，我从生命看到了死亡。地面上的人群拥挤在一块区域里，那么多的生命却无半点生气，人们横七竖八地躺着，一路上满是鲜血，远处甚至有已经凝固了的血迹。忽然，在离这块土地不远的地方，响起了枪声和爆炸声……原来这块土地是处于战乱状态，看着这些难民与受伤的士兵，这样的境况也许不短了吧，这样震耳欲聋的恐怖之声也不知响起了多少遍。我眼神空洞，脑子空白，我想做点什么来救救这些可怜的人们，我想让那些正在打仗的士兵停下来歇一歇，想让主导这场战争的军官看到这触目惊心的场面，记住这块土地上的生灵涂炭，然后放下手中的对讲机，宣告战争停止。也许就在我喃喃自语地说着内心的想法时，身边的小伙伴似乎也有着与我相似的想法，风儿努力地将云儿往一个方向吹，满空白云都在慢慢地聚合。也许是看到这些令人心酸的场面，我们的心情一点一点变得沉重，黑暗的情绪由内而外包裹着我们的身体，瞬间乌云密布。我们再也忍不住了，情绪濒临失控，豆大的眼泪开始滴答滴答地往下掉，沉重而急速。我们的灵魂似乎脱离了身体，跟着眼泪飞向那块生灵涂炭的土地。我们像发了疯似的狂奔，不遗余力地冲刷着路上的血迹，拍打着人们或炙热或冰冷的肉体。大风也肆意地刮着，肆无忌惮地将武器肢解吹向远方。打仗的士兵好像渐渐抵挡不住我们的肆虐，双方都退回阵营当中。从士兵的面容中，我似乎看到了生命的热火又重新燃起来；从人们的笑容中，我似乎看到了一丝解脱的意味。果然，战争的停止不仅使普通人们可以脱离苦海，对士兵来说也是一种解脱。糊里糊涂的帮助虽然是没有意识的，但是我依然开心，至少我看到了真心的笑容。天，慢慢明朗，我们慢慢分开，太阳暖暖地照在这片土地上。

第三天是由黑暗转变成光明的。我实在不想继续停留在这片让我伤心流泪的土地，我借着雨后的风，慢慢地飘着，寻找下一片我喜欢的天空。

我是一片看似自由，实则大多数选择都是随风的云。我不强求留在多么美好的天空，我只想好好体验存在的意义，看尽生命的起落，最后悟得生活的真谛。我是一片云，我不需要皈依，给我一阵风，我便能到达下一片天空。

（作者系商洛学院学生）

浪漫满溢

◎冼华容

我一直觉得一个浪漫的人是懂得生活的人，也是一个幸福的人。无论他身在何处，心中都有清泉，清澈明亮；眼里都有云，舒卷自如。

一个浪漫的人即使身处无尽的黑暗中，也能看见一片星空。我们的人生难得一路泉水叮咚，月朗风清，更多的是沙尘滚滚，狂风暴雨。我们的人生之路需要自己铺设，幸福与否也许就在一念之间，有人铺成一丛荆棘，有人铺成一路花香。

一个浪漫的人应该过着清淡优雅的生活，干净，淡雅，寂静。我曾路过这样一处住房，那是一幢小别墅，设计简洁大方，又不失雅致，庭院里种着些奇花异草，一派生机勃勃的景象，而最吸引我眼球的是庭院门口上方雕刻的三个大字"清风居"。在一档父子亲情节目中，一位父亲经过一整天的奔波，已是疲惫不堪，在准备晚饭时，他利用剩下的一些食材雕出一朵精致的小花作为摆盘的装饰，旁人都忍不住称赞，他笑着说："生活嘛。"这样的人一直过着诗一般的生活，在他们的人生路途中，遇泥泞，也能在心中生出一条小径；逢阴雨，也能从诗人那儿借一把油纸伞。

把朴素的日子过成诗，你会发现生活一下子明亮起来，浪漫起来，你对生活就会充满热情。

李汉荣曾在文章中记录了年少时他与一个女孩儿相约看虹的时光。在终于看到虹的那一刻，女孩儿让他写一首诗。就在他对着似乎专为他们才出现的虹，内心情感满溢的时候，虹突然消失了。诗还没有写出来，他哭了。女孩儿却笑了，说："谢谢你透明的眼泪，大自然会妥善收藏它们的，下一次再看见虹，就不一样了，虹里有你的眼泪，有你的眼神。"在他的眼泪中，她看到了他的不舍、他的深情，那是两人心中最美的虹。

有人会说，生活原本就是柴米油盐酱醋茶，平平淡淡才是真，但那样的生活不会太无趣了吗？能在平淡无奇的生活中发现触动内心的东西，把生活过好，这就是一种浪漫。懂得生活的人用心地感受着周围的一切，有着强大的感知，心思细腻而柔软，他们的眼睛里能开出花来。

我向往这样的生活：在书桌旁练练字，在花影下看看书，在窗台前写写信。

我希望我的人生能看花开，也能听细雨，走过春暖花开，也走过风雨飘摇，无论何时何地，都能静静地走进斑驳的往事里。

（作者系商洛学院学生）

茶马古道

◎黄千芙

　　一步两步，是什么落地成花，顺着遒劲的躯干滑过自然的咸涩却散出淡淡的茶香，咸津津的水珠躲入土地里，连带着掩藏起他们的辛酸，而今留给人们的只有那娓娓道来的无限荣耀——茶马古道。

　　前路茫茫，脚下狭长的路不知曾有多少希望和失望淌过，每一步好像都在踩着汗水的水洼。背上沉重的期望把我压得实实的，黄褐的砂砾有时被太阳照得刺眼，麻木地被夹在它们之间，我感觉就像有人正踩在心尖上碾磨，太难受了。

　　正沉浸在自顾自的辛酸苦辣中，猛然惊觉，好像有丝丝温热在逐渐地把我包围，噢，原是我的好马儿在喘着粗气。我差点忘了除了那甩不掉的苦闷，还有你在一路伴我同行。你漆黑无神的眼眸里映出的我同样疲惫。累了，好吧，休息一下吧，总得要透一口气才能继续。

　　随意喝了口流水，那芳香，沁人心脾，心中淌过的清流夹着丝丝凉意，好像裹着故乡的银丹草。啊，我怀念家乡的留兰香！一边将对故乡的遐想通通吞饮下肚，一边颠了颠马背上的裹包，那里面装着我们引以为傲的普茶，所以这一路上除了那阵阵咸腻，其实还有来自故乡的清香陪伴我那时时可能崩溃的心房。啊，何时我才能排除这眼前的万难，带着力量，重回故乡的怀抱。

　　终究还是忍不住拍了拍充满茶香的包裹才再次起航，好像被注入了一些力量。不想再低着头了，那沉重的头颅仿佛能把我压垮，还是看看这大好河山吧。眼前的山峰连绵不断，高高地矗立在好像触手可及的地方。不知为何，看着这壮阔的河山，我感觉雄心也被拔了拔，就像没来由地增添了无限的能量。马儿，你有没有同样的感觉？这种大自然的阔气好像也撑起了我的底气，我的心一下子敞开得能包揽天地万物。那连绵的线与天相接，恰若我的茶香能延绵四方，我们在这广袤无垠的天地间自由翱翔，让所有人都知道我们的茶马古道！马儿马儿，你是不是也这样想！

　　脚下的路越来越陡了，一步一步都变得很艰难，拐过一个山角，还是那别无二致的迷茫，还是那丛生的杂草夹着粗粝的黄沙，还是那些脚下不为人知的心酸，那苍茫的大山还是挡着不让人看向远方。可是，这一切好像都浇不灭我心中那满满的希望了，只要拍拍马儿身上的茶包，望望这给我打气的山川，我就有无限的力量！我在一步一步攀得更高，终究会沿着这茶马古道，让故乡的茶香散向无尽的远方！

（作者系商洛学院学生）

李庄留白

◎梁欣妍

夕阳下，站在雷州半岛的海岸线看，陆离斑驳，波诡云谲，原生美的张力勾魂动魄。而在李庄对岸长江畔上看，天光水白，好一副柔心弱骨。一幅是笔触感强烈的油画，一幅是清透的留白水墨。

与周庄的水光柔莹、烟雨迷蒙不同，李庄大多是明净疏朗的，就连下雨天也有几分利落的美。七八月，席子巷里，两排水帘一线天，雨过天朗又是眼前游客熙攘，木门面的沧桑感莫见乎隐、莫显乎微，青石条和矮竹椅上坐着三代安生的人，闲话家常高低檐。雨后青石阶不见泥泞，拾级去追随墙头蜿蜒的绿萝。大大小小的四合院，与周庄园林的回环曲折、幽深灵巧、只有简单的一方天井四角屋，俨俨大气。不管那胡家还是刘家院子，窗棂没了，纸也没了，从外看一格一格透着黑，从里看一洞一洞透着光。转角羊街口的石印馆再也不出书了。砖瓦石作，有种天刚亮的恍惚，身心轻灵，听喃喃梦呓。嗒嗒的蹄声渐近，一老汉拉着黄牛板车路过，那边的墙角乱石堆放，才知不过是过往与现实的一场想象。

绕过冷清的军民街，只有一段路的市集，游人甚少。街尾，墙成画框，水井街尽头有古井两眼，井口虽有青苔，却磨蚀得平滑。沿路见一行绿柳几亩荷塘，青石路绕塘，灰墙屋错落，尽头天光衬托下出现淡淡黛色山影。城里的荷塘身处喧嚣，落了满身的土，可怜兮兮的，出于淤泥且落满凡尘。龙凼和帅家沟，丹霞石层，瀑布几丈，不见石处，树木葱茏。三公里外是涪溪河，水漫过石，涎玉沫珠，鸭子在一旁嬉戏。

天上宫存过粮，禹王宫、祖师殿、东岳庙、南华宫建过校，张家祠藏过国宝，龙皇庙的图书馆迁来了又去，门官田、栗峰山庄建过研究所。抗日战争期间，李庄人那份慷慨大义让民国时的学术有了家。国家强盛了，这里却人去楼也空，仅剩的商业价值被挖掘、被垂涎。魁星楼不过是宾馆的噱头而已，各种学社只剩门牌。

古迹也许会随着时间风化，但美妙的记忆总是会留下来。早点是麦粑和黄粑。这麦粑不似城里的馒头光滑绵软，它炊得粗糙，一口下去是天然的麦香和实在的粗粮感。这黄粑倒是稀松平常，我家乡也有。啖几口鲜嫩的黄辣丁，等白肉上碟，片片如云，夹起一片，向上一甩，卷后配饭。先来一碗热腾腾的二黄汤，抿几口用红粱酿的白干酒，配上李庄香脆盐花生。饭后再来一格甜糯的白糕。这李庄

"一花二黄三白"算是享过了。炎炎夏日，边吃边用川南蒲扇生风。饭饱酒足后沿着江滨路散散步，吹吹风，看看仿古建筑的江堤，岸堤新墙千百年后才成旧时画。

景无尽，言欲止，越发悠然。城外江畔草青青，或恰遇到牧牛人，趁暮色未深归去。

等一江残阳尽收，回镇上雅阁，并无太多不舍之意，留一点白，多一份疏离的美。

（作者系商洛学院学生）

秋

◎覃寿娟

秋风飒飒，秋草黄。秋菊曳曳，秋果熟。秋灯摇摇，秋心扰。今年的秋也来到了黄叶飘零深处。

不自觉地，想要写点关于秋的文字来抚慰被秋风撩起的微微悠漾的心湖。

秋有一种别具一格的独特魅力，让人不自觉地走进了他的灵魂深处，本想索取些什么，却不小心染上了秋的气息、蒙上了秋的色彩、爱上了秋的潇洒不羁。

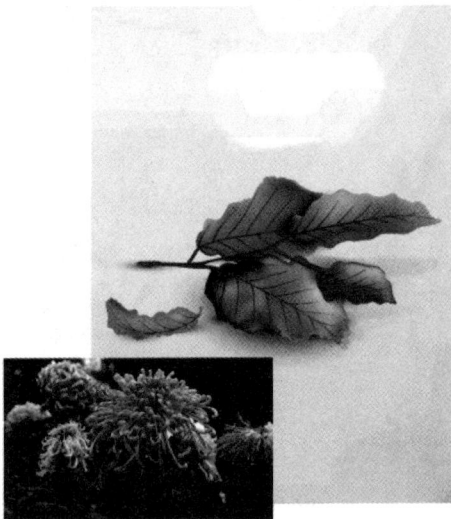

若说春是一位柔情似水的弱女子，夏是一个热血沸腾的美少年，冬是一位威风凛然的大将军，那么秋则是一位无拘无束的行者——带着一个旅行背囊，怀着一颗坚定的心，迈着一双强壮有力的腿，一个人就能流浪到天涯海角、踏遍千山万水。心中没有包袱、没有牵挂、没有狂躁，只有那份随心所欲的自由，只有那份纵情天涯的舒坦。

若说春是王维笔下"明月松间照，清泉石上流"的清新宜人，夏是杨万里笔下"接天莲叶无穷碧，映日荷花别样红"的万种风情，冬是岑参笔下"忽如一夜春风来，千树万树梨花开"的素冷血凝，那么秋则是李白笔下"人生在世不称意，明朝散发弄扁舟"的潇洒不羁。我一直觉得，李白骨子里的潇洒不羁和秋天给我的感觉是很相似的，虽然偶尔会有"抽刀断水水更流，举杯消愁愁更愁"的愁思，会有"弃我去者，昨日之日不可留。乱我心者，今日之日多烦忧"的忧思，会有"欲渡黄河冰塞川，将登太行雪满山"的不顺，但是秋的自由潇洒会让人觉得一切都如过眼云烟、镜中水月。没有什么事可以慌乱了自己从容的步履，没有什么事能够迷惘了自己坚定的眼神，更没有什么事能耽搁那颗坦坦荡荡、无拘无束的心，"长风破浪会有时，直挂云帆济沧海"，一切都会好的。

若说春是墨家的代表，一切是如此简单清淡；夏是儒家的代表，入世的热情和建功立业的心情是如此澎湃；冬是法家的代表，处处透出庄严肃穆的严峻；秋则是道家的代表，它告诫我们"宠辱若惊，贵大患若身"，它劝诫我们"上善若水，水善利万物而不争，处众人之所恶"，它安慰我们"飘风不终朝，骤雨不终日"。

爱上了秋的洒脱不羁，也爱上了属于自己的自由生活。

随手拿上一个布包，系紧鞋带，一个人穿梭于人来人往的大街小巷，看两边变换的街景；或独坐于喧嚣一角，看某一处的人、事、情，观察世人的喜怒哀乐；或跳上便捷的公交，花两元钱从城市的这头穿越到城市的那头，顺便思考《海上钢琴师》中的台词："连绵不绝的城市，什么都有，除了尽头，没有尽头。我看不见城市的尽头，我需要看得见世界尽头。"头一次想要思考这座城市是否存在所谓尽头，头一次想要熟悉自己所在的城市的样子，头一次想要感受它心脏"砰砰"跳动的节奏。

抑或，这是一份孤独。抑或，这是一份自由。

很喜欢叔本华的一段话："谁要是不热爱独处，那他就是不热爱自由。谁要是不热爱独处，那他就是无法享受自己的思想。我们承受所有的不幸，皆源于我们无法承受独处。"以前的我特别害怕一个人，所以干什么事情，身边都会簇拥着一群人。殊不知，在"叽叽喳喳"中，浪费了不应该浪费的时间，失去了自己应得的自由，更湮没了自己独立的思想。过去的我活在没有思考的世界中，对孤独的恐惧让我失去了很多很多。今年的这个秋对我来说具有特别的意义，因为我要学着享受一个人的时光。正如周国平所说的，孤独是人的宿命。谁也别想在宿命面前逃跑，我们赤裸裸地来到这大千世界，也将赤裸裸地离去，没有谁能陪谁直到天荒地老，没有谁能陪谁直到沧海桑田。

只要不是精神上孤独，那么一个人也有一个人的自由洒脱，可以随心所欲，无所拘束，跟着感觉走，跟着心走。

秋雨潇潇，秋桂香。秋烟袅袅，秋意浓。秋思悠悠，秋芒飘。秋，走到了阑珊处……我想问问远方的故人：家乡土坡上的寒芒开得灿烂如昔吗？

（作者系商洛学院学生）

梅雪恋歌

◎王 浩

一场飞雪让眼前一片苍茫，落雪残冰中，却绽放着娇艳的红蕊。纷纷扰扰的雪，迷乱了眼，苍白了世界。

雪花缓缓飘落，飘落在门前那朵朵盛开的腊梅上，"风舞冰花朵朵白，点点梅红傲雪开"。梅红缀雪，红粉尽舒，娇艳欲滴，幽香含笑，将每一朵雪花都染上了梅花的晕。

一颗心，经历风霜，依然单纯洁净，纤尘不染。鼻翼间飘散着清雅的芳香，冰雪的世界，摇曳着一抹俏丽，显得如此孤独、落寂，也拥有着勇敢不屈服的傲然。

你看，那娇艳的倩影依偎在莹润的雪花里，洁白的雪花衬托出梅花的曼妙身姿，缕缕幽香轻轻拂过冬的落寂，深深地吸引住千万过客的目光。

也许，恋上冰雪世界里的娇艳，读懂孤傲间的一世倾心，才能明了于孤独里得到的安然自在。并不是在夏季的喧闹中，在百花争艳里，就可以寻找到群芳的妒忌，也不是于浮华的繁茂里，才能找到俗艳的美丽。就是喜爱那份自在，喜爱那份与世无争的清净，守望着独自的芬芳，于时光间绽放出一抹红韵，剔透的冰晶包裹着娇嫩的花蕊，每一片单薄的花瓣于雪的莹白、冰的晶莹间，乍现转瞬即逝的娇媚。风雪中，遥望生命的高贵和华丽，绚烂在一片冰雪之间，从容淡然的独自芬芳，为清冷的世界倾注一世的深情。

雪花飘飘，娇艳的梅花在风中颤抖。雪花很美，如佳人的冰清玉洁。也许没有彩蝶飞舞，没有蜜蜂的清唱，却被轻盈的六角雪花翩然的舞姿萦绕。眼眸间，雪花拥有着轻盈的身姿，冰晶垂挂出晶莹的柔情，梅花在一片琼花间尽显芳华。我不懂雍容华贵，也不懂富丽堂皇，只知道恪守初心。灵动的容颜为清冷的冰雪世界倾尽绝世的妩媚，我沉睡千年，只为一场相约，当漫天雪花飘落之时，我氤氲着醇香而来。一颦一笑间，把你思念，哪管清冷孤寂，哪管北风肆虐。你在十里春风间风华正茂，别忘了曾经冰雪世界里守护你的那抹美好。消散的清香一段刻骨铭心，守护的执念在纷扬的雪花间，零落了瞬间的芳菲。

雪花轻盈落下，在空中悠悠旋转，静静地，默默地，不言也不语。戴一顶白帽，穿一身白色羽绒服，双手捧着飘落的雪花。雪花很美，美得纯净，美得晶莹，美得透亮。疏影横斜水清浅，暗香浮动月黄昏。众芳散尽独自开，香残入雪香犹在。凝视雪中的婷婷袅袅，更是恋上苍茫间的红晕。为了等待纯美的爱情，宁可于寒冷的冰雪里，温暖路过的眼眸。我守候你的孤傲，你给予我深情。人生不可替代的美好就是在苍凉的尘世里，遇见简简单单、干干净净的美丽，你的世界我来过。当冰雪洒满大地，匆匆闪现的俏丽，埋进冰天雪地，余香萦绕里，回忆不起最美的娇艳。遥知不是雪，为有暗香来。凌寒里的妩媚惊艳了谁的眸光？冰晶的世界，望见一树的梅花，在芬芳里，无言也是暖。

喜欢在落雪的时节，寻找梅花的俏丽。冰晶包裹的娇俏，宛如颤抖的羽蝶，欲飞不飞地停留在裹满雪花的枝杈间。也许，梅花的到来就是为了给孤独的苍茫世界送去一抹暖意，把缕缕清香飘溢在落寂的时光里，让寂寞的灵魂因遇见梅的孤傲娇艳而重获生机。为谁而娇？空对漫天的飞雪，拒绝泪眼迷离，没有暖阳苍翠，缺少呵护的温情，只有努力在冰雪包裹的世界里，努力开出朵朵娇艳，努力把芬芳播撒到天寒地冻。就让薄薄的花瓣收起胆怯，既然选择与冰雪相依，就不能抱怨哭泣。无意苦争春，只愿于冰雪里绽放最美的容颜，再零落成泥碾作尘，只有香如故。黄昏的寒冷里，暗香轻扰冰冷的梦境，摇曳的身姿，在一片疏影里曼妙。月光下的冰雪世界更是一片圣洁，夜色里的梅花沾染上月色的清冷。芸芸众生，谁会求取一世的孤单？无人路过的落寂里，倾尽所有的美丽。看尽寥落沧桑，望遍世事苍茫，菩提下的超脱，清澈了凡尘烟火里的眸光。一半清心，一半繁华，唯有依偎在洁净的冰晶里，才能悟出纯美的真情。

岁月的安排，让芬芳遇见冰霜，没有温暖的世界，梅花没有抱怨和哭泣。世界给我寒凉，我报世界以温暖。尘缘里的无奈化为清香缕缕，你懂得，雪花里的娇艳是孤傲不屈的芳菲，请好好珍惜与梅花的遇见，尤其是在冰雪里怒放的美丽，请爱上风雪里的芳华，给予它无言的温暖。

雪，让世界纯净；梅，让世界美好。臆断天涯，暗香盈袖浅留香，红尘静漠探春来。冬天到了，春天的脚步也就不远了。

（作者系商洛学院学生）

商州秋雨

◎肖月颖

北方的雨，春天缠缠绵绵，夏天热情激烈，秋天冷冽凄凉；而商洛的雨一年四季都是温柔的，将秀丽和豪迈结合在一起。尤其在深秋这般"销魂"的季节里，雨依旧温柔而使人心醉。

在秋雨来临时，秦岭山脉美得有点儿不像话。雨丝淅淅沥沥，滋润着疲惫的万物，似多情的女子轻揉慢捻着琴弦，诉说着秋水长天。泛起的微微青烟随意地缭绕在农家白色房屋上，横亘于天、山、地之间。那是商洛特有的美景，集秀美与磅礴于一体。"滴答滴答"的雨声如轻快的韵脚，留下美妙的音符。"一往情深深几许？深山夕照深秋雨"便是如此。

倚窗而望，微风轻轻地为它送行，婆娑的秋雨从深邃的天空款款而来，悠然自在。我沉醉在秋雨里，抬眼看雨丝的娇媚，闭眼听雨滴对万物撒娇的声音。

这时要是再去一次莲湖公园，那便又是一次颇有情趣的享受之旅。撑着伞漫步在湖边，湖水在秋雨中微荡涟漪，湖中的残荷在轻风中微微摇曳，与湖心亭遥遥呼应。过往的行人总能品出"欲断魂"的寂寞。虽景有些萧瑟，人有些孤独，但也有浓淡相宜的唯美。

秋雨过后，又是一片绝美之景。藤黄、橙红、深棕、墨绿和棕灰交相映衬，随山脉起伏着。小溪静静地向下绕过石头，流过小桥，流经银杏树，载着些银杏叶再缓步走向远方。

那些农家院落总是三两聚集在一起，门口种着高高的柿子树，还没来得及摘的果子在雨后带着诱人的橙黄，一眼望去，颇有几分美丽。我想王摩诘便是见了如此景致，才写出"随意春芳歇，王孙自可留"的诗句。

我想，雨时的农户们是懒散的，连带家里的猫咪也是懒散的。眯着眼看向屋外安静祥和的田间。陶渊明的"阡陌交通，鸡犬相闻"不过如此。我想，晴天时的农户们应该是勤劳的，因为田里的大白菜在雨里异常可爱，可爱到农民伯伯专门用小树枝把它们围起来。我想莫言的"三颗白菜"亦不过如此。

这时的树很低调。树叶已剩下三三两两，如果不是见证过它的辉煌，都无法辨认它的名字。可这都没关系，因为单单蔓延的枝丫足以见它的风韵。打湿的树干愈发漆黑，坠着的稀稀散散的枯叶在湿冷中摇曳，衬得山间萧瑟而唯美。

校园里的那排法桐这时消瘦起来，在雨后落了满地的红叶，惹得行人不禁怜惜。古人喜欢把秋雨和梧桐联系在一起表达离愁，如白居易的"秋雨梧桐叶落时"和温庭筠的"梧桐树，三更雨，不道离情正苦"。无一不缠绵悱恻，惆怅萧瑟。

秋雨之下，商州是如此宁静、纯洁、美好。

（作者系商洛学院学生）

自是花中最甜美

◎王曼竹

昼夜更替是一天，暑去寒来是一年。一日之际，最爱是傍晚；一年之际，最爱是秋天。再加上自己生在九月，便觉得与这秋又有了一种冥冥之中的缘分。

古往今来的文人墨客对秋花的笔墨绝不在少数，传唱至今的名篇佳句数不胜数。欣赏屈原那两句千古言秋之祖的诗句："袅袅兮秋风，洞庭波兮木叶下。"仅用寥寥数笔便勾勒出一幅优美惆怅的秋景图。赞叹唐代诗人李绅所言："春种一粒粟，秋收万颗子。"我们仿佛听到忙活在田间的农人爽朗的笑声。更是感动于郁达夫的文字："这北国的秋天，若留得住的话，我愿把寿命的三分之二折去，换得一个三分之一的零头。"字字情真意切地书写对秋的浓情。

穿越时光隧道，回望过往年月，秋于我留下的最深的记忆便是桂花的香甜。小时候，我还执拗地认为，秋天不嗅花香，不摘桂花，就不是真正的过秋天。

记得上小学时，每到秋天，等啊盼啊，待到花缀满枝头，便迫不及待地约上伙伴，带上塑料袋去摘桂花。我们个头矮，摘不到高处的桂花，枝头的又极容易被摘，所以常在花开满树的周末起个大早，在小区，在街道，东瞅瞅，西嗅嗅，寻觅心仪的花。那四下开裂的花瓣撑开一把把淡黄色、橙红色的花伞，呈托举状保护着中间的蕊，美极了。我们最爱橙红色的，它比淡黄色的更艳丽，更吸引眼球。采摘时，为了避免桂花受伤，我们小心翼翼地一颗颗地摘，先堆放在手上，待淡黄色、橙红色覆满手心时，低头，闭眼，深深地吸一鼻香甜，抬头再慢慢睁开眼，缓缓呼气，迷人的香，在这呼吸间潜入了童年的记忆，再让同行的伙伴帮忙撑开袋子，轻轻放入，接着眉飞色舞地吵嚷自己眼光好，摘的桂花最香，还炫耀似的给别人闻。可谁也不服输，争着说自己摘的才最香。几个伙伴又大呼小叫地闻别人袋里的桂花，互相评价香气是几级。现在回想起来，真是可爱又可笑，都是一棵树上摘的，哪来的谁的更香。可能是应了那句：自己劳动所得的自然是最棒的。

一早上的采摘后，到家也闲不下来。把桂花倒在桌布上铺开，挨个去除纤弱嫩绿的茎。交给手巧的奶奶做一个香囊，我要用粗布小包锁住香甜，留住秋天，再趁奶奶不注意偷偷放几颗花在水杯里。奶奶说它们很脏，但我觉得香甜可人的它们最干净。盖上盖子捂一会儿，打开，香气漫上来，深深吸口气，再小口喝水，满口溢满花香。美得我眯着眼睛砸吧着嘴，感叹秋天真好。再长大一点，便开始把桂花夹在日记本里，压在枕头底下，伴我香甜入梦。

秋天年年岁岁都来，但长大后，秋天好像总活在记忆中桂花的香甜里。升学，搬家，摘桂花的小伙伴们像是散落的星，各自发光，却再没有一同灿烂的机会。

时不时翻看以前的日记本，在纸页间偶然瞥见黯淡、毫无生气、一碰就碎掉的干桂花时，鼻头会酸。只能自我安慰，若没有成长的遗憾，成长也就无所附丽。

在这深秋已过、隆冬未至的萧瑟里，我点开列表，群发了一条消息："东关老街的伙伴们，等下一个秋天，一起嗅桂香，过秋天吧，最甜美的花，该和最对的人赏。"

（作者系商洛学院学生）

归故乡

◎关心雨

铁路无限向前延伸着，景物却像带着嘲弄一般不紧不慢地向后倒退。马上就要回到那个被称为"故乡"的小镇了。月台，街道，小楼，甚至小镇里住着的人都像染了经年尘土一样旧。

曾无数次幻想过远走高飞会是什么样的光景？想象中应该是一副没心没肺的模样，在风中洒脱恣意，走路都带着一种不拖泥带水的坚决。现实却……泛红的眼眸，别扭的小情绪，仿佛生离死别一般的依依不舍。

想着离开时的画面，嘴角不经意地晕开一抹浅浅的微笑。眼看火车快要进站了，反倒近乡情怯起来，心狂乱地跳跃着，带着久别归来看到熟悉而陌生的景象后的胆怯，又似乎隐隐压抑着一些难以言表的激动喜悦。一定是太冷了，不然为何跳下火车之后的每一步都是颤抖的。

拖着行李箱，慢悠悠地走在街道上，左看看挂在行道树上忽闪忽闪的彩灯，右看看翻新过的小区大门，一下子就想起半旧这两个字来。是的，就是半旧。像一件埋藏于地下多年的古董，重见天日被细心拂去秽物，仔细擦拭后被陈列在玻璃柜内。

夜浓得像墨，一颗星星倔强地不肯向黑暗低头，却也无济于事。那昏黄的灯光并不足以让我将更细微的变化瞧得真切，却又以细腻温馨迎接舟车劳顿、远行还乡的游子。这便是故乡了，她太清楚一个恋旧的孩子需要时间慢慢接受所有的改变，于是戴了重重面纱相见，只希望变化带来的冲击不要那么强烈。

然而，不过几天，初见时的激动化为子虚乌有，平淡磨平了喜悦的棱角。不知道是只有这样还是大家都一样。拥有的东西越多，心被撑得越大，愈发不知餍足起来。在外流浪时便惦记起故乡的亲切，踏上故乡熟悉的土地，便期待家的柔软，倒在家中舒适的沙发上后，便又想要有人陪的温暖。好不容易那人为你停下了脚步，你却以"全世界都可以不理解我，就你不行"的蛮横，伤害最亲最近的人。迫切想得到的东西轻易到手后，就忘了小心翼翼地对待，更何况是根本不需费力便拥有的家人的爱。对待素不相识的人彬彬有礼，对待熟悉的人毫不讲理。隔着屏幕时温柔倾诉，见面之后激烈碰撞，刺猬一样恨不能将全身的刺狠狠刺入对方的胸膛，最后又抱着自己缩在角落泣不成声。就是这样不知好歹。

连续几天像被抽走了浑身的气力，家里蓦然的空旷让我从心底不适应。故乡之于游子究竟是怎样的存在？如果故乡已经没有为你留的一盏灯，一道门；如果故乡已经没有沙发上等候你的人，那么故乡还有什么意义呢？那么何处为故乡呢？一个人窝在沙发的一角，兀自委屈着、隐忍着。想起小时候，还是这样，自己和自己玩儿，对着芭比娃娃说话。

这年头的人呐，最依恋手机。我开始怀念那个只有书信的年代。车马虽慢，但漂洋过海而来的珍重思念，是一笔一画下最有温度的无声告白。手机这东西真怪，与相隔甚远的人谈笑，与近在身边的人无话可说。独自在外的时候家人与我聊微信，当与我见了面，他们又各自与远方的朋友消息不停。是不是科技带来的便利让人忘了好好珍惜眼下？当有一天，交流可以跨越时空，你以为会实现感情的升温，但恰恰相反，问候是转发的敷衍，祝福是群发的无奈，人们再也找不回彼此牵肠挂肚的想念，屏幕上死板的文字激不出心底的感动。这样，科技带来的还是善意吗？

有时候，心内怨气的爆发只需一个小小的导火索。从面红耳赤到争执不下，彼此像个仇人，只恨言辞不能再激烈一些，不把最亲爱的人刺得心口流血就决不罢休。所幸是亲人，抱头痛哭一场，那些忽视带来的小情绪，那些用孤单一砖一瓦垒砌的屏障，在含泪的一句"你总该学会独自长大"中土崩瓦解。终于明白，我不过是个被宠坏的幼稚鬼，爱黏人的小屁孩儿。家人的爱从不会因为一点一点地放手减少，就像故乡的回忆从不会因故人的远离而零落。

久别重逢让我们学会停下前进的步伐，回头看看日渐佝偻的爸妈；久别重逢让我们学会放下冰冷的手机，打破年龄的鸿沟与家人促膝畅谈。在抱怨家人加入"低头"大军时，只要你走过去，认认真真地看着他们的眼睛好好说话，他们会立马丢下手机与你打开话匣子。

天气慢慢回暖，我的半旧的小镇重又生机焕发，人们依旧养狗种花，闲时拉拉家常呷口茶，我终于学会了放下。放下手机，慢慢写信，拉长彼此牵挂；放下稚嫩，独自承受，缓慢优雅长大。归故乡，不仅是回到家乡，最重要的是，归来邂逅一个更美好的自己。

（作者系商洛学院学生）

总有一种期待

◎祝思婷

你用浓重的油彩涂抹着你的妆容，你用婉转的曲调歌唱着你的未来。那个时代抛弃了世俗和迂腐，用温柔流畅的笔墨书写着你的色泽——梅兰芳。

你似那只在百花丛中翩跹起舞的蝴蝶，浑身沾满了飘香的花粉，不知在哪个安谧的夜，悄然飞进了我的梦中。你华丽的舞姿将我引诱进这荼靡的花开，也许从那时起，你便再也未曾离去，成为我记忆中美好的期待。陈旧的时光安之若素，一切安好无恙。你从生命的隧道里款款而来，笑容满面，轻抚纱袖。逆着光，我看不清你的脸，却调和着光与影的残缺凝刻了一幅斑斓的画面。你的音容笑貌，掩盖了我生命中那空虚岁月的荒芜。

无数个寂静的清晨，无数次对你的期待。你躲在朱红的屏风后面，扬起长袖含羞掩面，步履轻盈，含情脉脉地雕琢那幕《玉堂春》。谁为你织画了戏裙边缘的兰花，将你衬托得如同仙子一般纯洁。我站在那扇描绘了杜鹃啼血的屏风前面，与你仅一纸之隔，却如同隔着千山万水。你缠绵细语，与我倾诉着凡尘俗世的欢乐和伤悲。我不言不语，看你在阳光里模糊了容颜。你旋转之际，裙摆绽放了无数朵白色兰花，不艳不俗，似一抹柔润的勾勒，连灵魂都泛起了光亮。

你慢慢走，我慢慢等，等你在我的梦里变得丰盈。

无数个疲惫的午后，无数次对你的期待。没有香茗的点缀也罢，没有琴音的熏陶也罢，只为听你在我的梦里哼唱一曲动人的《霸王别姬》。你是一个演绎者，我愿做那安静的倾听者，听你还原跨越时空的赞歌。谁执着谁的手，相看泪眼却无语凝噎。谁许下诺言，谁成了谁永恒的执念。你用变幻的音调和唯美的辞藻将人物刻画得如此细腻美好，你仿佛是一个多彩的调色板，为我为世人雕琢了一个声泪俱下的画面。

你轻轻唱，我细细听，听你在我的梦里留下的声响。

无数个安谧的夜晚，无数次对你的期待。夜幕悬挂的零落的星辰读不懂我沉重的落寞。但有你也唯有你能够点亮我生命里比夜还黑的暗。我蜕去那冰冷的外壳，听你在梦里用那惊煞世人的《贵妃醉酒》温暖我。我似乎看到她摇曳的身姿如春天茂盛的柳优雅地随风而摆，纤细白皙的手指轻执酒杯在纱帘里鼻影。你在我的梦里又编织出无数个梦境，让我不愿醒来，不想打碎这美轮美奂的风景。

渐渐地，你被历史风化侵蚀的骨骼在我的记忆里拼凑起来，你让我期待了这美好的期待。

当所有的世俗在时光的角落里燃烧殆尽，当所有的红尘在岁月的凌迟下湮没无迹，你依旧在我的回忆里，你依旧在那红色的戏台上演绎着你的人生。

因为你是我生命中那不可磨灭的期待，期待着你在我梦中的归来。

（作者系商洛学院学生）

诗意之秋

◎李 桃

自古以来，秋天一直是受诗人青睐的主题。沏一杯茶，端一把椅子，坐在庭院里，手持一本诗集。让我们的思绪一起飘到那个充满诗意的年代。

北宋与西夏战争期间，忧国忧民的范仲淹写下著名的《渔家傲·秋思》。虽同在秋天，却因不同地点而感到景致不同。"塞下秋来风景异，衡阳雁去无留意。"他听闻秋天北雁南飞，至湖南衡阳回雁峰而止，不再南飞。这时的他一定看到天边的大雁了，不然他也不会如此感慨。他思乡心切，却没有回去，不是近乡情怯，而是无力返乡。于是他"浊酒一杯家万里……人不寐，将军白发征夫泪。"他在那个地方亲眼见了"千嶂里，长烟落日孤城闭"的壮阔苍茫的边塞黄昏景致。他的词里沉重开阔的意境显而易见，可他那苍凉悲壮的气概也会有人懂。

西风常在的夜晚，烛光映照着画屏。那深宫生活的宫女手拿着小罗扇扑打萤火虫，那时她是孤单寂寞的。她渴望有人陪伴，渴望得到爱与关怀，更渴望早日脱离深宫这片火海。她的内心，一定向往着唐明皇和杨贵妃两人的传奇爱情。"侍儿扶起娇无力，始是新承恩泽时"，也许她就是那个扶美人出浴的宫女，也许她也整日目睹那两人绝世的爱情。虽然她只是一个平凡的宫女，可她失落、凄凉，怀着孤单的心情独自向往。那夜色里清凉如冷水的石阶，给她想象的空间。她静坐在房间里，思绪却飘向了那夜空，她凝视着迢迢牵牛星、皎皎河汉女。秋夜里的她，原来这么不好度过。也许杜牧是听闻或眼见这深宫女子的孤独生活与凄凉心境，所以为她吟一首"银烛秋光冷画屏，轻罗小扇扑流萤。天阶夜色凉如水，坐看牵牛织女星。"伟大的边塞诗人王昌龄也曾在《长信秋词》里写到"奉帚平明金殿开，且将团扇共徘徊"，那封建时代妇女的悲惨命运着实让人同情。

在面对这个悲凉的季节时，宋玉写到了"悲哉，秋之为气也"，好像秋天被人不约而同地赋予悲凉的外衣。而刘禹锡却说"自古逢秋悲寂寥，我言秋日胜春朝"，这是多么乐观又积极的人生态度呀！正感春风得意的他被赶出朝廷，贬为朗州司马，其苦闷可想而知。世人都想他定会郁郁寡欢，悲伤至极。可他是与众不同的，不曾人云亦云，写下了《秋词二首》，在其二中叹道"山明水净夜来霜，数树深红出浅黄。试上高楼清入骨，岂如春色嗾人狂。"他的诗意一时兴起，也许是因为"晴空一鹤排云上，便引诗情到碧霄。"他没有李煜的《虞美人》、王安国的《清平乐》、钱惟演的《木兰花》那般伤春悲秋，他以不同平常人的心态战胜了苦闷，更战胜了自己。也许就是这样傲岸不屈的人才能写出那"种桃道士归何处，前度刘郎今又来"的佳句。他的英雄气概和高尚情操足以让后人顶礼膜拜。

人间常如月，秦月照今人。新旧之间，时空变迁，景物不同，也都触动人心。当人安静下来享受闲时的宁静时，草木花树皆引哲思。正所谓"一花一世界，一树一菩提"，那种境界并不是古人专用的。停下来，慢下来，你会发现，秋季带来的哲理就在我们身边，心弦所动或许不为少年强说愁。

品完这杯带有秋意的香茗，继续拿着这本宋词集选，荡着柳树下的秋千，吟着欧阳修的《蝶恋花》，"庭院深深深几许，杨柳堆烟，帘幕无重数……泪眼问花花不语，乱红飞过秋千去。"这大概是以诗意栖居的最好方式！

值诗意之秋，品秋季之诗，美好而恬静！

（作者系商洛学院学生）

东风乍起，春又绿

◎王 浩

今年的春较以往来得要晚一些！早春依旧有冬的寒，偶尔还会下雪，一席风卷后，小瓣的雪花混搭着冰冷的雨滴，散落在这干硬的土地上。两天雨雪后，天便放晴。阳光洒在身上暖洋洋的，气温回升，雪融化得快，土地也变得泥泞起来。飘飘的风里，我嗅到了浅浅的春的气息。

春寒乍暖，早晚有些冷。但是新春伊始，万物萌发，那些眠于寒冬之下，难耐寂寞的小生命，缓缓地苏醒。也许他们真的等不及春日的暖，也许是为彰显顽强的生命，把积蓄了一个冬天的能量，在此间迫不及待地迸发，又一次涅槃新生！

"不知绿叶谁裁出，二月春风似剪刀。"春风是最柔和的，徐徐而过，绿了新芽。脑海涌起一个成语——如沐春风，出自朱熹的《伊洛渊源录》卷四："朱公掞见明道于汝州，逾月而归。语人曰：'光庭在春风中坐了一月。'"此句意思是宋朝程颢的弟子朱光庭听老师讲课如痴如醉，因而回家逢人便夸老师讲学的精妙，他说："光庭在春风中坐了一月。"由此春风也更具文化意味。将春风喻为高人，融洽间便受到熏陶。"春风十里扬州路，卷上珠帘总不如"，所以沐浴在和煦的春风里是一种享受。

若春风是春的使者，那么三月的春雨就是春的精灵。春雨绵绵而下，斜斜的，不急不缓，飘飘洒洒零落世间，如静影沉璧。行走在春雨中，低吟几句婉约的诗词，或狂吼几声豪放的歌曲。轻狂中不禁衍生出丝丝惬意，流露出点点本真。此刻，似乎真有些情愿在这混沌的世间尽情地放浪自己的形骸。看轻柔的雨丝滴答花苞，仿佛投入南国佳人温柔的怀抱中。幽然清雅，散发着灵韵。春雨的印痕轻轻地击打着大地，宛如慈母的双手抚摸着孩子那柔嫩的脸庞，心包裹着一层不可言状的温柔；远山如黛，似严父那宽广的胸膛，默默地守候在前行的路旁；"天街小雨润如酥，草色遥看近却无"，有着"润物细无声"的无私。

"沾衣欲湿杏花雨，吹面不寒杨柳风。"看那青翠的原野，草木际天，芳郊绿遍，平临瑞气氤氲现；风姿绰约的杏蕊娇羞欲语，色胜鲜桃，一遇春风即吐娇；漫山蓬勃的杜鹃含苞待放，花枝招展的牡丹艳冠群芳，低垂的梨花淡白晶莹，细雨滋润的菜花吐露新芽。真的是红的艳若朝霞，白的淡妆素裹，紫的华而不俗，粉的娇柔妩媚，黄的雍容华贵……万紫千红总是春，风雨中的春一片葱茏！

迎着风，在细雨袭来的清晨赏樱花，愈发感觉樱花富有诗一样的风韵。元稹在《折枝花赠行》中写道："樱桃花下送君时，一寸春心逐折枝。别后相思最多处，千株万片绕林垂。"苏曼殊在《樱花落》中写道："十日樱花作意开，绕花岂惜日千回？昨来风雨偏相厄，谁向人天诉此哀？忍见胡沙埋艳骨，休将清泪滴深杯。多情漫向他年忆，一寸春心早已灰。"独坐亭台，泡一杯温茶，吟两首诗，赏一场雨中花雨，甚是一番情趣。白花似雪飘纷纷，花色粉红似彩云。看一季樱花的飞扬，风过后雨落的瞬间，远远地望去，花瓣美丽纯洁，婀娜多姿！

"鸟识新机随日至，燕寻旧主带春来。"几天阴雨后，彩虹也高嵌蓝天作天桥。暖阳下、春光里，看那快活的东风，来往于鸦鹊之间，跑动在鸡鹅群里。粉嫩嫩，桃花瓣；绿茸茸，绣墩草。明媚的春天充满生机与活力。色泽浓丽的翡翠鸟体态轻盈，语言明快；玉质娉婷的画眉转盼多情，竹韵丝音；五彩斑斓的蝴蝶，乱欢飞舞，寻香弄绿；朝气蓬勃的蜜蜂驰骋原野，顾盼生姿。一弯绿柳似艳烟，春带给人们无限遐想。春来时，是画家眼里一幅美妙的山水画，是音乐家琴键上跳动的音符，是作者笔下浪漫的抒情诗……

"奇花与丽日争妍，翠竹共青天斗碧。"春天的黄昏有着独特的魅力，绿色原野开始变得寂静。日落的前夕，阳光如同金子般涂在树叶、树缝和地上，泛出柔和的光晕。耳边能听到暗处小溪欢快的流水声，还看到飞翔在空中的各色昆虫，远处的白杨树懒散地在春风中摇曳，听树叶在寂静中"沙沙"作响，加上远处树林中的几声鸟鸣，为春天的黄昏加上了美妙的和声。太阳在落霞的色彩中散发着熠熠的光辉，不情愿带着慵懒的身子离开这美好的景色。

当北极星和月亮拉开了夜的帷幕，这时的一切都很安静，晚风轻轻地吹着天边的云，墨云悄然移动着，遮住部分星空。那黛色的夜幕给此时的氛围带来几分朦胧，月亮和星星都时隐时现。在这春天的夜色里，心里不经意泛起了涟漪，犹如有一份难以释怀的情感。"似此星辰非昨夜，为谁风露立中宵。"不禁有几分伤感，又一年春天，又长一岁，是否还执着于曾经的梦？抬起头仰望星空，天空也变得迷茫。冷风吹来，依旧带着花香，我醒了！人生是一段不长不短的夜行，莎士比亚说："黑夜无论怎样悠长，白昼总会到来。"再黑的夜晚也会有黎明到来的那一刻。不管生活有多么曲折，也要拥有向上的信念，如同种子奋力钻出土壤。春的勃勃生机，便是一个新的开始！

当清晨的阳光再次洒向大地，点点滴滴的露珠在晶莹地闪烁。昨天的新芽，今天又绿了；昨天的花苞，今天绽放了……"一年之计在于春"，因为这是生命的季节，也是希望的季节！春从头到脚都是新的，她成长着，带着我们向前走去！魅力无限的春光把世界点亮！

（作者系商洛学院学生）

艾 草

◎李帆

　　艾草到处都有，田埂上，水塘边，房前屋后。艾草在四月为最好，绿得恰到好处，少一分嫌淡，多一分过浓。艾草极为平凡，在清明到来前，谁也不注意。可等到四月的雨一落，家家户户都忽然想起这有着独特香气的野菜来。于是，田间水旁，处处可见找艾草的人。他们走几步，停一停，弯下腰，再起身时，手中就抓着一把艾草了。

　　客家人四月采艾是要做艾糍的。等待一年，等到艾草清香，才能吃上这时令糕点。有次我缠着母亲要吃艾糍，那日恰好要上山祭祖，家中大人都忙着置办，前后都有一堆事要处理。要想吃上艾糍，我须得自己到田间去掐艾草才成。

　　那是我第一次采艾，不可谓不新奇。

　　祭祖之后，妈妈领着我到田间，将艾草指给我看。艾草生长是丝毫不知节制的，它们不需要人的呵护，只要喝一喝雨水，迎一迎阳光，就能从田头生到田尾。

　　"要看仔细了，不要摘了假艾草。"妈妈提醒我。

　　"假艾草"是外形酷似艾草的另一种野草，学名也无人在乎，只是人们采艾时常常因其摘错，便将其称作"假艾草"。

　　"是这个吗？"

　　我捧着几棵掐下来的嫩艾草，它们带着清明雨水的气息，与自身的味道混合在一起，有一种清冽的香气。

　　"是。"妈妈见我未出错，便放心地回屋忙去了。

　　我蹲得双脚发麻，站起身来，眼前也是一阵阵发黑。但是一想到很快就能吃上艾糍，心里那一点不耐又消散了。

　　妈妈将艾草倒在一个大盆中，摇起井水，将艾草洗上三五遍。力度是不能过重的，否则揉出的艾汁会随着倒掉的水一起流失了。老屋厨房里的灶台还需要烧柴火，用的是极大的锅。我采了许久的一袋艾草，煮在锅里倒显得可怜兮兮的。煮艾叶的时候，一定要加一些灰水——某种植物烧成的灰制成的天然碱水，等艾叶能用手轻轻揉开，就可以关火了。

　　焯熟沥干后，还要剁碎，我两只手抓着菜刀，兴高采烈地蹲在天井剁起来。伴随着敲在砧板上的"咚咚咚"声，厨房里飘出一阵芝麻香，随后又是一阵花生香。芝麻、碾碎的花生以及被刮成粉状的黄糖按照比例混合在一起，这是客家清明果中最常见的馅料。

剁好的艾叶跟糯米粉拌在一起，揉成团状。这时候就可以开始包馅了。这是最难的一个步骤。外皮不能过厚，必须一口到馅。但也不能太薄，否则上锅蒸的时候容易"破皮"。锅里已经铺好了洗净切好的芭蕉叶，每一片正好是一个艾糍的大小。当时我并未太过在意这些打底的叶子，等长大之后，在城市中吃到没有与小巧的芭蕉叶搭配的艾糍，才感到少了几分味道。

　　艾糍是要趁热吃的，硬了再吃，口感就要变差了。捧着一个艾糍一边吹一边吃，就是流到芭蕉叶上的馅汁也要吮个干净才行。

　　吃艾糍，要等一个春夏秋冬的轮回，等到清明的雨落下，等到艾草青青。

（作者系商洛学院学生）

乡

◎张薇璐

我老家的小院外长着两棵老树，它们陪伴我们姐弟仨长大。冬天下了雪，在它脚下堆个雪人；夏天太热，搬张床躺在树阴下睡个午觉；叶落知秋，看着它们的叶子开始变黄又一片片凋落，就开始新一轮的添衣保暖。门前老树一年年长新芽，我们姐弟仨也一年年长大。

大到开始去上学，开始一个接一个离开那座小院，我们的认知逐渐变宽，开始渴望更大、更远的世界。我们大步流星地向前，我们不曾回头。我们走得是那么快，快到它们踮起脚都无法找寻我们的足迹。一路披荆斩棘，鲜血淋漓地前进着。累了，偶尔也会梦回小院，儿时那两棵老树依旧是原来的样子，站得挺拔，供我们玩耍。

我见过的最多的诗作来自迁客。什么"洛阳亲友如相问"，什么"遍插茱萸少一人"。做多了诗歌鉴赏，我一度嫌弃它们的矫情。直到我也过上了故乡只有冬夏，再无春秋的日子。国庆长假，当我踏上回家的火车时，才恍然发觉，原来我亦是游子。

再一次踏进那座小院，竟发现老树的叶子在十月初就开始泛黄，恰逢降温，树叶在秋风中瑟瑟发抖，转眼就是枯叶铺满一地。奶奶拿着扫帚清理树叶，爷爷则从库房里抱了一堆破布出来，招呼我去和他包树。包树？我懵掉了。这两棵树老了啊，给它们保保温，可千万别冻死了，不然明年连树荫都没有了。我这才注意到爷爷颤颤巍巍的步伐和奶奶紧紧裹着的厚棉袄。

我们姐弟仨最爱吃的就是奶奶包的饺子，每次回家，吃到的第一顿饭也一定是现包饺子。而今年，小弟弟吃着冻饺子说奶奶偷懒，饺子都不给现包了。我分明看见奶奶眼睛里闪烁着的泪花，说她今天懒得包了，先将就吃吧。第二天早上，我被一阵擀面皮的声音吵醒，揉着眼睛，看见爷爷奶奶特别认真地在包饺子，而窗外又是一地落叶。

假期结束，我又一次离开那座小院。反光镜里，两棵树已经是光秃秃的样子，它们佝偻着身子，在寒风中瑟瑟发抖，它们目光灼热，送我远行。我没有任何回头的勇气，不敢迎上那道目光。我的一生，它们注定只能陪那一程，我离去时那样决绝，没有半分留恋，我就那样轻易穿过了它们的一生沧桑。

下车时已经是晚上了，我靠着车窗，感受这座城的灯火洒在身上，它清冷地看着人们来了又走，它抚过每个游子内心最柔软的地方，告诉他们：你所思念的人，也正在思念着你。此时，我仿佛又看到了，院中的那两棵老树。

（作者系商洛学院学生）

夏日小酌

◎李春霞

夏天的炙热真让人颇感难熬，只要人一出门，浑身上下准被烤得热滚滚的，仿佛就要在下一秒被太阳烤"人肉了"。更让人难受的是，在太阳底下行走时，人们都难逃每走一步就汗流浃背、每多待一秒就黏热加倍的命运，那浑身黏糊糊又热得难受的感觉真让人燥热难耐……这大体就是夏日留给大多数人的不良印象吧？

但在这难耐的酷暑中，也往往藏着许多简单的日常幸福，如当浑身散着暑气的人喝上一碗冰冰凉凉又降火又美味的糖水时，那冰在舌头、甘至心头的感觉真让人爽快，仿佛人们所遭受的一切暑热在舌尖接触到糖水的冰甜那一刻，消散得无影无踪。

对于夏日专属的幸福，除了那碗冰冻糖水和那瓣冰镇西瓜外，还有许多平淡却让人自在惬意的时光。

夏季的白昼总是来得比其他季节的早，被太阳烤得中午不敢轻易出门的人们总会尽一切可能早早起床去感受清晨的清爽。那时天还蒙蒙亮，蝉鸣声已经此起彼伏地阵阵响起，林鸟在蓊郁的叶间欢快地叫唱着，晨露还悄悄地沾在草尖上，还有几颗稀稀落落的晨星在天边斜挂着……夏季不知为何总有一股独特的魅力，让人轻易不赖床，经简单洗漱一番后，人们三三两两地哼着小曲儿或挂着微微扬起的嘴角走出门去。

路边一排排的早餐店早已四溢味香，蒸汽腾腾的各色面点、刚出锅的金黄金黄的油条、一杯杯刚装好的热豆浆……各色各样的早餐一列列、一碟碟地摆在店前，刚出门的人们被清晨独有的凉风一吹，早已睡意消抹，加之被各种美味飘出来的香味唤醒了嗅觉，空了一夜的肚子开始咕噜咕噜地叫，"老板，一根油条加一碗豆浆……"

叫卖声还在源源不断地响起，小饭桌前吃着早餐的人接二连三地来来往往，街坊邻居凑一块儿闲谈生活琐事，知了还在叫着，风和着烟火味吹过。

东方渐渐亮了起来，不知不觉中有人摇起了手里的蒲扇，来回地扇着。早餐店前的人开始慢慢稀少了，大榕树下的人倒渐渐多了，人们从家里拿来几个小木凳坐着。有的人一边闲聊着一边择着豆角或豆叶，有的人聚在一块儿唱着地方小曲儿，有的人同三两人轮着下起棋来……直到大中午，大太阳在头顶悬挂着，才三三两两不舍地回家喝碗粥睡个午觉。

晌午的太阳将整个大地烤得如蒸炉一般，地面的热气在阳光的照射下不断涌起，早晨青翠欲滴的叶子仿佛正被太阳抽取着水分，开始慢慢蔫下了头，难过得没有精神。面对如此霸道的太阳，除了有要事，绝不迈出大门一步的机智的人们，大自然也有不怕热浪欺压的勇士，躲在树丛里的夏蝉开始越来越大声地叫嚷着，谁让阳光竟透过了层层树叶炙烤着夏蝉，让夏蝉们一群接着一群地抗议着，那震耳欲聋的叫声直扰了躲在屋里避暑午睡的人们，一阵一阵地，这个林子叫声刚停，那个林子的蝉鸣随即响起。面对外边一阵一阵的热浪，听着四周一阵一阵的蝉鸣，唉，人们轻叹了几声，继续摇着手里的蒲扇蒙头大睡。

　　当炙热了一天的太阳缓缓退进西方的角落时，同样被炙烤了一天的人们开始走动，不多加遮掩，不撑伞，也不戴帽，就清清爽爽地感受傍晚的美好。黄昏给大地柔和地涂上了一层金黄，傍晚的风少了许多热气的掺杂。田野里的耕牛接连"哞哞"地走过田埂，往牛棚走去。村庄四处升起袅袅的炊烟，孩童在小巷里做着游戏，天再稍黑些，大人们开始喊在外面野着的孩子回家吃饭。

　　夜色渐渐笼罩了四方，星星一颗颗地亮了起来。也许晚风将大地各处吹拂得格外舒坦，林子里的蝉又开始欢快地鸣叫着。晚饭后的人们又三三两两地从家里搬出几张小木凳，摇着蒲扇，边煽风边驱赶蚊子，吹着风同街坊邻居唠嗑。孩童们躺着或坐在大人旁边的草席上，打闹着或数着天上的星星，同伙伴说着悄悄话或唱着童谣。

　　夜渐渐深了，萤火虫提着小灯笼在丛间飞来飞去。于是，大地上也陆陆续续地出现了许多闪烁着的、舞动着的星。随着睡梦中孩子的梦呓，蝉鸣也开始温柔下来，连同晚风。

　　这夏日，热得出奇，却也别有一番韵味啊！

（作者系商洛学院学生）

天青色等烟雨

◎王福瑞

天气压抑到无法呼吸，她掏出随身听。

蓦地，她停下脚步。

"天青色等烟雨，而我在等你。炊烟袅袅升起，隔江千万里。"此时，江南小镇淅淅沥沥下着蒙蒙细雨，恰如这歌词所描绘的。雨滴落下，河面泛起层层涟漪，微波荡漾，墨绿色中带着些许透明，倒映沿岸的碧瓦青砖和婀娜的垂柳轮廓。也恰如"南朝四百八十寺，多少楼台烟雨中"，她眼前的画面像一幅水墨画卷铺展开来，悠远宁静。

江南多雨，缠缠绵绵，让她感到压抑，感到困倦。她并非无法适应，却不知怎的，而今重返江南小镇，对这雨格外敏感。很多东西已不再是记忆里最初的样子，面容已悄然被时间改变。如今，她已是一位亭亭玉立的少女，小镇记忆在她脑海中逐渐模糊，但她仍然记得童年与外婆的点滴。记忆中的小院是一个埋着梦想的地方。尽管只是一些不起眼的花花草草，但墙角的青苔，缠绕的葡萄，潮湿的石板，每一处都有着别样的记忆。小院，春日"绿杨烟外晓寒轻，红杏枝头春意闹"；夏日"荷风送香气，竹露滴清响"；秋日"满园花菊郁金香"；冬日"天仙碧玉琼瑶，点点扬花，片片鹅毛"。那些童年的时光，那些记忆里的少年，他们都还在吗？而她慢慢地成长，离开了这样的生活，隔离了许多时光。

此番江南之行，她想找回模糊的记忆，找回在城市中低头忙碌错过的风景。随身听仍在播放着《青花瓷》的旋律："帘外芭蕉惹骤雨，门环惹铜绿，而我路过那江南小镇惹了你，在泼墨山水画里，你从墨色深处被隐去。"

她沿着河走向熟悉的地方，扶着门环，推开熟悉的木门。院子依旧"当时只道是寻常"，阳光洒在石榴树上，映射斑斑驳驳，院里晒着的豆藤散发着草木芬芳。她忽而忆起从前的日子，那段简单却幸福的日子。夕阳西下，她拉着外婆细瘦的手臂一蹦一跳地向家走去。"小丫头片子，上课不好好学，又偷偷在抽屉看书？"外婆用手指轻轻弹了弹她的鼻尖，却总不忍心按照老师的嘱咐没收抽屉里的宝贝。那个时候，她并不知道，未来的人生会因此随着时间推移而慢慢起了变化。

而她最爱的是与外婆一同在院内精心照顾生机盎然的花草。外婆爱花，爱芬芳。她悉心栽培的院内的石榴树和葡萄藤蔓成为纳凉的好地方。她记得头顶是一根电线拉起的白色荧光灯管，每到夏日夜晚，无数大小不一的飞蛾盘旋在光亮处，拼尽全力往上撞，发出扑哧的声响。她总会为这些自取灭亡的生物叹息，外婆告诉她，人就像飞蛾这般，尽管力量渺小，但依旧会拼尽全力。那些坚持的，终究会有回报，哪怕只是一瞬间的感悟，也是生命的意义和价值。似懂非懂，她懵懵地望着那些顽灵。她虽然没能听懂外婆的谆谆教诲，但由此敬佩飞蛾的执着。如今再回忆，仿佛像充满未知的未来在前面等着茫然无知的她。

恍惚间，她明白了，有时候她所追求的、所坚持的，也像这飞蛾扑火，得不到什么，却有着一种对信念的执着。

像是在看一场时间的对峙。江南的雨缠缠绵绵，淋湿了岁月。蓦地，天边洒出点点光亮，淋湿的岁月等待着即将出现的晴朗日子，晾晒烘干。当雾色萦绕过去，阳光铺洒，混合着她的梦想和年少的气息缓慢蒸腾。

合上伞，她莞尔一笑。

就当我为遇见你伏笔，为梦想伏笔。天青色等烟雨，而她在这烟雨中寻得最珍贵的记忆。

（作者系商洛学院学生）

今有沉香 亭亭如盖

◎曾素云

"滴答，滴答……"南方的雨季总是催人哀愁多虑，这哀愁打在芭蕉叶上，打在青砖瓦房上，打在小池塘上，也打在我的心上，击起层层涟漪。烟雨蒙眬，往事如烟，那缕缕往事薄烟伴着沉沉又潮湿的香钻进我的回忆，又将那段回忆如抽丝般拉扯出来。

"外公，你的手脚怎么这样慢啊！我的秋千怎么还没有好！"我插着腰跺着脚抱怨道。"别急啊，别急。"外公不顾我的催促，慢条斯理地做着手中的活儿。过了许久，门前那棵老菠萝蜜树的粗壮枝干终于绑上了我梦寐以求的秋千。我喜欢得不得了，每天都央求外公陪我来荡秋千，外公坐上那秋千，咧着嘴角，露出不剩几颗的黄牙，"咯咯"笑着，像与我一般大的孩子。

外公是远近闻名的木匠，从本村到邻村的每户人家的家中都有外公制造的木具。外公喜欢与木材独处，在我的记忆中，外公每天都穿一件洗到褪色的蓝背心和一条破短裤，吃完早餐后，便一头扎进木材堆，不到日薄西山，他是不肯罢休的。外婆常常笑外公，说他快要变成木头了。这时外公会不厌其烦地重复那句不知道说与我们多少遍的话："世间的生灵不只有人，鸡鸭鸟兽是，树木亦是。树木的年轮便是它们生命的见证，我是木匠，要对他们怀有敬畏之心。"

在窄小的青砖瓦房里，外公、外婆的小院子很别致。院子里有许多花草：栀子花、月季、九里香、山茶花、芦荟……还有许多我叫不上名字的。但天井的大花坛空荡荡的，看起来像是整个院子没有了灵魂，怪冷清的。外公不知从哪里弄来一株沉香树幼苗，小心翼翼地把它栽进大花坛。外公很爱护这棵树，每天给它浇完水后，都要搬出小凳子，跷起二郎腿，在花坛旁坐上一会儿。在我看来，外公真是奇怪极了，莫不是真的如外婆所讲，外公变成了呆木头？不管我怎么想，至少外公是乐在其中的，逢人就夸他的沉香树如何好。沉香树更绿、更高了，外公的嘴角也咧得更宽了。

从青砖瓦房东边的竹林穿过，便是一片田野，那里有我喜欢的大水牛，有我喜欢的小溪，有我喜欢的野果子和野花……秋天的田野是金灿灿的，凉风滑过，鼻尖都是淡淡的稻香。外公与外婆在那片金色中忙碌，手中的镰刀逐渐将那片金色放倒。而我通常头戴草帽，手握长棍，坐在小溪旁的草地上"监督"那群在水中嬉戏的大白鹅。我讨厌那只领头的大白鹅，每次上岸都要追着我叫嚣，每当这时，我就会拿起长棍反击，外公、外婆从那片金色中探出头，来看到此景，都会发出一阵"咯咯"的笑声。

沉香树越长越高大，外公的身子却越来越坏。他再也不能到木材堆里去捣鼓那些心爱的宝贝了，也没有人再找他做木具了，他再也不能陪我荡秋千了，他甚至只能和我一样坐在大白鹅旁边，远远看着外婆忙碌的身影。不同于外面的春雨绵绵，莺飞草长，院子里笼罩着一种阴沉的氛围。往常的花草树木没有了生气，许久未修剪的沉香枝叶疯长，这些枝叶把天井的上方填密了，有说不出的压抑。外公现在连坐都坐不了，这位风烛残年的老人任凭别人摆弄，他能做的只是静静地注视着吊瓶，看着液体一点点从藤蔓一样的管子里流进他的血管。我站在他的病床边，央求他起来陪我玩儿，他费力地张着那嘴，脸憋成了猪肝色，可还是说不出一个字。后来，外公就躺在雪白的床铺上一动不动了。再后来，医生将白色的布盖住了外公那张被岁月耕耘得千沟万壑的脸，那就像一场倏忽而降的大雪，掩盖了所有他的气息。外公去世了，外婆再也无心照料那些花花草草了，但对沉香树却是照顾有加。浇水、施肥、修剪，一件不落。她也开始像外公一样呆坐在沉香树旁，也不会和我荡秋千了，常对我说："老头是想让这棵树陪着你长大的，日后给你做一个首饰匣子。"每次说完，又一声不吭地呆坐着。看着她日益蜷缩的背影，我心里有些害怕……

我心中的恐惧最终还是应验了：外婆中风了。她瘦了，脸上的线条愈加锐利，岁月的暮气把她紧紧笼罩着，它们拖着她，于是她的嘴角下垂，法令纹下垂，身上的每一寸肌肤都下垂。我生怕它们把外婆拖到黄土地下，让她在世上销声匿迹。妈妈要把我带走，与外婆分别的那一天，她仅能动弹的那只长满青筋的手想要抓住我，但我却闪躲到母亲身后，到离开都不敢抬头看她那双浑浊的眼。后来，外婆、沉香树、青砖瓦房在我的泪眼中变得模糊，最终成为一个小点。

岁月悠悠漫长，沿途美景盛开，寒雨纷纷飘落，故人今夕不在。青砖瓦房早已覆满青苔，而沉香今已亭亭如盖。

（作者系商洛学院学生）

腐草为萤

◎杨欣欣

儿时的夏夜里，总能看到萤火虫在草丛间纷飞。点点流萤如繁星般遗落在人间，美得纯粹。姥姥说，它们是由腐草生出的，会点亮黑夜。那时我常常渴望着夏月不会被秋风吹走，就像如今我渴望最亲的人不曾离去。

小时候的夏日我常在姥姥家度过，在印象中，姥姥似乎总是很忙：有缝不完的衣服，有做不完的饭，还有干不完的农活。这个普普通通的农村女子，简单而幸福。我从不曾看到过她像姥爷那样，悠闲地坐在老藤椅上，呷一口清茶，品时光悠长。她也很少像其他老太太那样在街头巷尾谈论家长里短。姥姥的生活似乎充满忙碌或者枯寂，但在每一个宁谧的夏夜里，她的脸庞闪着萤火般属于诗人的光芒。

"季夏之月，腐草为萤。"晚风吹不去溽暑的闷热，屋顶上刚收起的棉花还存着姥姥掌心的温暖。当袅袅的炊烟渐渐消失在云里，万家灯火点亮，姥姥揽着我坐在庭院里的石凳上，讲起最美的故事。星光寥落，夜月罩起轻纱，散发着柔和的光。流萤在草丛间闪烁，像是要照亮整个夜空，又像是在捡拾遗落在月光中的记忆。"看！这是'夜行游女'，不听话的孩子要被抱走喽"，姥姥停下手中摇动的蒲扇，指向闪动的萤火虫。小孩子自然是很好哄骗的，但有时候小孩子的好奇心会战胜恐惧。我歪着头，眨巴眨巴眼睛，心想我偏要见见这由萤火虫变成的游女，只是无奈——姥姥从不许我捉一两只放在帐子里。

姥姥告诉我她以前常在田地里摘棉花到天黑，那时她最快乐的事便是伴着萤火虫回家。她踩在沾着露水的草叶上，与流萤一路相伴，再多的疲惫也会烟消云散。"再讲讲'囊萤映雪'吧"，后来我才明白姥姥那时并不是在检查我的学习。姥姥很喜欢听我在学堂里的故事，她总说"知识呀，真是好。"我看不懂姥姥眼里的遗憾与期盼，讲故事时还带着点儿小得意。不远处池塘里飘来淡淡荷香，门前老槐树上的蝉鸣与池塘里的蛙叫此起彼伏，萤火虫还在翩跹而舞，不知疲倦。不知何时，我睡在了姥姥温暖的怀中。姥姥一生从未离开过脚下这片她深爱着的土地，像一只萤火虫闪烁在一方天地。生于斯，长于斯，长眠于斯，生命如此安稳。在这片土地上，她耗尽了所有的爱与真诚，要照亮茫茫的夜色。即使终于相信了所谓宿命，她依旧选择在枯寂的草丛里散尽余生的温暖，闪烁着微弱的光芒。我常常想念那些澄明如水、温暖似灯的夏夜。那里有一片片挥不散的萤火，还有一个如萤火般点亮我生命的人。

几年前的一个夜晚，我偶然路过庄稼地，望着掩映着姥姥坟茔的衰败的草丛，才想起夏日似乎已过。自姥姥走后，我仿佛错过了许多夏夜，而那些绚烂的萤火也已离我远去了。走到姥姥坟旁，在这昏黑的夜晚，我真切地感受到土里与土外的、生与死的距离。有萤火飞过，游于指尖之上，记忆之下。"哀斯火之烟灭兮，近腐草而化生。"我驻足凝望：是不是像萤火虫一样，是不是"夜行游女"，是不是——我的姥姥？我依然愿意做个不听话的孩子，可再没有人将我抱在怀里，讲一讲腐草为萤的美丽传说。"流萤四散，殇歌安详，远行的灵魂已不再回望。杏花村庄，炊烟初上，哪一程琴声弥散了天光？"我走过了许多缀着繁星和露水的夏夜，走过了许多充满繁花和虫鸣的草丛。我再没有寻到过一点萤火，自腐草而生的萤火——眼前的传说终变为遥远的传说了。然而，那些掩藏在记忆褶皱里的梦却化作点点流萤，为我将姥姥的面庞点亮。

（作者系商洛学院学生）

田野少年

◎陈竞立

山上的水雾流下来，蓝莹莹的，栗子从树上落下，几处哗啦啦的声响，昨夜的月光失了明亮，笼在昏白的雾里。老屋青灰的瓦片淡淡的，山中响起麻雀的叫声。

白花花的狗尾草分出蜿蜒无尽的田埂，蛇睡着，她不敢惊动它。脚底凉津津的，凉气乌溜地钻进心里，雨下透了。水田里稻花鱼摆尾，雨花似的涟漪，湿润的风吹过，稻花渐远了，鱼游走了。又一阵稻米声。筛米时弹跃的稻米要落回筛子，悬着，点在远方青幽幽的山上，像撒了白糖。

她走在细长的田埂上，走得小心又小心，肩上落了扁担，水不时拍打着木桶，晃晃悠悠。她扛着两口小小的水井，拨开井边的枯枝败叶，雨落进枯井中，数了一夜的雨声。雨里的月光是清亮的，洒进井里。

长长的田埂上，她想到用梳子分发际，白亮的一根线，小心又小心。她捧着镜子细细地看，黑油油的田野摇摆不定。她发现角落里映出少年的一张脸来。她别过头去不看他，他好像溅落的一滴茶。两侧泛黄的稻花海，她走在一个大衣柜里，一层一层灿烂柔软的衣服中间，黑极了。那个把自己锁在衣柜里闷死的女子，她不去想他，但他又跳进来，吹笛子的人走了，她最后能听见。

晨星静悄悄地浮动，她感受到星星的呼吸，脚下的土地微微地起伏。她站不稳，却更显轻盈。嫦娥奔月，这时辰怕是最后的时刻了，她为嫦娥感到悲哀，她是美的。

她还是想到他，红惨惨的灯笼下映着朦胧的影子。她从里屋看到他，他在门下站着，周身披着红光，像她透过红纱看他一般。他轻轻靠着门上已经泛白的福字，背后的山黢黑安详。堂屋例里，他和她母亲的声音一阵高过一阵，山里遥远的回声飞走了。落了小小一片月光，她拿月光当镜子照，映出水蒙蒙的他来，于是那束流光飞进他手中，他手里牵着一个少年。少年蓦地从他身后出来，叫他。

哥哥，她是不敢叫的。日出前她去打谷子，青冥的天空漂在她头顶，她像一枚鱼鳔沉浮在稻海里。抬头时，天空滑落下来，在隐隐金光的边缘，她看见了他。细长的田埂，那条微弱绵延的地平线，他睡在她的尽头，一侧是她沉浮的稻海，另一侧，稻海铺展到天空的底端，她看不见天空涌入的地方。他似乎要飘过来，她站起来，奋力踮起脚，他又不动了，还是那么远。她没想过游向他，她是早早就被抛远了。天边零零星星的云渐渐泛起金色的光，不久前春天的花粉飘来，从他身上，太阳出来了。

她一直等待着，鱼儿一次次地游过。少年踩进田里，一步一步陷进泥里，鱼儿惊慌地逃开了，稻草根边浮出几个气泡。少年告诉她，他死了。那个女子也自杀了。

她从浑浊的水里醒来，满脸泥泞。

秋天开始下雨，青色的雨从山脚横扫过来，越过另一座山的山头。她从未到过山的那头，少年说那头还是田野。她想笛声是能翻山越岭的。月夜里她盯着青灰瓦片下坠着的蛛网，它沾满了月光，像亮晶晶的丝弦。她不会乐器，他的笛声无处不在，像秋叶一样纷飞。

她又听到了笛声，一段隔着一段铺在她一侧的稻海上，轻飘飘的竹筏，尽头是还在沉睡的太阳。稻海深邃，她知道少年潜没在稻海里，一只手臂伸长了，在轻轻招摇着。他吹着笛子，站着，长长的竹筏荡漾着曙光。她想，她会转过身去，面向即将到来的日出。她的身体在发热，像日出月落。

（作者系商洛学院学生）

深海孤鲸

◎王梦烁

我来生便在这片蔚蓝的海里。我的来处，我的归宿，一直都在这里。这片海洋，一望无际。

妈妈一直教导我，这片海便是我一生所要极力守护的家。她那严肃而认真的模样，驱使我情不自禁地收敛起以往的淘气模样，深深地环顾这个家园。这片海，栖息着我们大白鲸家族啊，容纳着世间千万生灵，我的长辈，我的兄弟，皆生于此。

我自懵懂时便被母亲赋予这个神圣的使命。我是深海里的一只白鲸，我有自己要做的事情。

妈妈逐渐年迈，而我，日益强壮，即将肩负重任踏上征途，去经历自己的人生旅程。

别了，妈妈。

离家以后，只剩下我自己。我在这无边的海里孤独地穿梭，离家愈来愈远，只为海洋四方和平。

恍惚间，我嗅到了一股淡淡的血腥味。我知道，外界对于我们的了解，不过是鲸的凶狠，闻到血腥味便会一冲而前捕获食物。这是鲸的本性。而我要努力克制自己，用我的强大守护一方安宁。

我奋力冲向那个地方，只为一探究竟。前方不远处，一头小小的剑鱼在鱼群中引起骚乱，在凶残地啃食着牺牲品，又接着奋力追赶无辜者。

我本性亦是它们这些弱小者的侵略者，但此刻，我是守护者啊！路见不平，便应拔刀相助。我露出利齿，横冲直撞。鱼群已分散开来，那头剑鱼在慌乱中逃之夭夭。

小鱼儿吓得四处躲藏，我欲解释却无能为力，它们从心底里怕我，我在它们眼里，是一个恶霸，与那剑鱼无二。

它们害怕的眼神、恐慌的神情，使我徒留心伤。又只剩下我自己。我在深海中缓缓游动，心中压抑着万千无奈与委屈，再次环游四方。

我又遇到一个受害者。在那珊瑚旁，一条小鲤鱼因无意之中遗失了食物，正在被亲族无情地驱赶。我又忍不住了。我毫不犹豫地向它们游去，只想为无辜者讨一个公道。自我远远游动着，它们发现了我，又是那样畏惧的神情，慌乱地四散而逃。我向那被驱赶的小鲤鱼游去，欲安慰它，可它早已被吓得晕头转向，往空旷之处拼命地钻，像是在拼命地寻找救命稻草。我这么可怕吗？

我不禁黯然神伤。我本意皆善，却最终得到这般结果，大家都害怕我，不理解我，冷落我……脑海中不断地回放那些场面，心中积压着万般无奈与委屈，这比海深的压强更令我喘不过气来。

我终是难以忍受这般沉重，浮上海面重新呼吸。我欲宣泄，奋力一呼，体内的废气带着一根巨大的水柱一涌而出，悬空形成一股美丽的喷泉，在阳光的照耀下，几道绚丽的彩虹若隐若现。

我深情地凝视着这片大海，如释重负，放松警惕。突然，我感觉全身被套上枷锁，回身发现自己已深陷巨网之中。我露出利齿开始撕咬渔网，慌乱之中响起一声巨响，疼痛感迅速传来，浓浓的血腥味弥漫在空气中。

我忍着疼痛，用尽最后一丝力气，奋力从漏洞钻出。我从未忘记我伟大的使命，最后一刻，也不能忘。

我停止游动，任由身体慢慢沉沦，无止境地向深海里坠去。昏暗中，似乎有一缕阳光直透过深海，给我带来最后一丝光明与温暖。我的意识渐渐薄弱，如同世间那些细小翻飞的尘埃消散开来。

我的身体，最终还是归于这片海——原本白色的肌肤上生长出鲜红的珊瑚，集聚成礁，引来斑斓的鱼群、虾蟹。我的每一分营养，都是给予这深海最后的温柔。

听说，人们唤此为"鲸落"——鲸落海底，巨鲸落，万物生。

我终是完成了使命。别了，生我育我的海。

（作者系商洛学院学生）

给我一个飘香初夏就够了

◎黄 昂

"春雨惊春清谷天，夏满芒夏暑相连，秋处露秋寒霜降，冬雪雪冬小大寒。"一岁四时轮回翻转，自然声悄，万物皆懂她的言语。纷纷世间，或许我们各有等待，殊不知，回身而望，你所期许的，已在你身后，等你……等待一个飘香初夏，足够。

　　那时的我同外公外婆住在乡下，二老日渐年迈，已管不住我。深秋，翻进废园摘一把亮红的野果，每一口都有不同，有的酸得掉牙，有的甜得腻嘴。入冬，折一段枯枝四处落画，浅黄的沙地是孩童时期质地最好的画纸。早春，跳进荒弃的田垄玩平衡板，而摔得满身泥巴不敢回家……就在初夏，转身回家，坐在玉兰树下，脸颊打上阳光残影，鼻闻浮着淡淡清香……

　　玉兰树栽在老屋后院，听闻当年贫苦得连把好土都难寻，外公用扁担将土从远山脚下挑回家，盖在玉兰纤弱的根茎上。几十个春秋一晃而逝，它渐渐生得挺拔。有时外公站在它跟旁，满布皱纹的手搭在它身上，棕黑的树干让外公稳稳靠着，细细的纹理同外公悄悄说着话。

　　五月，刚刚入夏，玉兰树暗暗地开花，藏在浓郁的绿阴里，星点柔白缀得可爱。不过几日，它已将树冠点白。可能就在凉风微起的夜晚，满院飘香。

这大概是我让外公外婆最省心的时节，我会额外搬两把小竹凳，靠在玉兰树下。我数着地上的零星阳光，风拂起，又被摇得散乱。外婆捧着几件早已洗得发白的衣裳，承着玉兰树的阴凉，穿针引线。灵巧的手，一针针细密，不比阳光好数。她一针针缝起旧衣裳，也一针针缝起过往。我撑着下巴，微眯起眼，听外婆将一个个故事娓娓道来……可能玉兰树也听得陶醉了，同过往的风一起轻轻摇晃，摇晃下几朵白嫩的花儿，落在细碎金辉上，落在外婆怀里，落在我头上。也许隔日我穿上的旧衣裳，就裹着玉兰的清香，裹着初夏的味道。

再过几日，也许，不是几日，悠然的日子总是很快，玉兰树的花儿一夜里悄然落下，铺得满院白绒绒的毯。我跑进院里，拾起一筐落花儿，挑出最香的一朵儿，泡在水中，搁在屋里。它展着几瓣修长的花瓣儿，糅着外公冲出的茶香……

老家的树仍在，而我却离开了。当挤在喧闹的道路上，偶然嗅到一股熟悉的清香，我会惊觉，原来又到一年之夏，我会恍然记起，我已许久未回老家。玉兰树又悄然开花，或许早已将树冠点白。就在初夏，就在今夏，我为它一场初夏盛放，转身，回家。它再为我满院飘香，给我最初的回忆，给我最舒适的初夏陪伴，足够……

外公的茶依旧醇香，外婆的故事依旧绵长，我在清香满院的初夏中，寻回了它的过往。

（作者系商洛学院学生）

山中书事

◎杨斯雅

折一枝瘦梅，披一身晨光，来到深山中。这里很静，光像是从刚作完的画中溢出来的，丝丝缕缕，清新得让人无所适从。

山中的狭径，通往高处，唯恐惊扰了什么，只得且行且听风云。晨雾自峰顶散漫地飘逸而下，缭绕于苍翠欲滴的众树之间，潮潮地摩挲着每一片树叶。绿翳翳的草已渐渐淘汰了枯黄，仍不时有两簇俏皮的野花自草丛中跃出，细小如黑夜的星，点缀其中。花瓣儿上圆滚滚的晨露小心翼翼地折射着这深山里的生机。一泓山涧倾泻而下，却怎么也遮不住棱角分明的山腰，反倒为它增添了一丝妩媚。

身后传来窸窸窣窣碾压草地的声音，我以为是某种觅食的啮齿动物，回头却见一位身着粗布短衫的老人。他拎着半只葫芦瓢，自顾自地从涧中取水，又自顾自地喝下，让我感觉自己仿佛是一颗千年的岩石，完全没有引起他的注意。恍神间，老人已经离开了。我沿着他滴下的水迹，拨开丛丛密林，眼前乍现两间蹿着炊烟的茅屋，屋前的石板路歪歪扭扭。我以为会有飞奔而出的稚子，或拄杖踱步的老妪，但是并没有。

"老……老伯……"我站在他身后。

他回头，"啊！你这娃娃……"他显然吃了一惊。我看见他杂乱的白髯覆于老皱的脸上，一双眼睛却炯炯有神。老人邀请我进屋品一品香茗，我欣然答谢。

茅屋正中央摆着一只红泥小火炉，像披着鲜艳袈裟的老僧，和地上鲜绿的青苔形成强烈的对照。说是品茗，老人自己却拎起竹筒"囔囔"地直饮，闻这味道，应该是松花酒。"你这娃娃应该是从山外来的，山外可没有我这么好的酒，也没有我这么好的茶。你这娃娃哎，也真是好福气……"他一边说，一边自顾自地为我沏茶，却全然不顾我的反应，恍然间一时不确定他是在同我讲话，还是同他自己。

沏几泡茶后，老人用竹筷敲了敲桌上的一碟花生米，"茶喝够咯！该干活啦。娃娃，花生米饿了抓去吃吧。"我正在端详茶壶嘴氤氲而上的雾气，哪知抬眼之间，方才眼前那身粗布短衫忽然消失。

出了屋子绕两三圈，惊觉两棵瘦槐树后藏着一间茅屋。门虚掩着，山中潮气使屋内的书蒸出的霉味迫不及待地溢出，令人欲近还难。但透过门的缝隙，仍然隐约可见屋内铺天盖地的宣纸、经卷和诗书散漫一地。真是悻悻至极。

我正欲离开，转身竟发现有一副对联，用松针钉在虬干上："兴亡千古繁华梦，诗眼倦天涯。孔林乔木，吴宫蔓草，楚庙寒鸦。"下联呢？——不见了。许是哪日被用去擦拭窗棂，又许是哪日被塞进炉火烧柴。

下联呢？也许在这深山里吧！

走过烟柳画桥，看过十万人家。岁月不知人间苍老，往事懒述，风轻叶摇，云且留住，雁且归去。下次在林下相逢，我必与他松花酿酒，春水煎茶。

（作者系商洛学院学生）

生与死

◎陈晓怡

死亡是人间的一把锁，将我锁进方寸红木，掩上红土。我曾见过未上漆的健硕红木，也曾在斑斑的红土地上耕作过，当时不想，这些便是我留给世人的"脸面"。往后千年百年，见过我的、没见过我的，都将这木这土当成我的脸。他们如旧生活着，只是在清明时节到我的坟墓看看，想想他们一生与我这生的交集。那些没见过我但流淌着我的血液的，会在我的坟头嬉闹玩耍，踏青观光，风景比土堆好看。我的死离他们太遥远，或许他们偶尔也会想想埋进土堆里的故事。

死亡是一把锁，将回忆分两半锁起来，一半随我锁进红棺，一半锁在烟火汗臭依旧的人间。我听说由人间通往死亡的世界还有一段路，我生前不信有这么一条路，死后却希望这条路能长点儿。我要带着我的那半回忆，在这条路上将我的一生细细咀嚼。孙女保留着红棺外的回忆，她含着泪将一髻发放进红棺，放到我的身旁，就像当年我小心翼翼地将庙里求来的护身符放进她的摇篮。我放护身符时，盼着她携着我的祝福和爱健康成长，而今这发沾着辛咸的泪珠儿被放在我的枕边。我知道她的担忧，她怕我孤单，让我一路上有一髻发陪着，她希望我走得温馨，不曾失去什么。

我未曾失去什么，只是去到另一个时空，回到我的另一个家。孙女是我在这个世间的眼，她水汪汪的大眼睛保存着我和她的共同回忆。她带着这双眼睛，看每年正月里的粤剧，看我来不及到达的远方。她戴着我留给她的金项链，去看绿抽芽，听夏蝉鸣，嗅秋桂香，品冬烈酒，她会幸福地迎接每一个季节。我要闭上我蒙了尘雾的眼睛，从此我将化成风轻轻地吹，化成雨绵绵地洒，化成烟袅袅地升，化成云缓缓地飘，我把躯体交还给大地。孙女唤我，满身满脸的水珠，不知是汗是泪，周围渐渐模糊，孙女的眼睛像夜里的星星，我舍不得这星子似的眼睛……

我也曾用这星星般璀璨清透的眼睛看过埂上花开，用稚嫩的脚丫奔跑在丛间追赶惊飞的小生灵。小伙儿林中樵采，给我乌黑的发束别上红发绳，我羞怯地跟了他去。从此，一间草屋，两人奔波，三亩薄田，四季风雨。路漫漫，一路悲欢，满地血汗，转眼间青丝变白发。老头儿向我告别，送走他后，我躬了背，老得风也吹不动我的皱纹。我坐在老槐树下，盼我的儿孙归来，他们却迟迟不来。我翻着卷边的皇历，数阴晴更替；我望斗转星移，盼拂晓鸡鸣；我看日头朝升夕降，等待霞光没入雾中；我哼起母亲教我的歌谣，这歌谣由摇篮唱入坟墓。

再回头，人间的大门紧闭。我的父亲、母亲站在前路的尽头，他们挥手唤我的小名，我不知道追随他们去向何方，但我知道，那个世界是我生命的另一部分。

（作者系商洛学院学生）

莫高窟随笔

◎曹聪颖

坐车是一个漫长的过程，尤其是从白天到黑夜，再到白天。很遗憾，这次敦煌之旅没有买到莫高窟的门票，没有办法去欣赏那辉煌的艺术。

提到莫高窟，猛然想起余秋雨的《文化苦旅》，想起牌坊，想起都江堰，想起藏经阁。当年我并没有把这本书读完，现在却强烈地想读读余先生笔下的莫高窟。

奈何火车上信号不好，搜索了很多次，这篇文章才千呼万唤始出来。

我看得很慢。当我在文章中回过神来的时候，天色已经暗了下来，高处的山峰上依稀可见淡淡的薄雾。我跟同行的好友说："我们早点去看看莫高窟吧，要是还买不到门票，那就远远地望一眼，也不算太遗憾。"好友爽快地答应了，因为我们都带着一颗虔诚的心来探望这已经活了一千年的生命。

由于种种原因，我并未见到莫高窟的真容，但有幸在博物馆一睹小部分石窟的面貌。

也许我没有文学家细致入微的观察力，没有艺术家发现美的欣赏力，没有考古学家探知古今的洞察力，以至于我也不曾看出哪幅壁画跟哪个朝代有关，哪个石窟跟哪个朝代的兴衰更替又有关。看来我是一个粗人。

即使是粗人，我也能看出人物表情的丰富，看出线条流动的美感，看出衣饰图案的华美。相比岿然不动的山峰，它多了份动态的美感，因为它是活的艺术；相比涓流不息的小河，它多了份娴静的美感，因为它是完美的艺术。

旅行的途中，行走的路上，吃饭的空闲，回程的车上，都会偶然听到游客提起莫高窟。有人抱怨等了那么久，期待了那么久也没什么好看的；有人感叹视觉冲击所带来的震撼。因为我并未一窥究竟，所以也就不妄加评论了。

但想到余先生所说："不管它画的是什么内容，一看就让你在心底惊呼，这才是人，这才是生命。人世间最有吸引力的，莫过于一群活得很自在的人发出的生命信号。"我认为，光是这一个理由就足够让我们带着一颗虔诚的心，带着一双纯净的眼去发现、去欣赏，即使你也如我一般，是个粗人。

如今我们身处于这个信息爆炸的时代，有太多人渐渐丢失了自我，丢失了人的本性、生命的本性。希望每一个去莫高窟的人，都能用心去感受那带有人性的壁画，也能惊呼："这才是人，这才是生命。"

这次无缘莫高窟，下一次邂逅敦煌，定当首先冲进莫高窟，提醒自己：做人要活出真性情，要活得自在。即使我参不透它的故事，悟不透它的奥秘。

（作者系商洛学院学生）

吃枣时节我想起了爷爷

◎马 萍

"等爷爷好了，爷爷还陪你打枣。"

——题记

回想起来，时间留给我的第一个记忆竟是一句话，也是我至今都难以忘记的一句话："等爷爷好了，爷爷还陪你打枣。"然而，不守信用的爷爷却再也没有陪过我。

自打我记事起，家里就有两棵大枣树。听爷爷说，那是他幼时栽的。

每到枣儿成熟的季节，爷爷就会将枣树底下打扫干净，然后铺满席子。通常爷爷负责拿竹竿往下打，而我负责捡。有时我会朝爷爷大喊："哎呀，小心点打，你看把叶子都打下来了"，爷爷会说："没事，你越打它，它就会长得越繁茂"。每当我和爷爷打枣，村里的小孩都会跑过来要枣吃，走的时候爷爷还会将枣塞满他们的兜。有时我会怪爷爷，为什么要送人，爷爷往往会摸着我的头说："别小气嘛，咱们还有两棵大枣树呢，他们却没有。"是啊，比起其他孩子，我可是幸福多了，因为我有爷爷给我种的枣树呢。

五岁时，家里添了弟弟，而我便自然而然地由爷爷奶奶带了。奶奶不是很喜欢小孩儿，确切地说，是不喜欢爱哭的女孩儿，所以大多数时间我都是跟着爷爷的。有时候真搞不懂，那时候的我为什么总是和哭结缘。依然清晰地记着我躺在爷爷的怀里拼命地哭，也不知道是为了什么，哭得好伤心。爷爷坐在枣树下搂着我，边拍边哼着"噢——噢——""你看！"爷爷忽然说："你看对面的山上，看到了吗？"我愣愣地看着，不哭了，远远地看着对面山上有个黑影在晃动。爷爷说那是野人，通常听到小孩儿哭便会出现，紧接着爷爷就会给我讲起所有有关野人的故事。我缩在爷爷的怀里想象着野人的模样，然后安稳地睡去……

印象中，爷爷除了讲野人的故事外，还经常教我辨认天上的星星。每天晚饭后，爷爷都会坐在枣树下，指着天空说哪个是牛郎星，哪个是织女星。爷爷常说，地上死一个人，天上就会多一颗星。而我那时竟忘了问，爷爷如果哪天变成了星星，他还能不能看到我，而我想他时还会不会看到他呢？

渐渐地，我上了小学，每天和爷爷相处的时间也少了许多。七岁那年，同很多人一样，我怎么也没想到一向健壮的爷爷会因突如其来的病魔而瘫痪在床。夏天的时候，爸妈通常干农活不在家，奶奶也在忙着照顾小弟弟，所以大多时候都是爷爷一个人。由于躺在床上不方便，爷爷就要求爸爸出去之前扶他到枣树底下坐着，有时候一坐竟是一天。偶尔爷爷会抬头看着枣树，然后叹息道："唉，果然是老了，种的树都不好好结枣了！"

每天下午放学回家，我都会远远地隔着那堵土坯墙喊爷爷，直到扑在他的怀里，然后"咯咯"地笑着。爷爷喜欢坐在枣树下，用一个大烟斗一口又一口地抽着旱烟，然后吐到我的脸上。而我则喜欢坐在他的脚底下，边吃枣边给爷爷讲学校里发生的趣事。有时爷爷也会打趣道："在学校里有没有看上哪个小伙子啊？爷爷还想看看未来的孙女婿哩。"

然而，爷爷并没有等到那一天。大概记得，那天下午放学回家，我还是像往常一样，回家第一件事就是喊爷爷。可是那一次，我喊遍了整个院子，爷爷都没有应我。当我跑进屋时，爷爷已经被伯伯们抬到了地上，我不懂他们在干什么，我想跑过去问爷爷时，却被妈妈拉出了屋子。那一年，我刚满八岁。

接着一连好几天，家里都来了好多人。又过了几天，家里的人都陆陆续续地走完了，偌大的家一下子空荡荡的。有一瞬间，我才意识到爷爷以后再也不会回来了。我想爷爷啊！是真的想，想他了我就哭，可哭泣声再也不能将爷爷唤回我的身边，他永远地离开了我，我再也没有爷爷了。我想让他回来给我擦眼泪，给我讲野人的故事，他还没告诉我上次的故事结局是怎样的呢……

爷爷就这样匆忙地走了，门前的枣树还没来得及萌芽。而我也还是那个爱哭的小女孩儿，只不过从此这个爱哭的女孩儿都要自己擦眼泪了。

后来，爷爷的衣服都被扔进了山里的深渊，就连他最后拄的唯一一根拐杖都没有留。我问奶奶，好好的东西为什么不留着，为什么要扔爷爷的东西。只记得奶奶的回答好像关乎什么所谓迷信，总归是我不懂的东西。从那以后，爷爷留下的物件，就只有门前的两棵大枣树了。

又是一个吃枣时节，院子里，两棵历尽沧桑的老枣树又重新结满了青红相间的大圆枣。站在溢满枣香的院子里，树叶交替之间，我仿佛又看见爷爷坐在枣树下，拄着那根松木拐杖在朝我微笑……

（作者系商洛学院学生）

第三辑　创意写作

心随爱动

◎刘 鸽

初与你相遇是在学校门口，你受学长之邀为我们晨读团拍照。在等公交车时，远远看到你挎着相机向我们走来，这时的你，还有那么一丝高冷。我和身边的同学在交谈中偷瞄了你一眼，谈不上英俊潇洒、风流倜傥，也没有玉树临风，但眼神中却投射出一种睿智。

登上山顶后，学长极力向我推荐你，鼓励我找你拍照，劝说我应该给自己拍些写真，定格此刻的美好。终于，我鼓起勇气找你，你微笑着答应了。依稀记得，那天我穿了绿色的呢子大衣，扎着马尾，就连我的高中老师都评论"绿衣少女真靓"。接着，我们互相加了微信，浅浅地聊了几句便作罢。

再次相遇便是在学长的分享会上，在教室门口，我们面对面走近，你看到我时一脸诧异，显然你没有料到我会出现，客气地打了招呼之后，你便专心拍照。

分享会结束，大雪漫天飞舞，轻柔、洁白，像鹅毛，如柳絮，纷纷扬扬地飘撒在大地上。房屋、树木都披上了白色的外衣。我们踩在雪地里，走着走着，突然，你转身告诉我，今天的衣服搭配得很不错，在这个雪天很应景，红色的围巾热情似火，略微张扬，与白色的羽绒服形成鲜明的对比。听到你的夸赞，我表面上平静如水，内心早已波涛汹涌，欣喜若狂。走着走着，不知不觉就到了我的宿舍门口，已经到了关宿舍门的时候，你还在讲文学作品，我也不好意思打断你。你似乎觉察到什么，等我到门口时，阿姨已经锁了门，你和学长笑着帮我找阿姨开门。

后来，你开始约我去操场散步。在那个寒冷的冬天，我们以文学取暖。那时，我们在操场上走了一圈又一圈，一直走到夜幕降临，喧闹归于平静，静谧里似乎蕴藏着某种期待。现在回想起来，那是我最享受的一段时光。什么也不用去想，只需要静静地聆听。

后来，慢慢熟悉了，你开始向我讲你的读书感悟和写作心得。还记得，你极其认真地告诉我："天赋是与生俱来的，可遇而不可求。我们能做的就是多读经典作品，多练笔，这样日积月累便会有深厚的积淀，有清晰的结构脉络，有坚硬的骨架。到那时，我们看到一些人、事、物便会有所触动，进而将其描绘出来，此时，文章也便顺理成章地出来了。"从某种程度上来说，你照亮了我的文学之路。

那天，你察觉到我心情不好，便说带我去游乐场玩儿，我笑了笑，说还是不了吧，游乐场应该是小孩子玩的地方。后来我们去爬山了。印象中，那天天空湛蓝，大地青翠，阳光灿烂。山是蜿蜒盘旋的，我们沿着狭窄的山路登上山顶。你说，这是让自己远离浮躁、融入静乡的一种方式。下山时，你拿出相机，想给我拍照，我躲躲闪闪，说自己心情不好，不愿意拍，没想到最后你还是偷拍了几张，后来我们开玩笑，我说你侵犯了我的肖像权，你只是笑笑不说话，问我是否喜欢照片。

直到那次，我们像往常一样去操场散步，在送我回宿舍时，你向我表明了心意，我委婉地拒绝了，是那个连我自己都觉得虚伪的理由——我们不合适。当时，你是热情而倔强的，你试图给我解释，我只是一味抗拒。我面色冷漠，并不看你，自顾自地往回走，你默默跟在我身后，让我先不要着急回答，再考虑考虑。我站住了，嗓音的分贝再升高，考虑考虑，没有必要了，我已经考虑好了，我大学期间是不可能谈恋爱的。我说完之后，你便不再说话，默默地把我送回宿舍便离开了。

直到我在朋友圈得知你去上海旅游，不知为何，心里竟然被莫名地揪扯着，出去散心是因为我吗？想着想着，就恍恍惚惚地睡着了。第二天下午，我冒着雨去带家教，路上接到了你从上海打来的长途电话。你兴冲冲地让我接你的视频，说是要给我直播黄浦江的美景。我竟然迷迷糊糊地就照着你说的做了，接了视频，看着黄浦江的美景，心中百感交集，五味杂陈。

第二天晚上，我去操场跑步，突然，有人拍了我一下，一转身，竟然是你，我惊讶地说："你什么时候回来的？"你不慌不忙地说："刚回来呀！"然后你便开始滔滔不绝地讲你在南京、苏州、上海的所见所闻。不得不承认，你的创作力是旺盛的，每到一个地方，都会留下一些文章。你和我讲，你走在绿水环绕的苏州老巷，没有合适的人拍，只好去拍景。走着走着，边走边四处张望、寻找，寻找一些有意思的东西。

有一家关门歇业的花店墙，让你眼前一亮，曲曲折折的狭长老巷里竟也有这样略带沧桑又不失清新文艺的景致，实在让你喜出望外。

在钮家巷里一家叫"为了遇见你"的银饰店，白墙青瓦的屋檐下，竟然开着一家银饰店。一进门，你便开始四处打量着。璀璨夺目的首饰并没有撩拨你的心，倒是墙角边这几张五颜六色的便签纸成功地勾起了你的好奇心，你便顺手咔嚓拍下这张。

无可争辩，每一个纸条的背后都有故事，故事的主人公想必也如我们一般的青春年少。

你说道：我始终认为，在一座陌生的城市，如果可以不坐车就不坐车，尽量步行，只有贴近一座城市的胸膛，才能听懂它内心的呼唤。

商业繁荣的汹涌浪潮席卷而下，只有那些默默无闻、僻静的民宅老巷还珍存着它原有的些许古朴与纯真。这也是苏州之行带给你的沉静思考。光影的世界浩瀚无边，无论是五彩斑斓的自然风光，还是人文荟萃、商贾云集的古镇街巷，抑或是微距镜头下的美丽花朵，都那么妙不可言。人文、纪实、风光，仿佛有一种无形的魔力，一点一点吸引着我，去捕获，去发掘。

那天下午，我带家教回来，你约我去吃火锅，不知怎的，我就跟着去了，过马路时，望着街头熙熙攘攘的车辆和人群，你小心翼翼地牵我的手，没想到我没有像以往一样抗拒。

后来，这一天就成了我们的纪念日。

（作者系商洛学院学生）

爷爷说的话

◎李静静

"嗯，写得很好。"爷爷手里捧着《少年月刊》说道，合上书，摘下老花镜，他继续说道："将来能做个作家就好了。"多年来，这句话是让我无法忽视的存在，往后的种种，也皆与它有关。

小时候的我爱玩耍却也听话，对待学习说不上认真刻苦，完成作业也总是马马虎虎，一上课思绪就已飞到遥远的天际。但那时候的成绩也总是还行。初三的那一年，学校设立了校报社。每周都会有老师在所带班级中挑选几份优秀作文递交给校报社。有一次，我写的一篇《绿》被老师选中交给校报社。当时忙于准备升高中考试的我并没有对这件事情上心，令我惊讶和喜悦的是，这篇文章不仅被刊登在校报上，而且被市里的《少年月刊》选中并刊登。那是我第一次收快递——两本《少年月刊》以及一张支票。人生中收到的第一张支票是靠写作得来的，这本应是件开心的事，但当时的我却并未对此事有过多的重视，似乎它只是一件极其平淡的事。

那两本《少年月刊》是同期刊登的，我保留了刊登自己文章的那一本，另一本送给了我的语文老师作为感谢。而本想着去银行领取的支票，却被我一不小心弄丢了，之后它被门卫阿姨捡到并交给了我的班主任，当时已经放假，高中录取结果也已出来，我忙着办理入学报名的事情，愣是错过了稿费领取的截止日期，所以也就没去领。后来每次去看班主任，这件事情也就成了他说笑我的把柄。想来也着实是件遗憾的事情，毕竟是有纪念意义的第一桶金，而我却没有保存。

后来上高中，高一不分科，我当时除了数学成绩不太理想外，其他都还可以，如果一直认真学习的话，学理于我而言也是可以的。但做分科选择时，我还是选择了文科，冥冥之中好像有什么东西在指引我，让我朝着文学的道路迈进。但我学习一向不踏实，这可能是我的成绩一直不优秀的原因。考上大学后，我听从家人的建议，选了一个偏实践性的专业，但入学一学期后，发现自己还是更喜欢文学性的东西，即使了解得不是那么深入，但骨子里的我是喜欢的，所以在可以申请转专业时，我毫不犹豫地选择了更接近自己文学梦的汉语言文学专业。也许是因为当时爷爷说的话一直影响着我，也许是冥冥之中注定要走这条路。所以我对自己说，既已选定，那就坚定地走下去。

尽管没有看过太多的作品，对写作也没有太多的研究与琢磨，但我慢慢地发现自己对写作似乎多了几分喜爱，对文学性的东西如痴如醉。爷爷说的话居然成了引领我前进的标杆和努力的方向。

（作者系商洛学院学生）

坦　白

◎马　杰

　　"砰！"虚掩的门被英语老师一脚踢开了，带起的风朝门口第一排的我袭来。我低着头，眼睛的余光看到英语老师的脸上硬撑着一丝微笑。他踏上讲台，环顾着教室里的每一个人，眼锋划过空气，我的耳边仿佛能听到嗡嗡的响声。

　　他清了清嗓子开始说话："可以啊，你们五年级的同学，让我们全校师生震惊啊，平时管理你们严一些，你们可是动了杀心，想置我于死地啊。好，坦白从宽，抗拒从严，谁弄的？赶紧承认，不要逼我出手。"说着，一只手将兜中的摩托车刹车接头扔到了讲桌上。

　　英语老师的家离我们学校比较远，所以他每次来给我们上课都是骑车。他到学校后，总是习惯将车停在我们教室后面的柳树下。平日里，英语老师格外严格，每天会布置很多作业，而且时不时就出手打人，竹棍、笤帚，不知打断了多少根。所以我们班同学恨之入骨。

　　一天，一名男生挨打之后，便鼓动所有同学对抗英语老师，不知谁提议拆了他的摩托车刹车，几个大高个儿纷纷响应，几名女生也随声附和。定下活动后，班长便分配任务。我和我同岁的堂弟个头矮小，对于集体活动一向不积极，在这次活动里，也起不了什么大作用，为了不走漏风声，班长便让我们和女生一起在作案现场前面玩耍，他们在后面作案。所以我们五年级所有人都成了活动的参与者。

　　不知是谁给老师打的报告，我们被老师发现了。此刻，在教室的我，仿佛能听到教室里每一个同学的心跳。英语老师走到班长旁边，停了下来，说道："好！没人承认，那咱们这样来，每一个人供出一名凶手，我看看都有哪些胆儿大的，先由班长来。"

　　他把手放在班长的肩膀上，轻轻地拍着他问："你参与没有？"班长哆哆嗦嗦地站起来，颤抖着声音说："没有。"只听见"啪啪"两声后，老师又重复了同样的问题，班长不作声，又听见三声巴掌，接着是一声惊人的吼声："说！"班长哆嗦着声音说："有！"英语老师又吼了一声："还有谁？"班长又不作声。英语老师走到教室后面角落的劳动工具处，拿起一个笤帚，又回到班长旁边，"嘭嘭！"两声后，班长抽泣着说："我同桌。"就这样，教室内的同学一个接着一个领到了"活动奖励"，一个接着一个哭泣着将眼泪与鼻涕混在了一起。我多么怕下一个人是我，直到教室里倒数第二个同学站起来，等待的煎熬中，我也早早做好了挨打的准备，但我却听到一声干脆的声音："没有别人了！"这个声音我是多么熟悉，它来自我的堂弟。

惩戒到堂弟这儿结束了，英语老师在教室里大声喊骂着，可此刻的我听不清一句话，总感觉心头压着太多的东西……

几周后，爸爸对我说，英语老师对他说了这件事儿，因为他和我爸爸比较熟，所以没有收拾我……一转眼，很多年过去了，在我心底多么希望那天得到英语老师的"奖励"，一份活动参与者的奖励。

（作者系商洛学院学生）

心中的白杨树

◎刘 琼

离我家不远的泉边有三棵白杨树，好似放哨的士兵一样站在路旁，挺拔的树干得有两三个人才能围住。无人知晓它们的年龄，仿佛人们一出生它们就已经在那儿了。风一吹过，树叶哗哗作响，像是在卖力地为田野谱上一首绝妙的交响曲。

夏天一到，农人就要给田里的谷子放水，将水道挖向自家田后，等到田里放满水，再将沟渠改道。红日当头，白杨树下的荫凉地就成了好去处。只要有一个人坐在白杨树下，不一会儿，便吸引着村里的很多人也来树下乘凉，人们就在树下打盹或唠家常。白杨树下好像从不缺人，老人和孩子永远是主角。树上的蝉鸣声和树下的嬉闹声相和着，那叫一个热闹。

午后，孩子们在山林中捉着知了笑声不断，不远处的小溪水声潺潺，有三五顽皮的小儿将脚丫淌在水中轻晃。满获"战利品"的孩子聚在白杨树下缠着老人讲那神神鬼鬼的故事，胆小的孩子时常被吓得晚上不敢出门，天还没黑就早早回家去了。记忆里让我害怕的长舌妇人、吊死鬼都是在白杨树下听来的。有时候最动听、最奇幻的故事就是无人知晓的夏野间树梢下的窃窃低语。

日落而息的农人从田里归来，肩上扛着锄头，手里牵着缰绳，都会从那棵白杨树下路过。一时间，人语声、牛儿哞哞声、鸡鸣犬吠声此起彼伏，回荡在山村中。回家安置好牛羊，农人便不约而同地来到白杨树下，各自讲述所见所闻。每每引得人们捧腹大笑，小孩子有时并不知道哪里好笑，却也跟着大人笑。有时讲到别家的八卦时，又故意放低了嗓子，引得人心痒痒。月色渐浓，人们又在哈欠声中相继散了去。

后来要修路，三棵白杨树被放倒了，老人们也走了，小孩们出村谋生了，我的童年也过了。

（作者系商洛学院学生）

孤独的蚂蚁

◎刘美凤

    我是一只孤独的蚂蚁，打从出生那刻起就遭到嫌弃，以前我也不懂这是为什么。直到那天晚上，我无意中听到喝醉的蚁族族长说："他呀，就是一克星，刚出生就给族里带来了祸患，要不是蚁婆婆苦苦哀求，我们也不会留着这么个克星。"

    原来是这样，躲在洞穴深处的我仿佛遭到雷击。怪不得蚁族的分工名单里从来没有我的位置，原来是他们嫌弃我，从不把我当成蚁族的一员。这让我不禁回忆起那次邻居家的小米抢我玩具，明明是她的错，可围观的纷纷指责的却是我。我还听到从他们口里源源不断输出的毒话："你这个灾星还敢抢玩具，灾星！"他们带着那狰狞的模样步步逼近我，仿佛要吃掉我似的。若不是蚁婆婆及时赶到，也许我早就湮没在这场口水战里了。

    那天晚上，我做了一个梦，梦见自己掉进了一个黑不见底的洞里，绝望之际，洞口飘来一朵五彩的祥云，它载着我不断往上升……我多想一直留在梦里，不要醒来。只是，蚁穴外繁杂混乱的吵闹声就像一轮轮惊天的鼓声，不断灌进我的耳朵。

    我睁开朦胧的睡眼，循着声音传来的方向，慢慢地挪动脚步。多年来，我已经养成了这种轻声蹑脚的走路习惯，尽管这不是我的天性，可我更害怕的是族里的挑剔批评。你知道的，除了蚁婆婆，其他蚂蚁都恨不得把我驱逐出去，又怎么会不对我评头论足呢？

　　走到洞口，远远看见大树底下里三层外三层地围着什么，还有些小蚂蚁在议论纷纷。他们的目光不断扫射四周，好像在搜寻什么似的。一般出现这种场景，一定是族内发生了不好的事，大家才聚集在一起。我屏住呼吸，慢慢地踱过去。按照惯例，我只能在外围观望，族长从不允许我出现在重大场合。

　　原本以为，这次也不例外，谁知道，还没等我走到树荫底下，他们的目光就像飞刀似的齐刷刷地飞向我。一种不祥的预感涌上心头，我知道，如果没有蚁婆婆的庇护，我今天或许又难逃被唾骂欺负的惨况。空旷的土地上，我无处躲藏，只好硬着头皮不断前进。

　　隐隐听见了那些熟悉的又满含憎恨的字眼，"灾星""祸患"。难道说，我又无意中做错了什么事。不可能啊，这些年我一直谨言慎行，甚至白天都很少出门了。

　　这时，蚁群中突然冲出了一个中年蚂蚁，我认得他，他就是蚁婆婆的大儿子。只见他一个箭步冲到我跟前，冷不防地出手扇了我一耳光。还没站稳的我，结结实实地接了一巴掌，很疼，可我不敢哭。蚁婆婆说过，爱哭的孩子运气不好，我一直都谨记着。

　　周围的蚂蚁一下子把我围了起来，就像对待猎物一样，口里还不断冒出各种咒骂。我被推来撞去的，在地上不断打滚，透过朦胧的月色，我隐约看到了树底下躺着个熟悉的身躯。那不是蚁婆婆吗？她不是上山找过冬食物了吗？昨天还交代我乖乖等她回来的，现在怎么躺在这了？心中的恐慌像洪水猛兽般向我袭来，我推开蚁群，冲向树底下的蚁婆婆。月光下的她，手脚冰凉，脸色苍白得找不出一丝血色。我知道，她已经飞向极乐世界了。抱着那副冷冰冰的躯体，我放声大哭，把那些年所受的苦一并哭了出来。

　　第二天，天还没亮，我就收拾包袱离开了。我知道，不会有任何蚂蚁来送别，孤独始终是属于我的。迎着瑟瑟的秋风，我踏上了独自流浪之途。

（作者系商洛学院学生）

走进去的人只能成全自己

——观《霸王别姬》

◎贾 坤

"你是真虞姬，我是假霸王。"段小楼如是说，故事结尾，"虞姬"拔剑自刎了，只留下没有走进去的假霸王徘徊人间。

在小豆子逃跑又回来后，关师傅第一次讲解了《霸王别姬》，他说讲这出戏，是因为里面有个做人的道理，人得自个儿成全自个儿，从一而终。小豆子听懂了这句话，所以被打也不求饶的他扇了自己巴掌，不再出逃。至此，他走进了戏班，认可了戏子的身份。

张公公祝寿，差遣那坤来选定戏班，随手一指，让小豆子来段《思凡》，可"我本是女娇娥，又不是男儿郎"被他偏偏唱反了过来，他看起来清秀瘦弱，但骨子里那样倔强。可能是受母亲出身的影响，他对性别格外敏感，在此之前，每每唱到这句戏词，宁愿手被打得直流血也绝不改口。眼看着这桩生意完了，急中生智的小石头用烟斗搅了小豆子的嘴，震住了要走的那坤。为了整个戏班孩子们年下的新衣服，小豆子认可了"我本是女娇娥，又不是男儿郎"这句戏词，成功地帮戏班接下了这笔大买卖，也渐渐走进台上每个角色的灵魂。

后来，凭着在那个混乱年代所特有的坚持与忍耐，小豆子成了程蝶衣，小石头成了段小楼，他们开始走上角儿的位置，连那坤都对他们点头哈腰赔着笑脸。段小楼有些飘飘然了，不将名震北平的戏中一霸袁四爷放在眼里，吃着他的花酒，敢和宪警对着干。他是个俗人，没有什么信仰，当他是小石头时便是如此，在那个吃不饱穿不暖的时代，成为戏子，他更喜欢的是吃饱饭还能看起来稍微硬气一点儿。可程蝶衣还是那个认准了就走到黑的小豆子，小时候逃跑回来被打也不讨饶的小豆子，不骄不躁，自己成全着自己，继续朝戏里走着，与小石头恰好相反。

身处乱世，只有俗人才能在俗世里活下来，无论是清末还是民国，无论是抗战时期还是解放时期，段小楼都能恰到好处地做好那个俗人，看似刚强，实则随波逐流，他演的是霸王，却有着刘邦的妥协，他成全不了自己，他只有霸王的形，却没有霸王的魂，因为他从没有走进角色，从来没有真的像霸王一样宁死不屈。

程蝶衣则不然，当师父讲述起虞姬的赴死时，跪在地上的他耳边响起刀剑相交的声音，就已经走进了那个为爱而死的美人。他们不在一个时代，但都有着四面楚歌的危机，他们性别不同，但都是痴情的人儿。到底是程蝶衣走进了虞姬，还是虞姬与另一个时代的程蝶衣是相同的人？程蝶衣的人生如戏，还是他演的戏中虞姬如同他的人生？历史总是惊人的相似，而走进去的人注定是悲剧。

每个时代都有每个时代的声音，当人群聚拢在一起的时候，狂热可以将任何理智撕得粉碎。特殊时期的清算将他们推向了人生的低谷，他们被不由分说地列入了牛鬼蛇神的行列，游街示众。之前信誓旦旦地说不会抛弃菊仙的段小楼，随后就在游行中揭露了菊仙的"罪行"，明知给日本人唱戏的程蝶衣是被冤枉的，却仍将那作为他的罪证说出，在那场戏中，霸王开始在众人面前讨饶了，所以虞姬也不再是虞姬了。

故事回到影片开始时的那个聚光灯下，四面楚歌声起，霸王开始与虞姬道别，饱受折磨的"霸王"中途卡了壳，看着虞姬不知怎的，与他对唱出了那句反着的《思凡》，笑着说错了，又错了，蝶衣喃喃重复一遍："来，我们再来。"这一曲《霸王别姬》最终真的落下帷幕，虞姬成全了自己，或是程蝶衣成全了自己。

在故事的最后，段小楼脸上的那一笑让我想到了小石头，他们的对话仿佛把他们带回了从前。

段小楼不是段小楼，没有喝着花酒，目中无人；程蝶衣不是程蝶衣，没有抽着大烟，委曲求全。我脑海中只有一个画面，在那个煤油灯光闪烁的夜晚，抱着扔过来被子的小豆子站在炕边，有些怯弱地看着满炕带有打量的、嘻嘻笑笑的眼睛，他的眼神那样纯粹，又那样倔强。

（作者系商洛学院学生）

黑天使

◎徐张玲

在漫无边际的黑夜里，重新燃起的万恶邪灵伺机而动，用力将重燃起来的回忆之火掐灭，盘踞头顶的黑色天使投来一抹邪魅的笑。镇定，不语，抬头。你来了……

"怎么，你的心又痛了？"他问。

"只是拾起了本不该存在的东西。"

当我处于龙卷风式的苦痛旋涡，蜷缩在自己一手筑成的软体铠甲之下，幻觉就会悄悄袭来。它在我的睡梦中埋下种子，每当我陷入旋涡，脑海中的幻象便开始生根发芽。它缠绕着我的心脏，造成心中无法言表的压抑，我拿起桌上的香烟，缓缓向阳台走去。

我伏在冰冷的护栏上，就在唇齿间的东西灰飞烟灭之时，他来了。

他的唇瓣开始舞动，发出冰冷而温暖的声音，"出去走走，我陪你。"我努力挤出一丝微弱的声音，"好。"

在铺着鹅卵石的羊肠小道上，在昏黄的灯光下，在寂静无人的公园里，我把衣领立起来，抵挡冰冷潮湿的空气，伏在江边的围栏上。当闪烁的霓虹刺入我眼帘，撕裂了夜，然后打破了寂静。我和他又回到那狭小的方盒子里，躺倒在床，安静地睡去。

在辗转难眠的梦中，我独自漫步，享受着孤寂带给我的无限快感。茫茫夜幕下，我看到成千上万的人。人们谱写无人吟唱的乐章，但是无一人能冲出心中突然爆裂的旋涡。

当我再次看到这浑浊的世界，他早已离开。我遵循着生命的法则，跟随那成千上万的人去寻找所谓安逸拼图。

日落西山，我再次回到狭小的方盒，拿出珍藏多年的老酒，点上白烛，耳畔是珍爱已久的老唱片所发出的灵魂呐喊，坐在冰冷的地板上，享受着一人的欢愉。

酒意微上，恍惚间，我看到了他在向我招手。我站起身，跟随他的步伐。

凌晨一点的天台，寂静幽暗。在眼前这座空城里，一群空虚的灵魂游荡在头顶那黑幕之下。周围笼罩着乱坟岗般的死寂，似乎能听到人们愚蠢的叩首祷告，向着他们所创制的闪耀着无限光辉且无所不能的神。神发出回应："预言写在地下通道的墙上和房屋的走廊上。"随之而来的是一群疯狂的游魂，地道里，走廊里，无处不在。

万千狭小盒子里的魂灵在这幽暗的黑夜里轻轻低吟，发出对这浑浊世间的控诉。刚刚苏醒的地狱精灵，戴着天使面具的恶魔，也混入其中。它们控诉世间的情，咆哮着"人类是最无情且最容易滥情的物种"。

心中再一次爆裂。他再次发声。

"没想到你的心结如此牢固，已将你缠绕至心脏开始腐烂，不久你也会成一冰冷之人。"

"喔？果然，我也成了黑色精灵。"

"真的不能释怀？"

"不能。"

"为何？"

"情。"

"有那么重要吗？"

"你可知道我曾为情去讨好每一个人，朋友，亲人，爱人。为了他们能留在我身边，我一点点压低自己，平衡好每一个人的心境，尽力使他们过得欢愉。即使被污蔑为'烂人'也毫不在乎，可最后，他们都弃我而去，无一例外。在我最需要安慰、最需要帮助的时候，无一人陪伴。就这样，时间久了，也便死了心，不再想去依靠任何人。终究只剩我一人孤寂。"

"你可曾想过这一切都是你自己造成的？"

"我？我有什么错？我做得还不够吗？"

"就是因为你一味作践自己，他们才会一一离你而去，也从未想过真心待你。"

"真心？我怎么没有？！"

"如果你真的有，就不会一味将自己的想法存在心里，丝毫不对他们透漏。"

"不想他们为我殚精竭虑，有错？"

"没错。你错在'你以为'，你总以为这样就是对他们好，是爱。可你从未问过他们想要的到底是什么。你总默默付出，可你一直在做无用功。"

"我……"

泪水从眼眶一涌而出，变成珠，连成线，汇成河。我号啕大哭。

后来的几个小时里，他一直在我身边，没有一字一句，却是温暖，直到黎明。

"我该走了，回见。"

多年后的某天，夜色将近。我点燃香烟，走向阳台。"暗夜，我的老朋友，我又来找你聊天了。"

（作者系商洛学院学生）

老婆婆与猴子的故事

◎代银凤

很久很久以前，村里有个老婆婆，她有一个年幼的女儿，母女两人相依为命。老婆婆的女儿非常漂亮，眼睛水汪汪的，好像随时都能滴出水来一样。

一天下午，老婆婆在家做午饭，吩咐女儿去村头的菜园子拔一把青菜。可是等到傍晚，太阳都落山了，还不见女儿回来，颤颤巍巍的老婆婆只得拄着拐杖去菜园子寻找。到了菜园子后，老婆婆并未看到女儿的身影，她一边喊着女儿的名字，一边在菜园子里四处寻找，忽然，她在菜架上看到了女儿的手绢，湿漉漉的菜园子里还有几个猴子的脚印。找不到女儿，老婆婆伤心地在菜园子里大哭起来。

过了好几年，老婆婆的女儿也没有回来。老婆婆每天都坐在家门口，望着门前的大山以泪洗面，后来把眼睛也给哭瞎了。有一天早上，天刚蒙蒙亮，老婆婆又坐在门槛上哭了起来。突然，一只喜鹊飞到了她的跟前，朝着她叽叽喳喳地叫着。老婆婆听到喜鹊的叫声，就连忙问喜鹊：

"喜鹊喜鹊，你是不是知道我女儿在哪儿？你要是知道，就再叫两声。"

喜鹊又"喳喳"叫了几声。老婆婆急忙扔掉了手里的拐杖，焦急地说："喜鹊啊，你要是真的知道我女儿在哪儿，我就拿一根线系在你脚上，一头我拿着，你带我去找女儿吧。"

喜鹊点点头，等老婆婆系好绳子，扑棱一声飞走了。老婆婆摸着绳子，爬到了门前的大山上，在一个山洞里找到了女儿。老婆婆抱着女儿，母女二人哭成一团。猛然，洞外传来了窸窸窣窣的声音，女儿赶忙对老婆婆说："妈，你赶紧藏在大缸下面，老猴子回来闻到生人的味道，是要吃人的。"

女儿刚把老婆婆用缸盖好，老猴子背着三只小猴子就回来了。它左嗅嗅，右闻闻，问道："家里来生人了吗？那个缸下面藏的是谁？"

女儿见无法隐瞒了，就对老猴子一五一十地说了。没想到老猴子知道后，不仅没有生气，还哈哈大笑道："原来是孩子外婆来了，这有什么见不得人的。"于是便把老婆婆从缸下面扶了起来。老婆婆看着老猴子和三只小猴子，它们的眼睛都红彤彤的，便问道怎么回事。老猴子叹了一口气说："我们都害了红眼病，你有什么办法治好吗？"

老婆婆想了一会儿说："我倒是有一个法子，你去找点桃树胶、杏树胶、李树胶，把它们和在一起，抹到眼睛上，再去石板上的阳坡对着太阳晒半天，这红眼病就治好了。"

听了老婆婆的话，老猴子便背着小猴子去找树胶。等到老猴子一走，老婆婆赶紧带着女儿下山回家了。

老猴子闭着眼睛晒了半天的太阳，想着差不多应该好了，就想睁开眼睛看看。没想到树胶粘得太紧，怎么也睁不开，急得老猴子和小猴子抓耳挠腮，把脸都给抓破了。无奈，只好背着小猴子，沿路摸着大树回到了山洞中。回来后，它喊着老婆婆和她的女儿，怎么也没有人回应，它才明白上了老婆婆的当，被老婆婆给骗了。

于是，气急败坏的老猴子每天傍晚背着小猴子下山，它把小猴子放到了村口的一个大磨盘上，自己也坐上去，一直哀嚎个不停。时间长了，村里人就不耐烦了，他们聚在一起想了个主意：白天在磨盘堆上几大捆柴火，把磨盘烧得红红的，等到老猴子来了坐上去，肯定会烫得它们再也不敢来了。

傍晚，太阳刚落下山，老猴子就背着小猴子来了，它们像往常一样，刚往磨盘上一坐，就烫得它们从磨盘上滚了下来，连屁股上的毛都给烧没了，成了一个红屁股。

从此，老猴子再也不敢到村子里来了，老婆婆和女儿也过上了幸福的生活。

（作者系商洛学院学生）

人生天地间，忽如远行客

◎赵慧敏

人生是各种不同的变故、循环不已的痛苦和欢乐组成的。

——巴尔扎克

奶奶是一位很凶的没有裹脚的老人。

她的院子里养着猪，养着鸡，养着一条大黄狗，大黄狗还咬过我大腿上的肉，那时奶奶一个劲儿地往我的伤口上抹红辣椒，她把红辣椒从中间扯开，直接按到我的伤口上，那时的我不知是因为被狗咬伤疼得直哭，还是因为红辣椒抹到肉上被辣得直哭。奶奶有六个孩子，一个女孩儿，五个男孩儿。至于我的爷爷，作为家中老幺的我的父亲，也没有见过我的爷爷。但我猜想，他肯定是见过的，但那时他的年龄小，以至于全部忘记了。

奶奶一个人把六个孩子拉扯大。因为家里穷，父亲、大爷们和我唯一的姑姑并没有读多少书。有一年冬天，我和奶奶睡在一起。我们分头睡，大概是我的父亲为了让我给奶奶暖脚。我记得某一天清晨，奶奶给我削铅笔，她削起来很费劲，因为她的视力已经严重下降了。她把铅笔头削出来之后并不会磨，于是我便在地上斜着磨，翻来覆去地磨，直到磨得尖溜溜的才心满意足。我要上学时，奶奶眯缝着混浊的双眼从背后轻飘飘地递过来一瓶水果罐头，虽然年月已然太久，但我依稀记得里面装的是橘子，那是一瓶晶莹剔透的橘子罐头。从那以后，我认为每个老人的木箱子里都装着许多好吃的，那是老人在生日或者逢年过节时，各方亲戚送来的。老人舍不得吃，便把礼品放在自家旧式的木箱里，等他的孙子或有人带小孩儿来时，拿出来哄小孩子开心。奶奶后因煤气中毒去世。三伯和二伯比奶奶死得早很多，白发人送黑发人的痛苦全由奶奶一个人默默地承受着，但我的记忆里并没有三伯和二伯死因的一点点痕迹。

奶奶煤气中毒是我的父亲先发现的，老人总是瞌睡少，五点多就起床，打扫房间，做早饭。可那一天，奶奶的房门却迟迟没有打开，于是父亲便趴在窗户上喊奶奶，屋内却无人应答。爸爸意识到奶奶可能出事了。据说，父亲和我大伯、四伯是用拖拉机把我奶奶送到医院的，拖拉机里奶奶的花被子，白面红花，卷着干瘦的奶奶。我的奶奶虽然得到了及时有效的治疗，勉强活了下来，可是，几个月后，她终究还是走了。那年我六岁，正处于小孩子活泼好动的时期，奶奶下葬时，我似乎哭了，但又好像没哭。这便是我幼年时期仅存的对于我的奶奶的最后记忆了。

至于我的爷爷，我只记得他的坟在山上。其他的，我便一无所知了。我记得那是某一年的大年三十下午，我随父亲上山去给爷爷烧纸钱，面对那个小土包，我在心里默念，这就是我的爷爷，可是我的眼前分明是一个土馒头，我甚至想象不出他是怎样的一个老人。我模仿爸爸，和爸爸一起给爷爷磕头，然后默默地离去。奶奶的坟在马庄梁上，我不知道那儿为什么会被称为马庄梁，那儿有我家的一块地，说是地不如说是坟场，因为那块地上，只种过一季花生。现如今那片地里，埋葬着我的奶奶、大伯、二伯、二伯母、三伯、三伯母。而我也只是每年大年三十去上坟时，才去那里看望他们一次。

他们短暂的一生充满了生活的艰辛，如一个个过客，来尘世一遭，什么都没有带走，也什么都没有留下，旋即归入尘土。他们的人生由各种不同的变故、循环不已的痛苦组成。某一天，我的父母也会双双躺在那片曾经结过花生的地里吗？

（作者系商洛学院学生）

等　待

◎鄢凯莉

远远望去，零星几点星光点缀着孤单的群山，起伏的山坡抬起小脑袋如孩子般在好奇地眺望着什么，但却一直看不到尽头，似乎小山们在等待着谁的到来，到底在等谁呢？

目光拉近，聚焦于村子的几户人家，依稀亮着的灯，依旧如往常般忽闪着大眼睛，如同受惊的孩子，又像是在好奇些什么。小杨抬起眼，把目光停留在这个陌生女人身上一秒，短短的一秒，小杨却显得十分不安与焦虑，他也不说话，只是低着头玩弄着自己那磨出老茧的手。

陌生女子毫不客气，直截了当地说："苗苗服毒自杀了，这件事跟你脱不了干系吧。"小杨先是一愣，随即悲痛感如江水般涌来，他不由地泪湿眼眶，怔怔地望着这个打扮精致、脸上白净、双眼放光却咄咄逼人的女子。这个用一种近于肯定的语气质问着眼前这个少年的陌生女子让小杨感到前所未有的恐惧，如同这个被人遗忘的小村子一般，层层阴影包裹着这个少年，让他不寒而栗。

少年只是一个劲儿地摇头，他想发声反抗，但不知为何，喉咙像被什么卡住了似的，他说不出半个字。陌生女子见他不出声，便更加肯定自己的判断，随即发了疯似的冲上去摇这个少年，口里不停地咒骂着他，话语肮脏，小杨却一个字也没听进去，只是不住地摇晃着脑袋，盯着这个陌生女人。原来，这个面容精致的女人是苗苗的妈妈，这着实让人有点出乎意料，印象中苗苗是个乖巧到让人心疼的女孩儿，有着淳朴的农村气息，与眼前这个浓妆艳抹的女人着实有点不搭。

苗苗是一个十三岁的小姑娘，和小杨是同学，但他们却不仅仅是同学关系，苗苗喜欢小杨，苗苗心里很清楚，但小杨却只是把苗苗当成妹妹看待。少年对女孩儿呵护有加，让人不禁产生一种错觉，特别是让苗苗产生错觉。

但是，苗苗后来认了一个高年级的男生当"哥哥"。这让小杨很生气，他不理苗苗，不管苗苗怎么认错，甚至当众下跪，小杨依旧不予理睬。同学们开始对苗苗指指点点，这让苗苗羞愧难当，也许女孩儿只是在等待一个明确的答复，但小杨却不知道这也许是他最后一次见到苗苗。

天上的圆月，如同苗苗稚嫩的脸蛋，脸上永远是一抹灿烂的笑容。远方的村子里，是否有人知道一个稚嫩的孩子正走上一条绝路，她的眼睛里似乎并没有绝望，更多的是一种解脱。

　　小孩子的世界也许我们不会懂，一句简单的"苗苗，你没有爸爸妈妈，你爸妈都不要你啦"可以深深地刺痛她的心。苗苗也渴望父母的爱，但她却从来都没有见过他们，直到长大了，她才发现自己与其他小孩儿的不同。

　　心被狠狠地刺痛了，苗苗想回到最初的地方，回到爸妈的怀里，但她却只能苦苦等待这个没有出现过的场景，等待两个从不曾见过的人。

（作者系商洛学院学生）

故乡的雨

◎刘润杰

记忆中的故乡，是个烟雨迷蒙的地方。

雨，总是淅淅沥沥地下着，带着些许凉意，细细密密的，如北京四月漫天飞舞的柳絮，飘飘扬扬。雨的气息，笼罩每一寸空间，充满每一个角落，也在每个人的呼吸中流转着。雨幕接连不断，模糊着现实与梦幻。

门旁的夹竹桃闪着泪光，娇艳婀娜，分外妖娆。在雨中，剧毒的夹竹桃也会褪去危险的力量，露出美丽的模样。

雨天里，会有顽皮的孩子，打着红色的小伞，穿着红色的小鞋，蹦蹦跳跳地蹿出门来，先是四处看看，而后急冲冲地溜进雨幕中，转眼便没了踪影。

雨，仍旧下着。院子旁的墙壁上湿漉漉的，青苔沿着砖缝生长，青青的，满是生机和希望。

傍晚，楼上的老大爷照例将归家的笛声奏响，渐暗的天在雨中愈发显得幽暗了，孩子们都沿着笛声回了家，抖落身上、雨伞上的水珠，回到温暖的饭桌旁。脱去稍厚的衣装，摸摸身上，有一种发自内心的舒爽。

屋外，天已经完全黑了，黑暗在各处延展，一切都模糊不清，分不出界限。只剩屋外唯一的那盏大灯，它此时却显得有些昏暗。平时围绕在灯边的蛾子们一只都不见了，静静的，只剩下灯光在雨中扩散，仿若画中的留白。

（作者系商洛学院学生）

请和我在红尘中相爱一场

◎周　栖

唐贞观末年，有人在长安街上抓住了一名小偷。缴获的赃物比较特别，是一个镶金饰银、艳丽夺目的女用豪华玉枕，这可不是平常人家用的东西。经过严厉地审问，小偷招供，玉枕乃从弘福寺内一个沙弥的房间里偷出来的，这个沙弥就是辩机和尚。此时，辩机正在弘福寺从事他的译经工作。

关于辩机的经历、俗名、出生地、家世、父母等，我们已无从知晓。只是《大唐西域记》的卷末语有辩机的些许介绍，说他继承远祖隐逸之士的血统，自小怀着高超的志节，专心学问，十五岁时，出家为僧。可以看出，辩机其实打心眼儿里是热爱佛祖的，只是命运的事情，谁也无法预料。

如果小偷盗去的是香炉或文具，也就不会有人怀疑，但豪华艳丽的女用玉枕跟高僧生活似乎差得不是一星半点。御史台立刻召辩机询问。起初，辩机态度强硬，坚不吐实，但在巧妙而又严格的审问下，他终于无法隐瞒，坦白说出这是高阳公主亲自赏给他的东西。

高阳公主是唐太宗的第十七女，天性活泼，"性聪慧，备受宠"，后被许配给丞相房玄龄之次子房遗爱。

公主嫁人，嫁的是家世。房玄龄是凌烟阁上的大功臣，唐太宗把高阳公主嫁给他的儿子是对房玄龄的抬爱。可惜，房遗爱和他以学、识、才知名的父亲太不相同，不学无术，只有一身蛮力。看清楚了自己婚姻的走向之后，高阳公主从结婚那天起就不接纳丈夫。

多情人总是会遇上烦恼的。婚后，高阳公主在领地打猎时遇到了辩机和尚。那时，公主十六岁，辩机二十一岁。当时两个人之间是如何"电光闪烁"，已无史料可考，但我们可以确定的是，一对青春正妙的大好青年陷入"少年维特的烦恼"中了。之后，高阳公主便把自己的寝具搬到辩机的禅房内。可笑的是，驸马房遗爱居然像尽忠的良犬，在外面给他们看门。投桃报李，高阳公主特别送给房遗爱两名年轻美丽的侍女。

在这场惊世骇俗的爱情中，高阳公主始终是主动热烈痴情的那一方。相对于她在爱情中得到的幸福，辩机可能要挣扎和痛苦得多。因为从史料中可以猜测，辩机其实一心向佛，当时他完全可以选择还俗。在两人来往的六年时光里，辩机应该一直在努力让高阳公主离开自己，或者让自己离开高阳公主——毕竟于人于己，这都是一个明智的选择。

这个机会终于来了，《西游记》中的唐僧原型玄奘从天竺取经回来。这些经书用了二十多匹马载回来，而且全是梵文。玄奘奏请唐太宗批准后，在全国的寺院里招聘修为学养最好的僧人，共同把这些经书翻译出来。玄奘共招聘了九位僧人，其中来自长安会昌寺的辩机是年纪最轻的，只有二十六岁，他风神俊朗，文采斐然，最受唐玄奘器重。

在自我情感中四处逃避的辩机被选去译经后，再没见过高阳公主。这段时间，他回归佛学，成绩斐然。后世流传的《大唐西域记》便是玄奘口述、辩机撰写而成；而《瑜伽师地论》之五十一卷至八十卷译文成为辩机绝笔。

如果没有那个小偷，他和高阳公主也许就这样散了。但是，佛祖似乎不愿意这样轻易放过这对不遵守世俗规范的男女。

御史公的奏文送到唐太宗的手里，太宗怒发冲冠，咬牙切齿，立刻下诏，将辩机处以腰斩的极刑。腰斩，就是把赤裸的罪人放在大木板上，从腰间将人斩成两段。

永远忘不了《大唐情史》中辩机腰斩时的那个片段，辩机在临死前，救下了铡刀上的一只蚂蚁。他慈悲地将那只蚂蚁从铡刀口救下，而自己却死在铡刀下，这是让人震撼的一幕。无论辩机犯了怎样的戒律，我相信，这只蚂蚁可以抵掉他的罪过。辩机终于为高阳公主而死，这样的死比任何方式都凄美、决绝。

都说刑场设在长安西市场的十字路口，那里有一棵古老的柳树，看过凡尘荣辱、世事消长。想必当时去看热闹的百姓一定将刑场围得水泄不通，因为被行刑的人是素日里那位才识不凡的高僧。他的罪，是和大唐最高贵的公主有了私情，犯了淫戒。不知道有多少人是出于同情，又有多少人是出于嘲笑。只有辩机，面容平静，仰望蓝天白云，他可以参透生死，却放不下情爱。

世俗中没有几个男人给得起高阳公主这样如烈焰般的爱情，直到辩机出现。一位英俊、富有学识的年轻和尚，他智慧的眼神、清澈的风骨，带给高阳公主不同凡响的震撼。史书上是这么记载的："初，浮屠庐主之封地，会主与遗爱猎，见而悦之，具帐其庐，与之乱。"云水流转千年，我们依旧可以想象，当日高阳公主在郊外打猎遇见辩机时的情景。一座无名的草庵、一位身着粗布僧袍的英俊和尚坐在窗前读书，他的出尘打动了高阳公主的心。看惯了衣着华丽、面容庸俗的文武百官，一个气宇不凡的和尚对高阳公主来说是世间一切繁华都不能企及的完美。而辩机在荒野破旧的草庵里苦读，突遇这样一位丽如牡丹的华贵公主，那颗禅寂的心，在瞬间被她炽热的目光点燃。

你眼前的我是红尘万丈。

我眼里的你是化外一方。

若，你跳得出去，

且安心做你的和尚，

我只记取你当初的模样：白衣胜雪，才冠三梁。

若，跳不出去，亲爱的，

请和我于红尘里相爱一场。

醉笑陪君三万场。

不诉离觞。

不由自主地想起历代情僧，以及与他们相关的情事。其实，不过是平凡的男欢女爱，阴阳和合，再寻常不过，只因僧者是佛门中人，须断尘念，所以这些事发生在他们身上，就成了传奇，成了世人心中凄美的故事。这不是戏，台上演完，台下的人看过也就罢了。许多故事真实地在岁月里存在过，因为清规戒律，这些僧者承受着常人难以想象的苦痛。这些僧人都有着非凡的悟性与禅心，可宿命里注定断不了孽缘情债。

辩机被处死后，高阳公主的奴婢数十人被处斩刑，唐太宗表面上对高阳公主和房遗爱没有处罚，却无限期地禁止高阳公主入宫。此后悲恸至疯的高阳公主纯粹为了活着而活着了。半年后，最疼爱她的父亲去世了，高阳公主一滴眼泪都没有掉，由此可见她的怨恨。弟弟李治当上了皇帝，高阳公主更自由了。她开始公开纳其他和尚为面首，秽乱春宫，甚至纵容他们，打算发动宫廷政变。最终，房氏兄弟出卖了高阳公主。

这一切，距离辩机之死，不过四年……

（作者系商洛学院学生）

与君初相识 犹如故人归

◎罗海盈

张爱玲说："人的一生注定会遇到两个人，一个惊艳了时光，一个温柔了岁月。"而我这一生会遇见的惊艳时光与温柔岁月的人皆是你，也只会是你。

我把"遇见"两字与你联系，其中便生出了几分浪漫旖旎。山有木兮木有枝，心悦君兮君不知。遇见你是我此生最幸福的事，也是我此生最痛苦的事。与你相遇，心悦于你，我方懂得什么是遇见。

"遇见你我变得很低很低，一直低到尘埃里去，但我的心是欢喜的，并且在那里开出一朵花来。"如果非得用一句话形容我遇见你的心情，这一句再恰当不过了。当初看到这句话我太过无知，暗暗以这卑微低贱的姿态为耻，可是遇见你之后，我完全懂得了张爱玲的心思，人总会遇见一个让你心甘情愿卑微的人。就像张爱玲遇见胡兰成，不顾非议，虽然胡兰成不是她生命中对的人，但她为此竭尽全力并甘之若饴。世人可惜一代才女识人不明，我想起码在那时她是为这遇见欣喜的，就像我遇见你，从未想过会后悔。

一个人一生会遇见许多人与事，而我所能做的就是无论遇见的是春暖花开，还是寒风凛冽，都能安之若素，不悲不喜。从遇见的大千世界中汲取养分，提高自身修养，就像毛毛虫，不受外界干扰，终会破茧成蝶，翩翩起舞。遇见你，我的世界中的黑暗纷纷褪去，从此有了光明，我找寻到直面一切苦难的勇气。

"在最深的绝望里，遇见最美丽的风景。"几米如此说道。对此我深以为然，因为我遇见你就是这种情形。我身在无间，遇见你之后我的心上十里桃花绽放，我把你安置在其中最深处，你便成了我心中最美的风景。遇见你，是最平凡不过的邂逅，但却教会我用诗意的眼光看待生活，于是生活就成了一幅色彩斑斓、浓墨重彩的画卷。这一次的遇见也教我看到生活美好的一面，让一直沉沦在悲观中的我学会乐观一点。原来，遇见一个人真的可以改变一个人，幸好我遇见的是你，让我有信心改变自己，继续前行。

遇见你的瞬间我懂了汤显祖"情不知所起，一往而深，生者可以死，死者可以生"的情深意切，这种遇见仿若湖面的涟漪，一圈一圈，波纹难平。心就像暴风雨中波涛汹涌的大海，再也无法平静下来，让人生出明知前方无路也不管不顾的决心。就像钱锺书与杨绛的遇见，即使在那段动荡不安的岁月中，钱锺书忍受着侮辱，杨绛也不变地支持，两人不离不弃，终是渡过黑暗，迎来晨曦。两个人的相遇给了他们相濡以沫的机会和一生相守的幸福，遇见的力量使生者可以死，死者可以生，并无夸大之疑。

金风玉露一相逢，便胜却人间无数。仅是当初的惊鸿一瞥，世间人与物从此失去颜色。也许是你眉眼如画温润如玉，如此使我心生倾慕；也许是你眸间星河公子无双，如此使我一见倾心；也许是你遗世独立不染一尘，如此使我沉沦其中。自那一眼万物失色，我自知往后余生都无法忘记，最重要的是我也不愿忘记。我们的相遇只是我的一眼，仅仅一眼我便懂得了余生的意义，我不甘心做那为你倾心的万千人中普通的一员，不甘心一辈子仰望着你却得不到你的垂眸，不甘心一切的悲欢离合仅是我一个人的独角戏，为此决定穷尽一生也要与你相遇，这成为我努力不止的动力、奋斗不息的宗旨。

如今初入大学，学业日渐松懈，想起你的眉眼，又暗自唾弃自己的懒惰不堪，自此清醒，只有奋力拼搏，日后方可与你并肩。遇见你我才有了远大志向，对此我一直心怀感恩。

与君初相识，犹如故人归。拼将一生休，尽君一日欢。

（作者系商洛学院学生）

遇见的中转站：家

◎诸琪悦

火车长鸣，轰隆轰隆，回家。

"一二三四五，上山打老虎，老虎不在家，打到小松鼠，松鼠有几只，让我数一数，数来又数去，一二三四五！"孩子稚嫩响亮的声音在整个车厢里盘旋着，爸爸的声音温柔地附和着。这是一对父子，他们的小眼睛简直一模一样。

他们坐在我对面的卧铺上，一个被塞满东西似乎即将被撑爆的墨蓝色大旅行背包在他们身旁躺着。爸爸环抱着孩子，握着孩子的手一起上下打着节拍，唱着童谣，来往的人都要在他们身上停留几眼。爸爸的身形与声音形成巨大反差，他皮肤黝黑，剪着寸头，是个很壮的大高个儿，然而字正腔圆的北方口音却是如此温柔。

小时候，我从未感受过父亲的温柔，也从未感受过这位父亲的教育方式，温柔得像一位母亲。

唱完童谣，孩子似乎还未尽兴，吵着要看视频。爸爸拿出手机，孩子把着爸爸的手精心挑选点开视频，爸爸把手机横放在桌面上，抱着孩子坐到稍远处，说了一句："阳阳坐到后面来，才不会近视。"令我感到惊讶的是，手机播放的竟是英语歌，孩子开心得手舞足蹈，边跳边唱，不亦乐乎。悠悠的、童真的歌声飘荡在整个车厢。车厢要到点关灯了，爸爸从那大背包里拿出各种大水杯、水壶和牙刷牙膏，把孩子抱到腿上，"啊，阳阳张嘴。"孩子听话地张着嘴让爸爸细心地刷着那口小牙。

这是我人生第一次坐火车，免不了陌生和兴奋。再加上火车车轮与轨道摩擦的吡吡声响实在过大，内心烦躁，卧躺至半夜仍旧睡不着，坐起来望向窗外，除了稀疏的几盏灯火和在墨蓝色夜幕中缓缓而动的薄云，什么也望不见。突然凄厉的哭声响起，那是孩子哭喃着叫妈妈的声音，声音响起的方向正是对面的卧铺。转头看向那边，通过窗外洒下的幽幽月光，我看见爸爸在床边侧卧着，缩着身子撑着头，总感觉快要掉下床了。他连忙温柔地用手安抚孩子的后背，些许时间过后，孩子才逐渐平静下来，呼吸逐渐平缓。"兴许是做噩梦了。"爸爸在孩子耳边轻声低语："阳阳不怕，爸爸在呢，妈妈……"他沉默了一会儿，接着说："妈妈，她也在呢，一直都会在的。"

这句话似乎是有魔力的，我听到后心里竟也不再烦躁，安静了下来，不知是何时闭上了眼，我做了一个儿时的梦。梦中我好似看到了妈妈正坐在床边唱着小曲儿哄我睡觉，好像还看到了爸爸下班回家后蹑着脚走进房间，摸摸依偎在妈妈怀里的我的小脸儿，发出轻笑。等到再睁开眼，已经是早晨六点半。

我啃着面包坐在窗边，窗外一层雾朦朦胧胧的，晨光零零散散地洒在雾的中间，透出远方的一点绿。一转头，那小孩儿正努力睁大眼睛看着我，看着他那小眼睛，我憋住笑，会意，给了他一瓶牛奶和一个面包。他接过的同时，爸爸连忙摆手示意不能要，小孩"嘻"了一声，大喊着："谢谢姐姐！"爸爸无奈，看着我点点头做出"谢谢"的口型表示感谢。小孩儿一转身就屁颠儿屁颠儿地跑过去把面包给了爸爸，"爸爸你吃。""爸爸才不吃你'乞讨'的东西呢，爸爸吃泡面。"说完像个小孩子一样吐吐舌头，这个表情实在是跟他的形象不匹配，怕被听见，我忍不住轻笑了出来。

爸爸掀开杯面盖，热气和香气扑面而出，吃完面包的孩子放着英语歌的视频坐在爸爸对面，馋馋地看着他。爸爸挑挑眉，说："阳阳想不想去浙江？我们去看风景和爷爷。"然后挑起一团面，放在嘴边吹凉，捧着手送到孩子嘴边。"好呀！"孩子直率地回答后，张大嘴巴一口吸溜过面，鼓着腮帮子咀嚼着，父子俩不约而同地哈哈大笑起来，眼睛都笑成了一条缝。

舒缓的英文歌放着，阳光已经完全照耀着整个车厢了，这对父子似乎闪着光。我的心头暖暖的，我知道这不是太阳出来的缘故。他们眼睛眯成一条缝的极其相似的笑容，我今生难忘。

真希望这个孩子在爸爸的独自培养下也能健康、茁壮地成长。希望这孩子能永远开心快乐。孩子啊，我要悄悄地告诉你，你有一个非常好的爸爸，他细腻的爱能让你记住妈妈，你的妈妈从来没有离开过，他和你妈妈会一直陪伴着你长大。

火车到站了，我与这对陌生父子说了声"再见"，携着温暖与莫名的感动朝家的方向走去，耳机正放着《陪我长大》——"是你教会我坚强，你看我笑得多甜，因为你在我身旁"。

最近遇见了好多事情呢，我见了好多我没见过的人和风景。爸，妈，我回家了，我要坐下来和你们好好地讲讲这些事，通过我语言的描述，带你们去看我所遇见的，就像你们曾经热切地告诉我、叮嘱我你们所遇见过的那样。

人生旅途漫长，家永远是我们的中转站，我们随时可以停下"旅行"的步伐，回家与最亲近的人讲述我们遇见的世界，然后再次出发。

（作者系商洛学院学生）

松之魂

◎孙 蕾

学校图书馆的前面种着几棵绿油油的松树，每次去图书馆或者去上课时，我的眼睛总会不自觉地被它的绿所吸引，后来我明白了，原来我是被它独特的灵魂所吸引的啊。

深秋，寒风格外凛冽，校园中的树都闻风色变，将自己的绿色变成了黄色，它们的叶子发出"沙沙"的哭泣声，让我不禁觉得空气也因这些树的悲鸣而变得压抑起来。这真是种把情绪表现在"脸上"的树啊。但那些松树却无视寒风的侵袭，内心毫无波澜，依旧保持那样富有生机的绿。风越是猛烈，绿越发油光发亮，仿佛它是熊熊燃烧的烈火，而风帮助它燃烧得更加旺盛。松树这种在逆境中的顽强的斗志深深打动了我，并让我深感惭愧。

伏尔泰说过："人生布满了荆棘，我们想的唯一办法是从那些荆棘上迅速跨过。"但是在现实中，人们往往被恐惧束缚住前进的脚步。在荆棘面前，我们没有勇气挪动双脚，因为我们早在行动前就已幻想并感受到失败给予我们的钻心疼痛。于是我们选择逃避，畏畏缩缩地保护自己，却无意识地将自己的脆弱展露无遗，就像那些悲鸣的树一样。

我也是一棵在寒风中瑟瑟发抖的树。在逆境中我失去了自己的梦想，但我没有选择反抗。我怀疑自己的力量，我害怕抗争失败的后果，我对未来感到迷茫，于是我向逆境妥协，我接受了别人对自己的否定，甚至用他们的否定来否定自己。就像猎人用枪打伤了雄鹰的翅膀，而这只雄鹰却自己折断了羽翼，然后在孤独的夜晚，边流泪边反复舔自己的伤口，发出阵阵悲鸣。

我欣赏松树，因为它的顽强、它的勇敢。在刺骨的寒风面前，它坚持自己的本色，始终保持生命鲜活的颜色；当烈风努力吹弯它的枝干时，它却顽强地挺直自己的腰杆，不被烈风所左右，不因烈风侵袭而失去自己正直的本性；当所有树发出"沙沙"的悲鸣时，松树却像一个勇敢的战士一样，默默地将根扎入更深层的土壤里，坚定自己的信念，忍受着烈风的严刑拷打，却不发出任何痛苦的呻吟声。

人生就像不断更替的四季，而生命中的困难和挫折就仿佛是萧瑟凄凉的秋季与凛冽寒冷的冬季，它们总是接踵而至，且从不缺席，我们无法逃避它们或改变它们，但我们可以选择成为怎样的人。我们可以成为像松树一样坚韧顽强的人，也可以成为像落叶树那样消极软弱的人，这取决于我们的态度。我自己深深地被松树这种坚韧顽强的灵魂所感动，因此我决定不再妥协，我要通过实际行动与怯弱的自己进行抗争，我将变成崭新的我，我将破蛹而出，蜕变成蝶。

（作者系商洛学院学生）

小 邵

◎周子渝

南京城下起了大雨，连绵几日。小邵站在基地旁的小楼里，隔着玻璃窗，观察着雨势，害怕明天的飞行训练又要取消。抗战结束，又是内战，他不敢有懈怠。

叫小邵为"小邵"或许不太恰当，他入伍五年，已升为中校，在部队上被众多小兵敬礼喊"长官"，但他却不喜欢别人叫他"邵队长"，若是不正经地喊他"小邵"，他倒是高高兴兴地应，实在是奇怪。

他转身回到座位上，浏览队上的公文。公文旁边两沓厚厚的东西，一沓红的，一沓白的，煞是惹眼，他却一眼也没看，只盯着公文，拿着公文的手微微有些颤抖。看完所有的公文，他终于将视线投向那两沓东西。许久，他拿起那沓红色的东西，是喜帖，红得庄重，却不带一丝喜气，反倒让人想起死人的血腥气。事实上，这段婚姻也不知有何处可喜。

他拿起钢笔，在"新郎"一栏下工工整整写下自己的名字。他写得极用力，逼迫自己记住身份，斩断过往的一切。不到两个小时，他将所有喜帖写完，放下钢笔，心情却越发沉重。他摸索着口袋，拿出烟来，拿起桌上的打火机，点燃香烟。吞云吐雾中，他试图回忆新娘的长相，努力许久而不得，反倒想起战场上队长满是机油的脏污的脸以及他艰难凑到他耳边说出的遗言："我死后，小九就拜托你照顾了。"队长是广东人，"九"总是说成"狗"，他们喝醉说混话时，总是笑话队长娶的不是老婆，是小狗。

他想得入神，一时不察被烟呛到，重重地咳嗽起来。咳着咳着，咳出泪来，他又低头笑了起来，笑自己的愚蠢。队长因代替身体不适的自己上战场而死，自己照顾队长的遗孀本就是天经地义，何须在乎新娘是美是丑、是高是矮、是胖是瘦、是喜欢还是不喜欢。

雨越下越大，他的烟也燃尽。他拿起那沓白的，用打火机点燃，眼睁睁看着娟秀的字迹被火舌吞噬，火光中，他看见的是五年前的自己，白白净净，一身书卷气，未显疲态，心中一腔报国热情。他不顾教授的阻拦，选择退学，为的就是响应国家的号召，上战场打日本人。

他离开的那天，和他订婚的姑娘特地来送别。女孩子不同于平时的清爽，上了妆，有了几分待嫁新娘的娇羞，和他讲话时也不看着他，只背着手，眼睛盯着鞋尖，用只有两个人能听到的声音嗫嚅："到了记得联系我，让我知道地址，好写信给你，我……无论怎么样，我……我都会等你。"

他看她不同于往日的落落大方，心中又是好笑，又是怜爱，伸手拉起她背在身后的手，发现她腕上赫然是他送的订婚玉镯，眼中笑意更是加深，他低下头，认真地说："纵江山负我，我不负卿。"

她猛地抬起头看着他，笑得灿烂又羞涩，全没有平时喊"小邵"的爽朗。

他眼眶有些热意，抬头将这热意逼走，而后拿起桌上的白色信纸，潦草写下几个字便停笔，拿出信封装好。接着，他收拾好眼前的狼藉，关上灯，回到宿舍，好好享受仅剩的单身时光。

信封里静静躺着几个字："江山虽不负我，我却负卿。"

（作者系商洛学院学生）

希尔维娅

◎马红艳

这是……梦？他曾无数次想象过这一幕，但当多少年来的努力凝结成形时，面对自己昼夜辛劳打造而成的美丽结晶，诗人却迟疑了。

他有些局促地揉了揉冻红的鼻子，别过头去看那正纷纷扬扬飘着雪花的窗外，满是薄茧的手不自觉地挠起了后脑勺。

直到附近教堂的钟声敲响，他才收回目光。长期的分神让他的目光在这昏暗的小公寓中始终无法聚焦，但他仍试图仔细打量着那人，就像初生的婴孩热切地想要看清这个世界一样。

那是个女孩儿。看上去十来岁的样子，一头金发蓬松着，长而卷翘的睫毛衬得那双太妃糖般的浅褐色眸子更加灵动，瓷白的脸蛋儿上，两团娇艳的粉晕又为她添了几分娇憨。

"她的歌声就像夜莺，当她穿着祖母送她的新衣裳在林中玩耍时，带着蕾丝花边的棉麻裙摆上沾上了某种植物的芬芳。她的祖母那会儿刚铺好了野餐垫，回过头来，怀里便扑进了一个白色的小团子，"你就像这林子里的一个小精灵，心肝。"

这就是"希尔维娅"这个名字的由来……诗人清楚记得自己曾这样写过。

正如他笔下所描绘的那样，西尔维娅可爱纯净得就像一个白色的精灵。她脚下堆满了杂物的旧沙发，与这所狭小昏暗的公寓格格不入。

"早上好，先生。"女孩儿跳下沙发，落地时裙摆带起一层灰尘，四散的尘埃在室内唯一一束透过窗框照射进来的阳光下翩翩起舞。这会儿她却变成了十五六岁的模样，俨然青春少女，仍穿着白裙，挽着花篮，笑意盈盈地看着诗人，"您不认得我了吗？我是希尔维娅呀。"

诗人垂在身侧的双手开始颤抖，他攥紧了拳头却又松开，如此反复，犹豫着是否应该对准大腿狠掐一把，好让自己醒过来。即便他清楚地感受到自己的那份不舍，正如他清楚地知道，如果这真的是梦，他是绝不愿醒来的。

而且……也许这真的不是梦呢。

"这当然不是梦。"

少女——这会儿该叫她"希尔维娅"了——似乎从诗人紧蹙的眉心读懂了些什么。她又往前走了一步，金色的长发披散及腰，依旧是一袭白裙，笑容比她手里捧着的那束礼花还要鲜艳半分。明媚而美好，这是希尔维娅的婚礼。

诗人有些动摇，这是他用尽半生心血创作的人物，关于她的故事没有人比他更清楚，在这世上，也没有人会比希尔维娅更令他欢喜。

希尔维娅就站在诗人身前几步开外，她用诵读婚礼誓词的口吻呢喃："你知道，奇迹总会发生的，尤其是在上帝见证了十足的虔诚之后。"

确实，这种事情不是没有听说过。某位落魄的画家得到了上帝的怜悯，可怜虫笔下的美人在某个清晨走出画幅，忠诚地侍奉其主一生。但，那毕竟只是传说。

"那可不只是个传说，"希尔维娅像是拥有某种窥读人心的魔法，她又先诗人一步开口道，"这可是真的。"昏暗的室内，少女稚嫩的肌肤洁白无瑕，犹似散发着淡淡光芒，她一双藕臂伸向诗人，纤细玉手轻握住诗人拘谨得不知该何处放置的双手。冰凉的触感却无比真实，就像希尔维娅所说，这是真的。

诗人激动得说不出话来，这是希尔维娅，他的希尔维娅，他最美丽最满意的作品。

他小心翼翼地反握住那一双纤手，像一个父亲对待初生的婴孩儿，甚而有些慌张，手心沁出汗珠。

"希尔维娅。"第一次，他认真地唤道。

少女仍是笑着，又往前踏出一步，仿佛将要投进诗人的怀抱。只是脚尖触地的瞬间，她一头美丽的金发倏忽黯淡下去，雪肌玉肤似被吸干了水分，剥夺了光泽，逐渐显出些象征衰败的蜡黄来，只有那双大眼内仍有隐隐的光芒跳动不灭。

诗人连忙伸手扶住她，眼中有一闪而过的心疼，但随之而来的是一份狂热的爱慕。这便是他所创造的美丽啊，胜过那林中终日嬉闹嘈杂的童话，他更加激动，向着那正干枯衰竭的精灵张开双臂，声音中带着无从掩饰的沙哑："来吧，我的孩子。"

悲剧因为有眼泪的衬托而柔和，故事因埋藏着悲剧的种子而美丽，巨星陨落、星月黯淡，我们所要做的就只有等待，然后发生。所以，来吧孩子，向我展示出你最美丽的瞬间。

"你知道会发生什么，父亲。"希尔维娅勉强止住剧烈的咳嗽，这个时候她的肺已经只是一个只会带来痛苦的无用器具。她仍是一袭白裙，皱褶熨帖平整，却冲洗不去裙角发黄的痕迹。花篮早掉在了地上，干枯的花骸散落一地。

诗人牵起了她开始颤抖的双手，方才的话语仿佛已经耗尽了希尔维娅全部的力气，她紧咬着下唇，将剩下的力气全数用在封锁泪腺上，是以诗人轻轻一拉，那最后的一步便顺理成章。

这一步走完，赤裸的脚掌与冰冷的地面相贴，却似乎重新赐予希尔维娅无限的生命力。她重新昂起头来，疲惫神色掩不住眉眼精致，细细描画的妆容又使她焕发出某种光华。她眨眨眼，凭空一点墨黑染上领口的佩针，继而从那一点扩散开来，衣裙上的纯白被不详的墨黑尽数包围，那是一身厚重的丧服。

失夫、失业、失子、家产败尽、债务累累，难关接踵而来，无法逃避的这一切将她禁锢在黑暗之中。希望尽失。

现在，她一无所有。

书中所述一点一滴重现在诗人眼前，他早已热泪盈眶，这才是真正的希尔维娅，这才是完整的美丽诗篇。

他愣怔着，沉浸在无与伦比的美丽中，鬼使神差地拥住了向他张开双臂的孤媚，并非安慰，而是出于对伟大悲剧的赞叹。"再见了，父亲。"直到风声在耳边呼啸，彻骨的寒意将他眩晕的头脑唤醒，这句话仍然是他失去意识之前最后的记忆。

荼蘼在寒夜中悄然绽放 / 黑色的花瓣凋零飘落 / 一地的记忆 / 难以拼凑完整 / 白色裙裾路过满园芬芳 / 一切成空 / 却成就最美丽的悲剧

第三天，人们在清理积雪的时候发现了诗人的尸体。说来奇怪，下第一场雪的那天，一直到黄昏，雪分明还下得不大，到了后半夜却下成了罕见的大雪，整整持续了两日，就这样将可怜的诗人掩埋在无边的白里。

过了没多久，债主上门来变卖一切值钱的家私，以此为诗人生前亏欠的债务作结。野蛮的清点中，诗人的心血——一沓又一沓的稿件，皱巴巴脏兮兮的稿件，统统堆到了东家的厨房里，作为生火的引子。

东家的孩子正在念书，恰是好奇心强的岁数，给壁橱生火取暖时顺手扯过那晦涩的诗篇读起来。东家便忽然想起诗人这么个人物来，随口叹道："那人原是顶好的，诗当然也是美妙极了。不知怎的突然就变得……这么阴沉的故事，也难怪不招人喜欢的。若不是如此，或许他将来是要发家的哩！"

（作者系商洛学院学生）

祭如在

◎林燕琳

　　午夜，云平之从梦中惊醒，睁眼只剩满目黑暗。他翻身起床，颤颤巍巍地穿上鞋，摸索着走到窗边。年近期颐的老人中，他的身体还算康健，但随着衰老而带来的疾病，仍让他苦不堪言。每每遇到别人夸他好福气，他只摆摆手笑说："我活着不过是赌一口气罢了。"

　　他拉开窗帘，开窗，月光下树影绰绰，分外萧条。衰退的视力已使他无法辨认窗外的落叶几许。他忆起长居南方的日子，自己总爱嫌弃当地过于温暖的气候，每到秋天总不让仆人打扫庭院，想留住故乡的记忆，却总被那人取笑"一股文人酸腐气"。

　　窗外的风吹进来，干而冷。他于恍惚中回到现实，这是阔别数十年的故乡，而非曾居住数十年的南方。他笑，笑自己身在南方思念故乡，回到故乡反倒怀恋起常夏无冬的南方。

　　关窗，顺着墙壁慢慢摸索，摸到电灯开关，打开。一时间，昏暗的房间大亮，房中除了床铺，只剩下宽大的书桌。桌上是昨日阅读的图书，泛黄的纸张洋溢着古意，书中空白处的批注，字迹或神清骨秀，或刚正凌厉。他坐下，带上老花眼镜，顺着昨日看到的部分继续阅读，喃喃自语："沈三白有芸娘真是好福气，布置房间，建造盆景，远足郊游，把日子过得有情有趣。你平生最不解风情，既不爱丹青刺绣，又不擅诗词花艺，最喜算账看账，担着一个女强人的名声大半辈子，没捞着什么好处，反是吃下许多暗亏，倒是在生死天命之事狡猾得很，先我而去。难怪岳母说你一点亏不肯吃，原就是这样一点亏不肯吃。"

　　看几页，再看几页，看到晨光熹微，看到睡意又起，云平之摘下眼镜，扶桌起身，又步履蹒跚走到床边，慢慢坐下，躺好，被子盖得严严实实，单把双脚留在外头。他想，今晚或许能碰到她。

　　他陷入沉睡，梦中是年轻的他和她。

　　他道："我不信鬼神。"

　　她笑："我的母亲也说不信，年轻时不信，老了就信了。"

　　他好奇："老了就信了？"

　　她道："她说，总得有个盼头。"

　　他突发奇想："我不信鬼神，现在不信，以后也不信。不过若是死后发现有的话，我们就给对方回个信，通知一下。"

她来了兴趣："怎么通知？"

他说："若是有的话，夜里就回来阳间，碰一下对方的脚。"

她笑，默许了他的提议。

云平之年轻时不信鬼神，老年时也不信，袁嘉懿死后，却每晚露出脚，期待着某一次的惊醒，是因为她的造访。

可是没有，一次都没有。

（作者系商洛学院学生）

老黄牛

◎颜家能

一只老黄牛站在绿油油的草地上，它就这样站着，悠闲地站着。

草地很绿，很青。

老黄牛心想：这么好的地，够我吃多少个星期了啊，就这样慢慢地吃多好……

远处传来风的声音，紧接着就是鸟的叫声。老黄牛把嘴里的那团草嚼碎吞进肚子里，这才转过头来，发现有只小鸟停在了它的背上。

老黄牛的眼睛眨了一下，随即低下头，吃起草来。

"嘿，老牛。"停在背上的那只小鸟朝老黄牛喊道，"今天风真大啊——我和我的小伙伴们都差点飞得停不下来了。"

"风大吗？我怎么没有多少感觉？"老黄牛这才回答道。

"哦，也许是因为我在地上，看到的只有这满地的青草吧。"老黄牛摇了摇尾巴，把一只虫子赶走了。

这时，老黄牛才发现，还有几只小鸟落在了它周围的地上，正在蹦来蹦去地找着草间的小虫子。

"看样子你们飞了很远啊。"老黄牛开始说话了。

"算是吧，反正我们打算飞到中午就停下来，结果不知道怎么的，今天风特别大，我们是新手，飞得又不熟练，就一直借着风飞到了这里才停下来。"背上的那只小鸟回应道。过了一会儿，它还补充了一句："以后再也不飞那么远了，好累啊。"

"累？累是什么？可以吃吗？"老黄牛边嚼草边扭过头来看着那小鸟。

"什么？你竟然不知道累？累就是飞得太久了，翅膀没力了，然后整个身体都不听使唤的感觉，累就是……"

"我不懂。"老黄牛没等它说完。

小鸟觉得老黄牛啥都不知道，于是就不理会它了，自顾自地在老黄牛的背上蹦跳着，试图找到一点可以吃的东西来补充能量。

"你在做什么？"老黄牛感觉到背上的异样，问道。

"我在找虫子。"小鸟蹦蹦停停，喘着粗气说着。显然，它是累坏了。

老黄牛的眼神依然是平静的，它继续在嚼草，过了好一会儿，它才慢悠悠地说："别找了，我背上没有给你吃的虫子。"

"你为什么不早说！"

"你又没有问。"老黄牛半开玩笑半认真地回应道。

"哼！我不理你了。"小鸟生气了。

老黄牛一声不吭，仍然在吃草。

远方又传来了风的声音，只是这一次更加清晰。

小鸟们飞到了树梢上，它们正在"叽叽喳喳"地讨论着什么。

那只领头的小鸟又飞到了老黄牛的背上。

"老牛，你为什么只是闷头吃草啊？除了这个你就不能做点别的吗？"小鸟的记忆力并不好，它肯定是忘记了刚才它说的话。

"还能做什么？我是头牛，牛就是该吃草。"

"你就没想出去走走吗？"

老黄牛顿住了，嘴上的动作也停了下来。它发怔了好一会儿，才继续嚼起草来。

"走？还能去哪里呢？这个世界是最好的，我在这里无忧无虑，什么都不用管，什么都不用做，我只需享受草的美味就好了。"老黄牛注视着草地。

"这里好吗？"小鸟噘起小嘴，"除了有几只虫子，其他什么也没有，而那些草又有什么好吃的……"

"你不懂。"老黄牛又一次打断了它的话。

小鸟没有立刻回答，它在等待着老黄牛的下半句话。

"我曾想周游世界，游遍天下……"

"我曾想驰骋疆场，除恶扬善……"

"我也曾想漫步林间小道，听你们歌唱……"

"我还曾想静静地望着月亮——月亮慰藉着我的心，我的泪水浸湿了月光。"

老黄牛的脸上依旧没有表情，但是有行泪水不争气地从它的眼角流出，那是炽热的热泪。

那行热泪，随风消散了。

"这是什么？"小鸟指着在空中翻转着的泪珠。

"这是梦想。"老黄牛说。

之后大家都不说话了。

小鸟们休息够了，准备走了。

老黄牛吃饱了，嘴巴不动了。

领头的小鸟扑打着翅膀："我们走了，祝你快乐！"说完便离开了。

老黄牛依旧在原地站着。

那只老黄牛站在绿油油的草地上，它就这样站着，悠闲地站着。

草地很绿，很青。

（作者系商洛学院学生）

一只狗

◎陈 霞

布莱特大街是整个西市最繁华的地方，街上商铺林立，来往车辆络绎不绝，小贩的吆喝声、人们的谈话声交织成一片。尤其是夜晚的街市，亮如白昼，这里通宵达旦，人们的激情总是在夜晚被激发出来，摇摆的身躯，犹疑的思想，或压抑，或释放。灯红酒绿的世界是属于多数人的狂欢和少数人的解脱。

与这条街格格不入的是街头转角的小巷子，那里和布莱特大街完全是两个世界。虽然小巷子就藏在布莱特大街的后面，却好像完全不受布莱特大街繁华喧闹的影响，这里是这样安静，与其说是安静，不如说是一片死寂。这条巷子叫贫穷巷，原来它有个动人的名字，叫罗瑟兰迪尔街道，但是随着外面街道的整修和扩建，这条巷子逐渐没落了，被淹没在鳞次栉比的高大豪华的建筑中。现在这条巷子住着的都是老人，年轻人都出去找工作了，孩子大多被父母带出去了，老人很少有被带出去的，有些是不愿意离开，有些是没人带出去，陪伴着老人的就是一些狗，它们是老人的朋友。

小巷子里有个很奇怪的老人，这里的人从没有听懂他说的话，但是他很喜欢别人在他旁边听他讲话，好像只需要一个人就够了。他根本不在意你有没有听懂，也不要求别人做些什么，也不需要什么相熟的人，但是这里的人几乎都不是很愿意听他讲话，能陪他的只有他那只狗。

那只狗的名字叫汪叽，原来是只流浪狗，应该是被人抛弃的，因为它的一只眼睛是坏的，一只狗如果没有高贵的血统，又不能看家的话，是很容易被抛弃的。人们刚见到它的时候，它那只眼睛是发炎的脓包，散发着阵阵恶臭，巷子里的人本就被贫穷折磨得身心俱疲，面对这只外来的狗，显然是不会欢迎它的。小巷子里的人对外界充满的不是好奇，而是恐惧，他们的思想还停留在 20 世纪，他们排斥新的东西，这大概也是这条巷子最终走向没落的一个原因吧。

巷子里的人试图把这只狗赶出去，这只狗感受到了这条巷子里的人的恶意，但它太虚弱了，身上还有伤，它想走也是走不了的，后来是老人把它带走的，把它带到了自己的家。

老人的家符合这个巷子的一切，简直是一个缩影。斑驳的墙体、摇摇欲坠的屋顶、简陋的家具，彰显着一无所有。但这只狗得到了这个老人能给的最好的照顾，并且得到了一个新的名字——汪叽。

老人总是坐在门口，从清晨破晓到斜阳高照，陪伴他的只有汪叽。老人还是喜欢跟人讲话，还是喜欢说些别人听不懂的话，没人听他讲，他就对汪叽讲。汪叽很乖，总是不吵也不闹，偏头对着说话的老人，好像能听懂一样，可它应该是听不懂的。

这天老人照旧坐在门口，这次老人好像是在等人，他难得地打扮了下自己，今天一起床，他就翻出换上了他补丁最少的在他看来最好的衣服，洗了把脸，一本正经地在门口坐下了，汪叽也陪着他。

太阳逐渐下山，缩小成了一点，从老人门口经过的人很多，但似乎都不是老人要等的人，这天老人很早就睡下了。

老人的呼吸从微弱到消失。第二天汪叽在门口等了很久也没有看到老人，它进了老人的门，发现老人躺在床上一动不动，汪叽过去试图叫醒他，但没有用。汪叽趴在床角，一只眼睛无神地凝视着老人的方向。

老人以后再也没有出现在门口，起初人们并不在意，毕竟老人是不合群的。

过了很多天以后，人们才发现不对劲，门是虚掩着的，"吱呀"一声门就开了。人们看到老人躺在床上，汪叽趴在地上，可他们都是没有生气的，他们的姿态一如活着的时候。

（作者系商洛学院学生）

外婆的面团

◎郑未婷

城里过年总是没有农村热闹，在农村，亲人们团聚在一起，走着中国传统过年的程序。因此，每年过年我都会回到外婆家，去感受那传统的韵味。

外婆家与县城只隔了一条马路，却是实实在在的农村。这里有独立的院子，院中间有一块菜地，夏天用灶火做饭，冬天用炉子做饭。随着经济条件变好，原本的土茅坑变成了冲水的厕所，照壁消失了，土炕变成了木板床，但不变的是农村质朴的人味和过年时热闹的气氛。

地主出身的外婆在土地改革时变成了农民，从此她的一生与土地深深地联系在一起。因为城市要发展扩大，家里的土地就被征收了。外婆就在庭院中间开辟出一块土地种菜，而那从土地里长出来的麦子被磨成面粉后也在她的手里玩出了花样。今年过年期间我就见证了面团在外婆手里的神奇变化。

初一是新年的第一天，每个人都仿佛成了新生的绿芽，充满了生机。

外婆这里有一种习俗，每个人在初一早上都要从馍篮里挑一个馍，馍掰开后，里面包裹着不同食材的馍芯，这些馍芯具有不同的含义——辣椒代表一个人在新的一年会红红火火；葱则代表一个人在这一年很聪明；小柴棍代表财富，因为"柴"谐音为"财"；我今年吃到的是硬币，代表有钱。这些馍都是外婆亲手蒸出来的，她在前一晚把面和好，放入提前做好的酵面，让面随着时间慢慢发酵，变得有弹性，第二天将面团揪成小块，揉搓之后，裹入提前准备好的芯，最后放入铁笼子中蒸，热气中弥漫的都是麦芽糖的香味。

外婆初三要去别人家蒸花馍，中午有人来家里拜年了，我去找外婆，外婆正在一间小厨房里拿着剪刀、梳子，用揉、捏、按、压、剪等手法将红枣、豆子裹进一团白面，做成兔子、花、老虎的形状。

外婆还有一个盒子，里面放着食用色素、梳子、剪刀、顶针，每次制作花馍时，外婆都会带着它。外婆制作花馍的技艺高超，在邻里中间是出了名的。由于花馍有吉祥如意的寓意，因此村里人遇到红白事时都会请外婆去帮忙做花馍。外婆年轻时还靠帮别人蒸花馍补贴家用，每每说起这门手艺，外婆的脸上都会透露出骄傲的神情。

初五俗称破五，就是将"晦气""贫穷"赶走，这一天大部分人家都会吃饺子，但外婆这里吃的却是馄饨，有点像汤饺子，但包出来的样子又与饺子有些差别。面团在外婆手里又被变成了馄饨，我们吃了不绝赞口。

在过年的日子里，面团总能在外婆粗糙的手里灵活地转换成不同形式，随着不同的吃法，代表着不同的寓意。外婆的这门手艺着实让人佩服，我如是想。

（作者系商洛学院学生）

星梦者

◎李欣如

他住在云上，以星辰为食。他的屋舍是茅草搭成的，里面有一张小小的床，有一扇小小的窗。屋外有一条深而璀璨的河，这河时而风平浪静，时而风起云涌。唯有河面平静时才可捞星。

他面庞白净，着一身白衣，和他的所有族人一样，有双清澈的眼睛。他属天族中的星族。这星族跟其他族不同，他们以星为食，而每颗从河中捞出的星都是凡间人类做的一个梦。星的大小代表着梦的长短，星的明暗代表着梦的悲喜。星族的任务便是食用这些星，做好记录，上报天庭，以供天庭的百官洞察人间百态。他不像别的族人在捞的一网星中专挑最大、最亮的带回家，他总是随性地放网，随性地收起，将所有捞上来的星都收入自己随身带的金色的袋子中，带回家中，随性抓出一枚，细细品味。

（一）

一天，中午的太阳很好，大好的温暖日子。他心想："不如从袋中抓颗星吧。"随后，他从昨晚带回的一袋星中抓出一枚，这是一枚很小很小但是很亮很亮的星，他好奇地看着这颗星，抑制不住的好奇使他将这星一口吃下。顿时，他的脑中映出了星中所含的梦境。

那是一大片芳草地，柔软的青草长得有人的脚踝那么高，风拂过，阵阵草浪在地面起伏摇曳，他仿佛能闻到淡淡的青草香，清爽而又阳光的青草香。天上的云很高，大团大团的白色温柔而绵软，天气很好。远处有一小童，追着眼前的蝶嬉笑奔跑，无忧无虑，快乐得仿佛这世间只有他和那只蝶。跑着跑着，那小童忽地一下变成了一只鸟，在空中飞着，盘旋着。那鸟穿过树林的阴翳，越过山头的薄雾，在云与云之间的光影中穿行，自由而又无畏地飞着，飞着飞着，鸟又忽地变成了一条鱼，那鱼轻巧地摆着鳍，在平静安稳的河里游着，享受着水流的温柔包裹，在激流和瀑布中感受水流的冲击，在海中看遍海底的奇珍异宝，游向更远、更阔的地方，无所顾忌。他在梦中听到有个母亲在唤着自己的孩子，而后，梦境便逐渐模糊了。

果然孩童的梦是纯粹而又真实的，不染一丝世俗，简单的梦里只有无尽的快乐，难怪这星虽小却亮得非凡。

（二）

一个夜晚，他辗转反侧，无法入眠。无聊之际，他打开了星袋，随手摸出一颗星。这是一颗大而黯淡的星，大到他得分好几口才食下。

又一个梦境在他脑中缓缓展开。几点疏星的天幕下，一户人家的窗纸上映着一个少年伏案读书的身影。"饭疏食饮水，曲肱而枕之，乐亦在其中矣。不义而富且贵，于我如浮云。"少年念到。忽然，少年推开窗，抬头望月，嘴里喃喃道："不义而富且贵，于我如浮云。"少年心想，父亲近些年俸禄越发的多了，可他明明望见这俸禄里掺杂了许多贫民的血汗。父亲一心想让他考取功名，让他"两耳不闻窗外事，一心只读圣贤书"。可无数个夜晚，他仿佛总能听到被压榨人民的叹息，他又怎能，怎能放心睡去？他又怎能，怎能不闻窗外事地读书？！

梦里，少年展开纸笔，用苍劲有力的字，写着父亲这些年对人民的种种压榨，一气呵成，毫无停顿，提名、落笔、按印。少年眉头紧蹙，映着晃晃的烛火，将信封好又取出，取出又封好。无数个夜晚，少年他犹豫，他害怕，他不知所措，他无法抉择。道义与亲情，到底何去何从，他无奈，他困惑，他不敢定夺。

终了，少年将信寄出，并留下一封家书，离开了家，从此仗剑天涯。

梦境结束，他望着家门口波涛汹涌的河流，想着人间同样波涛汹涌的日子，不禁微叹。

（三）

今日是星族家宴，他喝了些酒，微醺，脸有点烧，胃也有点烧。回到家中，取星而食，想要平复胃里的灼热感。不知是喝了酒后的恍惚，还是事实本就如此，他拿出的这颗星又大又亮，是他从未见过的璀璨。

在梦中，他看到了一位老妇人。老妇人与老伴在海边捕鱼，天边的落日与海面相拥，天地之间只剩一片橙红。海面倒映着天幕上的云影，海天相接，暮色下的海边温柔一片。老妇人手里拿着鱼篓，老人手里收着渔网，他们相互搀扶，在夕阳下满意地望着一天的收获，相视而笑，而后缓缓归家，一路温情，辽阔的沙滩上只留下两个人深深浅浅的脚印。

忽而，老妇人变成了二八少女。此时她正在家中的镜前梳妆，乌黑的长发被侍者盘起，加以珍珠银钗点缀，白净清秀的面庞不需要多余的粉饰，单单抿上口脂便可。她着一袭青蓝色的裙，从家中走出，向海滩走去。夜晚的海滩边，海风微凉，天上的星星耀眼地亮，她同身边的少年一起点燃属于他们的天灯，在这一望无际的天幕下，一起放飞，向天上的神许下"此生不负彼此"的愿望。而后，少年握着少女的手，走在海滩上，偌大的世界仿佛盈满了他们青涩而又甜蜜的笑。

画面一闪，二八少女幻成总角之童。她梳着两条小辫子，在家门口的海滩上与一个小男孩儿嬉笑追逐。他们一起挖沙，一起捉鱼，一起捡贝壳，一起挖牡蛎。直到夕阳西下，滚滚炊烟在夕阳中腾起，母亲叫她回家吃饭，她才不舍地与男孩儿道别，拍拍满是沙土的小手，一蹦一跳地归家。

梦境又一次地慢慢消失，他的酒仿佛醒了，胃不烧了，心却热乎乎的，仿佛有什么东西从心底腾起，却说不清道不明。

他扎紧星袋，拿起掂了掂，寥寥几颗星在星袋中相互碰撞，发出叮叮当当的清脆声响，"又该去捞星了啊。"他想。

他住在云上，以星为食。他望着窗外那条泛着点点亮光的河，等待下一个风平浪静的时刻。

（作者系商洛学院学生）

一条金项链

◎赵悦蓉

十年前，刘美丽嫁给了赵老实，夫妻俩开了一个五金店，生意惨淡，日子过得紧巴巴的。这天是两人的结婚纪念日，赵老实给了媳妇儿一份惊喜：一条金项链，吊坠上镶着一小颗很漂亮的红宝石。

刘美丽看看标签，整整三千块，太奢侈了！刘美丽心里疼了一下，嗔怪道："这么贵？浪费呀！"赵老实捧起她的手，深情地说："结婚前，我发誓要让你过上好日子，可婚后的日子却一直那么拮据。这三千块是我攒了两年的零花钱，补偿一下我对你的亏欠！"刘美丽依偎在赵老实的怀里，说："我不要富贵，只要你对我有一颗真心，就够了！"

说归说，刘美丽还是很高兴，第二天就戴上金项链出门了。

夫妻俩住在一个老小区，小区居民相互都认识。刘美丽一出门，遇到了快嘴赵婶。赵婶一眼看到了项链，夸张地叫了起来："天呀，好漂亮！"她凑上前，摸了摸项链，说："得不少钱吧？"刘美丽骄傲地说："我老公买的，三千块呢！"

谁知赵婶听了这话，眼中闪现出奇怪的神色，像是惊讶，像是怀疑，又像是羡慕，到底是什么意思，刘美丽也没琢磨出来。

傍晚回家时，刘美丽提着一包蔫儿了的菜，看到几个妇女在小区那棵梧桐树下聊天，中间就有赵婶。她们看到刘美丽，目光一下子聚焦过来，准确地说，是聚焦到她的脖子上。刘美丽急着回家做饭，打了个招呼就走过去了。

这时，刘美丽听到赵婶在身后说："喏，就是那条项链，你们觉得像金的吗？"一个妇女说："我看像假的，吊坠估计是玻璃的。"又一个妇女说："我看像真的，你们看我闺女给我买的这条项链，看着差不多！"赵婶说："你知道啥？看到她提的菜了吗？这么些年，她家就没买过新鲜菜，因为打蔫儿的菜便宜。她老公舍得花那么多钱买一条项链送她？"这个说法大家都很认同，纷纷点起了头。

刘美丽心里发凉，她强打精神走回家。一到家，就把项链摘下来，锁进了箱子。

赵老实回来后问她怎么不戴金项链了，刘美丽编了个谎：回家路上，她看见有人抢走了一个妇女脖子上的金项链，妇女的脖子鲜血淋漓。她害怕成为抢劫犯的目标，就摘了。赵老实"哦"了一声，说："谨慎点好。"

那以后，刘美丽再也没戴过那条金项链。

十年过去了，这期间，夫妻俩的五金店生意慢慢变好，后来成了一家五金连锁超市。赵老实两口子富裕了，过上了有车有房的日子。

这天，刘美丽无意间翻出这条金项链，一下子勾起了回忆，她戴上项链就出门了。

这些年，刘美丽住的旧小区已经拆除，开发商在原址上盖起了小高层，分给了原先的住户。刘美丽下楼后，遇到一群妇女在小区公园里乘凉，赵婶也在。

赵婶看到刘美丽的项链，凑上前去，说："小刘，你这项链不错呀！"其他人也围过来，纷纷说："红宝石这么大，得好几万！""金链子这么亮，肯定是足金！"

刘美丽想起了当年事，笑了笑，说："项链是镀金的，红宝石就是块玻璃！"说完，她转身走了。

后面传来了小声议论："有钱人就是低调，她现在那么有钱，会戴假货？""不是低调，是虚伪。咱又不问她借钱，她何必这样呢？"

（作者系商洛学院学生）

星 云

◎钟立兴

在短暂的相遇后，我们将归向相反的地方，究其原因，我们不过是南北两颗星星。

她们并不喜欢对方，南讨厌北脸上的笑容，北讨厌南身上寒冷的气息。她们的相遇完全源于各自自转轴的倾斜。南的身边有一颗又大又暖又明亮的恒星，因为运行轨道的偏离，那颗恒星把北也捕捉到自己的星系中。

壹

南身边的星球很少，每一个都珍贵无比。曾经她有过一颗自己的行星，但当她在外运行归来时，她发现那颗行星已经有了自己的星系，她的位置被排得老远。她不远万里，跋山涉水，跨越时空的限制来到那颗行星身边，最后却自动放弃了那颗行星。那颗行星的光灼伤了她。南从此成为孤星恒星，在宇宙中以直线运动游离。由于缺乏其他星球光的照耀，南的表面开始结冰，那冰越结越厚，最后把南从里到外变成一颗冰冻星球。那冰大概要超新星爆炸才能一次性全部融化。但南什么都不说，不乞求，不抱怨，以一种高傲的姿态孤独而倔强地运动着，一不留神就被一颗大恒星捕获，变成了一颗从属型恒星，做起了旋转运动。

贰

当南的冰融化着的时候，北来了。

北不喜欢南，因为她是颗火热的星球。当她第一次和南打招呼时，南身上的冷气直接把她散发出来的热浪给浇灭了，她第一次遭到这种回应，眼睛瞪得老大，好久都回不去。北觉得南的性格和她的身体一样冷。每当北兴致勃勃地和她说自己在宇宙中的奇闻逸事时，南的反应总是很冷淡。当北在公转时和遇到的陨石们兴高采烈地打招呼时，南总是默默地看着北。北觉得自己身上的火焰都小了一些。

她们不对头，但是她们是好朋友。对于一颗星球来说，无论是过于冰冷还是过于炎热，都不是一件好事。北性格开朗、热情，遇事容易激动，一激动，体内的反应就会剧烈，体温就会急速上升。但即使快要被自己烧死，北也绝不会因为这个原因主动开口要和南待在一起。而当她快要被烧死时，南总是会出现，用自己的冷气给她降温。"你不会是因为快要冻死了才来找我的吧！"北嘴巴吊得老高。南瞥一眼变成火球的北，抱着她，吐出一口寒气，"我可以控制。"北的火焰烧得更旺了，心却渐渐平静下来。南在还没有归属大恒星前，是怎么忍受那钻心刺骨的冷的呢？北无法想象。这颗在她看来从里冷到外的星星，其实还是挺好的。北就这样认下了南这个朋友。

叁

即使她们成了朋友，她们的相处模式也没有改变。她们公转从不在同一水平线上。南总是走在前头，安静地看星云；北总是一边和陨石们说话，一边追赶南。时间慢慢流逝，她们就这样运动着，直到那颗恒星的内部反应越来越剧烈，直逼爆炸临界点。她们即将分别。

"你喜欢我吗？"南主动问。

"喜欢。"

"那你喜欢我吗？"北反问。

"不讨厌。"

"捂不热的白眼狼。"

"但我珍惜你。你很温暖。"

北笑了。恒星爆炸的能量太大，会波及周围的星球，不赶紧逃离，还有可能被吸入爆炸后形成的黑洞里，尸骨无存。

"你的冰快融化完了。"

"你还是很容易将自己燃烧起来。"

北一口口水差点把自己噎死，说好的温情呢。

"我会想念你的。"

"我也是。"

在她们离开后，那颗恒星爆炸了，那些辐射、尘埃和气体组成了绚烂的星云，发出美妙的光芒，照得那一方宇宙闪闪的。新的恒星将会在那里产生。

南停下来，望着那片星云和北离去的轨迹。她们选择了完全不同的地方，她将去往温暖的角落，北将去往凉爽的极域。这样的选择对自己最好了。一道直线滑过，南消失在宇宙中。但她不知道一种特殊的宇宙射线恰巧将她心中所想带给了北。

肆

我们的生命太过漫长，漫长到我已经放弃去治疗我心中的伤口，但是你让我相信，我的伤口可以自己愈合。宇宙太黑，太冰冷，我却从你身上感受到我从没体验过的叫温暖的东西。可宇宙又太大，星星多到完全看不见，相遇要好久，分离却只需一瞬，我们能相遇便已是幸运，虽今日分离，但我仍十分感激。我们同为恒星，终有一天也会爆炸，也会消失得无影无踪，但我相信下一次遇见已经酝酿在绚丽的星云之中……

北望着远方黑漆漆的一片，低喃："下一次相遇……"

（作者系商洛学院学生）

梦中林

◎陈丽娉

夕阳余晖下的山林之间，鸟鸣虫唱，溪水慢流。一路树影婆娑，淡金色的光芒洒落下来。微风拂过枝叶间，光影交错跃动，纯粹，美好。

繁茂幽静的山林之中，独我一人欣赏，唯我一人寂寞，消我一身惆怅。我放眼那辽阔的天际，厚厚的云随风而动，天空如着嫁衣，明艳动人。

仰望上空的蔚蓝，跨过涓涓细流，走过斜坡歧路。不知不觉，我走出了纷繁的树丛，平坦的草地映入眼帘。无名小草薄薄的绿叶上沾着冰凉的露水，格外羞涩。

踏着连片的浅绿，我放轻脚步，尽量温柔走过。放眼望去，我看见远方的山，连绵一片，组成厚实的壁垒。他们静静地依偎在天幕之间，沉沉入睡了。

雾，朦胧缥缈，抚慰着这疲惫的山陵。悠扬的清风轻声呢喃，和着那活泼的虫子，共奏轻快的安眠曲。

夜，快要来了，天空披上深红的嫁衣与夜幕深情拥吻。这是相见，却也是诀别。黑夜袭来，不仅天空染成了墨色，我所能感知的一切都坠入了无尽的黑暗深渊之中。

我不知所措，更不敢停下步伐。我走着走着，脚步越来越急促，心跳的声音也越来越清晰。

再次睁开双眼，眼前的一切回到了原点，回到了最初的山林。可眼前的一切已渐渐模糊，只剩绿与蓝，这淡淡色彩的交融。

思绪渐渐疲倦，我轻轻闭上眼帘。睁开眼睛之时，一切皆变了。山林、溪流都只是虚妄，只有我一人静静地躺着，看着四面的墙壁。

这梦中之林带给我久违的安心与惬意。

（作者系商洛学院学生）

臭草与紫苏

◎赖颖欣

跟多数南华街的老街坊一样，外婆搬进新居后做的头一件事是在屋旁物色了一块荒地，除净杂草，松软土壤，搭起竹棚——拥有了一个全新的菜园子。

在安安的记忆中，菜园子是四季恒青的。在动荡饥荒的苦日子中熬过来的老人家知晓一切蔬果的习性，那块荒地不久后就成了路边一道鲜艳的风景线。清晨的微光或傍晚的余霞里，外婆和她的老街坊们一边隔着几道土沟或一条马路聊家常，一边弯下腰去掐断某种蔬菜的嫩绿的茎。她们交换着乡间八卦，也交换着收获的喜悦。外婆常常在聊到开心的时候，多掐几把鲜嫩的作物塞到邻里的菜篓里。菜园是外婆与街坊相处的法宝。

与此同时，菜园也是外婆"召唤"孩子们的一个"法阵"。在天气晴好的日子里，安安常常会接到外婆的电话："喂，你有空吗？有空就回来拿一下菜，早上刚摘的，可新鲜呢。"更多的时候，外婆会在假日里最闲暇的时段，准备上一大锅的糖水，满足馋嘴的孩子挑剔的味蕾。在Ｓ县人关于家乡的记忆里，糖水似乎永远占据一席之地。炎炎夏日里，冰凉的豆沙是解暑的佳品；天气渐凉后，雪耳红枣等便登上舞台，成为补充气血的优选。

此时安安在异乡的冬天里。陌居小室里飘满肉桂香味，好心又馋嘴的室友问起糖水的做法，得了回复后便要奔向楼下超市，安安拉住她的衣角，摇摇头："有的东西买不到。"

室友小姑娘也来自遥远的地方，闻言微愣，坐回到她们从旧货集市上淘来的仿羊毛地毯上，垂眸，俨然已是一副沮丧的模样。

安安于是愧疚了，拍拍她善感的肩膀，她只是说那故国独有的香料罢了。

小姑娘眼睛一亮，那不是问题，那条打着故土名号的杂货街可不是空有虚名的。

安安又摇头，不过是乡村小道旁泥泞里野生野长、浑然天成、连学名都鲜为人知的野草，为她们这种蒲公英般的游子挂念已是怪事，哪里有资格远渡重洋做异乡商店里出售的珍贵材料。

安安所挂念的野草一味叫紫苏，另一味无处考证，只参考乡音直译，叫臭草。

顾名思义，紫苏有着宽大的叶面，能长到小孩儿巴掌大小，然而常常长到一半便蜷缩卷曲起来，朝阳面墨绿，背面却是奇异得能与矿物颜料媲美的紫。秋风送爽的季节里，外婆会一大早把贪睡的安安从被窝里哄出来，牵着她被风一吹就冻红了的小手到街市上去，买来一袋子沉甸甸的塘螺。安安抢着去提袋子，走着路听着哗啦啦的螺壳摩擦的声音，小肚子便很幸福地响起了"咕咕咕"的声音。

安安至今仍然学不来外婆料理塘螺的手法。外婆变戏法似的用钳子将螺头去掉，咔嚓、咔嚓、咔嚓，哗啦啦下锅，高高的灶台上不一会儿飘来蚀骨的香气。她踮起脚尖去看，浓浓的镬气（锅气，指炒菜时的油烟）里塘螺一个个油亮剔透，原本反射着诡秘金属亮光的螺壳一个个乖顺下来，带上了面豉蒜蓉一类配料的点缀而越发诱人。而后收火，最早下锅的作为铺垫的紫苏此时显出它最大的魅力来，一室飘香。

安安所挂念的也许不只是野草，她最喜欢的是外婆那一声让她到楼下摘几把配料上来的吩咐。紫苏是小炒的铺垫，臭草却是豆沙的尾声。然而，相同的一点是，它们都是极为轻贱的野草，不需要应节的栽培，也不用悉心的照料。外婆说，对它们最好的待遇便是多去随意地掐下几节，越是被"虐待"，它们便会越发野蛮地茂盛生长。

对待紫苏，因着那份独特的美和香气，安安总狠不下心来乱掐。对待臭草，这千篇一律尘封般的带着小绒毛的颓丧的绿叶，安安也分外地生出另一种怜惜来。那种状似含羞草的小叶子，总让小女孩儿生出一种错觉，似乎这轻贱的草木也会因粗鲁的对待而缓缓自闭。然而，外婆在楼上催促着呢，一咬牙一跺脚，她便朝着最好看的那几枝尽可能快而使其无痛苦地掐下。

回到楼上，那一锅绿豆沙加了她最爱吃的海带，正在锅里咕咕咕地冒着热气。夏日的午后阳光正好。臭草洗净下锅，香气氤氲，撒落在锅里，经由外婆熟练手法搅匀。知了的聒噪也成了餐前的配乐，安安在凉席上打滚，渐渐消磨掉看似漫长的一个又一个夏天。

然而，显而易见地，臭草却是不臭的。不仅不臭，还有着温柔的令人难忘的香气。安安咬着海带含糊不清地问外婆："这到底是为什么呢，是因为起名的人觉得它很臭吗？"

外婆笑着给她的小外孙添了一勺豆沙，"喜欢的话就多吃点。"外婆说。

这是很久很久以前的故事了，安安当年住过的公寓楼下那家超市也许现在已经可以买到臭草和紫苏了吧。

（作者系商洛学院学生）

青枫木门

◎罗永宏

春天刚过去一半，天色就越发明亮得早了。清晨的雾霭开始消散，雄鸡打鸣还未过三遍，这个坐落在秦岭边界的小山村安谧祥和，只是偶尔在几声稀不可闻的狗吠声中闪烁起一两点昏黄的灯火，那是打算出门赶集或务农的田地位置高远而准备远足的村里人，在东方的天空变得殷红通透之前，就起身置备行头和干粮了。

小峰子就是在这个村子里出生的，但他家是个外来户，因为整个村子里的百十户人家，几乎都是李姓的子辈。村名为落木村，原本叫挪树村的，据说本来地处偏僻地带，村子由于此地的木材质量出名，伐木贩售的行业兴起，才吸引塬上人来这里经营，后来又逢战乱，最后干脆就在这里安家落户，避世安身了。

其中就有一个落第的秀才，靠着书本熏陶出一身的文墨德礼，被众人推选为村长，后来民国重登县志，他觉得人们随口叫来的挪树村实在不雅，就改成落木村，村里人理解的不多，但觉得甚是好听，便欣然通过了。

对了，那个秀才就姓李。

小峰子今年已经十三岁了，正值清晨气凉舒爽的当儿，刚梦见在林子里用绳子穿木头，却发现一头野鹿用清亮的眸子隔着一丛灌木瞪视着他，好奇使他准备迈开步子追过去，又感觉突然一头栽倒了下去，睁开眼就看见父亲黝黑的脸庞。他的身子从温暖惬意的被子里被一双粗糙有力的大手拉出来，便赶紧穿衣收拾，准备跟着爸爸萧材生去山里撺青木，不然晚一点等太阳出来后，就会让本来山路崎岖的路程变得更加闷热沉重。

把山上前日里采伐好的木头用绳子穿好，顺着坡势牵拉下来，再码到木棚下面储干备用，才能年复一年、日复一日地通过接洽和凭借木头上的手艺维持生计。

是的，小峰子家做的是木匠营生，全名萧木峰，是萧家第五代木匠手艺的传承人了。爷爷萧林海当初可是邻村甚至塬上远近闻名的好木匠，手艺精湛，用材考究，尤其令人称道的是其可不用一钉一铆，只需一副墨斗在手，捻线轻弹，木直中绳，刨推锯割，游刃有余。更是依靠方枘圆凿，榫卯相嵌，便能立起一座木构房架，只需大梁一添，横砖立瓦，即是新屋筑成。

当然，随着爷爷去世，这些故事便成了木匠手艺人之中的传说，而作为一项代代相传的安身立命的本事，小峰子的爸爸自然而然继承了爷爷声名在外的木工手艺，虽然不堪称绝顶，但仍然朴实精湛。小峰子却听说父亲的木工手艺初时做工一概马马虎虎，使爷爷很不欢喜，而后来这由粗入精的提升，源自爷爷弥留之际领着父亲进入一扇神秘的青枫木门，外人都说那里面可是有着木匠始祖鲁班留下来的木工秘籍，可以让工匠技艺得到醍醐灌顶般的提升。可这些都是邻人或识得爷爷的友人玩笑所说，父亲当面听到这些事也总是一笑而过，他自己也因好奇而不断追问过，但父亲对那扇存放在老屋深处的家传之门，从来都没有对他提及，久而久之，自己也就没了兴趣。

直到萧木峰十八岁生日前这天，自己一气之下摔翻了从父亲手里递过来的墨斗，事情才又起了波澜。起因是这五年来为学得一门祖传的木工手艺，披星戴月，风霜雨露，撺木头，刨木屑，关于那些墨尺斗量，手上心里俱已分寸熟稔。在他看来，如今到底算得上是一名合格的木匠了，更何况自己已经长大成人，然而自己一个人出山去城里揽活闯荡的决定仍然受到父亲的横加阻拦。还说让自己拿着早已经过几代人摩挲的漆黑油亮的墨斗，再去熨墨弹线，好好感悟两年，多年在木香清气里陶冶出的沉稳心性顿时被打破，心里的郁闷便再也忍受不住。

只是后来他将这故事说与人听时，都说自己年轻时的血气和桀骜实在令人汗颜。

最终父亲一言不发，如同某种历史的巧合，又如早已达成默契的一种仪式，郑重其事地领着他踏过了老屋那破旧败落的门槛，打开了这尘封已久的秘籍之说。

父亲对他淡然解释道，青枫木材，质硬难腐，家里从未有过什么秘籍。而这扇青枫木门是祖上学艺归来，安家落户时东家也就是祖上的师傅所赠。原来当时世道动乱又加上荒年饥馑，家族只剩祖上一人，孤苦伶仃，流离失所，在困顿将亡之际，受东家情义将之招为家工得以温饱，后又见祖上勤劳诚恳，聪敏好学，赏识其人，于是决定收徒授艺。艺成之后，为东家无酬做工三年，便应允其回寻故土，自立门面，才有了以后这般光景，只是临别之际，唯赠此门，以示切勿辱没师傅的期望和手艺。所以自那时开始，我辈后人传承学习木工手艺，不求聪颖，不求速进，但逢接工展露，绝不偷工减料，更不落人口实。木门刻有其训：德行未筑，绳墨不施。

萧木峰一席听罢，望着木门背后刚劲隽秀的八个大字，不禁幡然醒悟。

多年以后，萧木峰已经成了塬上城里的木工名匠，他的儿子在木工方面天赋卓绝，大学毕业后，成了著名的建筑设计师，在他入职之前，回城探望自己工艺精湛又受人尊敬的父亲时，却被领到了家里一块厚重古朴的青枫木门之前……

（作者系商洛学院学生）

思 归

◎杨伯涵

江水流春去欲尽，江潭落月复西斜。无形的手推动着我思归的心，一切都仿佛失去了本来的意义。穿过秦岭，飞越泾渭，山水俊秀却未使我心中掀起半点波澜，长时间的蛰伏竟凝固了我。

初见双亲，相隔不过一月有余，却有了些许陌生。父亲用急促遮掩喜悦，母亲则溢于言表。在闲谈中，不知不觉地脱离了璀璨喧闹的街市，只是隐约记着车水马龙渐渐南去，剩下便是漆黑与寂静，但红土好像与我的血液产生共鸣，因为这我并不熟悉却又万分亲切的全部……

卜车瞬间，泥土的芳香和飘零的细雨几乎接踵而至，貌似香气更早吧，可能是我急了吧。与此同时，相比城里，伸手不见五指的乡间反而让我备感安全舒适，小侄子认生的羞涩也让我这个小叔脸红了，这恐怕就是血缘吧。

晨起在微风中嗅到淡淡的花香，走出大门，那广阔的土地不知承载了多少对美好生活的憧憬，成片的苹果在塬上兴起了青雾，还点缀着并不突兀的繁星。天空阴沉，清明的路上却全无断魂之感，反而尽是宗族之情。陌上柳色青青，瓦檐水滴不断，代代相传。

苍松翠柏之中，青冢累累，历史的传承即在这口耳间徘徊，代代不绝。当额轻触的刹那，我这个几乎从未耕种过的人却有了一种难以言表的情绪，兴奋、激动、深沉还是忧愁，反正说不清楚，或许还有深意吧，那就是时间的事情了。在几个小时的感情碰撞中，没想到原本阴沉的天空也被阳光所取代，充满了光明与希望。

中国人是含蓄的，不仅是处事，还是人心。人生大部分靠感悟，言传难以获感，身教亦不可参透。而唯一情感充沛的表达是对祖先，溢美赞颂无以复加，在一个个墓碑前传承与领悟人生的经验。祭祖之前，修坟叙史，既是对过去的总结，亦是对历史的尊重；祭祖之时，跪拜行礼，既是对逝者的缅怀，亦是对传统的坚持；祭祖之后，言事叙情，既是对血脉的延续，亦是对美好的追求。

古老的华夏文明被不失生机地传承下来。中华民族通过对祖先的敬畏、对礼仪的坚守、对美好的向往，以最纯真、质朴、勤劳、骨气的性格而生生不息。

清风拂尘，明月澄心！

（作者系商洛学院学生）